Das Buch

Bei Nachforschungen über die ehemaligen Bewohner ihres Hauses, findet Uli Winterstein heraus, dass in der Nachkriegszeit nicht gemeldete Fremdarbeiter aus Polen, Italien, Spanien und der Türkei in ihrem Haus gewohnt haben. Nach und nach erfährt sie deren Lebensgeschichten. Dabei stößt sie auf einen Fremdarbeiter, der von einem auf den anderen Tag verschwunden ist. Angeblich ist er mit seiner Geliebten durchgebrannt. Bei ihrer Recherche findet Uli seine damalige Ehefrau. Diese ist fest davon überzeugt, dass eine andere Frau dahintersteckt. Uli stößt auf immer mehr Ungereimtheiten. Je mehr sie sich in die Sache verstrickt, desto näher kommt sie der Wahrheit. Sie ahnt nicht, dass sie bald selbst in Lebensgefahr schwebt.

Die Autorin

Bevor die spanische Kölnerin Susanne Höfer, geb. 1968 ihren ersten Roman „Spurensuche" verfasste, arbeitete sie in einer Behörde, kellnerte, verkaufte Dessous und Socken, war Gärtnerin, Referentin für hochbegabte Kinder und studierte Biologie und Geologie. Susanne Höfer arbeitet in der klinischen Forschung, wodurch sie viele Einblicke in die verschiedensten, schönen und unschönen Geschichten des Lebens bekommt. Sie reist beruflich und privat gerne und viel, dabei kann es vorkommen, dass sie in Frankreich den Führerschein verliert, in Barcelona in ein Handgemenge mit einem Taxifahrer verwickelt wird oder einfach nur zu einem falschen Flughafen fährt. Ist sie mal zu Hause, lebt sie mit ihrem Sohn, ihrem Partner, zwei Katern und sechs Meerschweinchen in Köln.

SUSANNE HÖFER
Spurensuche
Roman

1. Auflage
Taschenbuchausgabe September 2015
Herstellung und Verlag:
BoD – Books on Demand, Norderstedt
ISBN: 978-3-7386-3960-5

für Stephan

Die zierliche Frau kam spät nach Hause und als sie die massive Haustür verriegelte, spürte sie die Anwesenheit einer fremden Person. Ihre Nackenhaare stellten sich eines nach dem anderen auf. Mit jeder Sekunde fühlte sie, wie ihre Beine schwerer und schwerer wurden, bis sie glaubte, sich nicht mehr bewegen zu können. Angestrengt lauschte sie in die Dunkelheit. Wie angewurzelt stand sie im Flur, unfähig sich auch nur einen Millimeter zu bewegen. Sie befahl sich wegzulaufen, sich in Sicherheit zu bringen, doch ihre Beine gehorchten ihr nicht mehr und sie hatte Mühe, sich nicht in die trügerische Sicherheit einer Ohnmacht gleiten zu lassen. Sie versuchte sich zu konzentrieren, doch in ihrem Kopf wirbelten ihre Gedanken durcheinander, so dass sie keinen klaren Entschluss fassen konnte. Endlich, ihr kam es vor als seien Stunden vergangen, schaffte sie es langsam wie in Zeitlupe, sich in Richtung der schweren Haustür zu bewegen. Sie fasste nach der in Messing gearbeiteten Klinke und wollte schon losrennen, als sie merkte, dass die Haustüre verschlossen war. Sie selber hatte sie abgesperrt. Die Panik, die immer noch fest ihren Geist in ihren eisigen Griff hatte, lähmte ihren Verstand und machte es ihr unmöglich, den Schlüssel in das Schloss zu stecken. Wie festgefroren stand sie vor der verschlossenen Eingangstür und versuchte sich zu beruhigen. Langsam und mit zitternden Händen hielt sie den Schlüssel wie eine Waffe vor ihren Körper und drückte sich mit dem Rücken gegen die Tür. Sie zwang sich, ihren Körper Richtung Tür zu wenden, um diese endlich öffnen zu können. Der Schlüssel fiel ihr aus der Hand. Tastend sank sie auf den Boden. In diesem Moment ging das Licht an. Plötzlich geblendet zuckte sie zusammen. Sie blinzelte und dann sah sie es. Überall an der Wand stand mit roter Farbe geschrieben: "Mörderin!!! Jetzt bist du dran!" Ihr ganzer Körper bebte. Sie verlor die Kontrolle über sich. Plötzlich hörte sie gellende Schreie, die ihre Angst noch verstärkten. Ohne auf irgendetwas zu achten und auch für sie selbst unerwartet, lief sie panisch los und stoppte erst, als sie gegen die Flurwand krachte. In diesem Moment wurde ihr bewusst, dass sie vor ihren eigenen Schreien geflohen war. Der süßliche Geschmack von Blut, das ihr aus einer Wunde vom Kopf über das Gesicht lief, verstärkte ihre Angst. Niemals hätte sie es für möglich gehalten, dass es noch eine Steigerung gab. Sie schluchzte und kauerte sich auf dem Boden zusammen. An Flucht konnte sie nicht mehr denken. Plötzlich hörte sie schwere Schritte, die langsam aber gleichmäßig auf sie zukamen. Sie versuchte aufzustehen, sackte aber immer wieder in sich zusammen. Da gab sie auf. Schicksalsergeben blinzelte sie einer dunklen Gestalt entgegen und hoffte, dass es schnell vorbei sein würde. Sie sah den Mann, der eine Eisenstange in der Hand hielt und diese drohend immer wieder in seine Hand fallen ließ, langsam auf sich zukommen. Endlich würde sie frei sein, niemals mehr wieder würde sie sich ihren Dämonen stellen müssen. In ihr breitete sich eine merkwürdige Ruhe aus. Als die Stange auf ihren Schädel krachte, wachte sie schweißgebadet auf.

Montag 28. Mai

Uli Winterstein hatte sich vor zwei Jahren ein kleines Haus im Kölner Nordwesten gekauft. Dort war sie mit ihrem neunjährigen Sohn Felix eingezogen. Das Haus lag in einer alten Arbeitersiedlung, die auch als Gartensiedlung bekannt war. 1914 wurden mehr oder weniger sechshundert Wohneinheiten unter dem Konzept "Lich, Luff un Bäumcher" gebaut, was auf hochdeutsch so viel wie Licht, Luft und Bäume bedeutet. Nach diesem Konzept waren fast alle Straßen nach Bäumen benannt worden. Uli wohnte im Holunderweg, war sich allerdings nicht sicher, ob der Holunder wirklich zu den Bäumen oder eher zu den Sträuchern gezählt wurde.

Bis in die heutige Zeit hinein ist der Stadtteil vom damaligen Konzept geprägt. Alle Häuser hatten eine Garten und fast alle einen Vorgarten, zumindest ursprünglich. Heute wurden die meisten Vorgärten als Parkplatz genutzt. So gleich die Häuser während ihrer Entstehung ausgesehen haben mochten, so unterschiedlich waren sie heute. Die Fassaden waren im Laufe der Zeit an die Geschmäcker der Eigentümer angepasst worden und so stand ein verklinkertes Haus neben einem rot angestrichenen, worauf ein blaues mit einer großen Holzgaube und daraufhin ein weißes, sehr ursprüngliches, mit alten Dachluken folgte. Dies alles und die kleinen verwinkelten Sträßchen gaben diesem, ihrem Stadtteil eine besondere Atmosphäre.

Das Haus von Uli war gelb verklinkert worden, was ihr aber nicht gefiel und deshalb hatte sie zwei Ramblerrosen davor gepflanzt, die bereits die halbe Hauswand erobert hatten. Leider blühten sie nur einmal im Jahr, im Frühsommer. Dann allerdings sehr reich und eindrucksvoll und die Blüte hielt sich über mehrere Wochen.

Das Haus war fast einhundert Jahre alt. Sozusagen ein Haus mit Geschichte, welches schon einiges erlebt und überstanden hatte. Dies gefiel Uli sehr und in ihrer Phantasie malte sie sich gerne aus, was die ehemaligen Bewohner alles erlebt haben mochten.

Uli war eine schlanke mittelgroße Frau mit kastanienbraunen langen Haaren, die sie meistens zu einem Pferdeschwanz zusammen gebunden hatte. Sie hatte ein fein geschnittenes Gesicht mit grünen Augen. Andere Menschen sahen in ihr, eine energische und ungeduldige Person, die leicht aus der Haut fuhr, wenn die Dinge nicht so liefen, wie sie sich das vorgestellt hatte. Auf den ersten Blick traute man es ihr gar nicht zu, aber sie hatte eine Schwäche für alte Geschichten und Legenden. Sie konnte sich darin völlig verlieren. Diejenigen, die sie in solchen Momenten kennenlernten, gewannen schnell den Eindruck, dass es sich bei ihr um eine Träumerin handelt, die die Welt mit naivem Blick betrachtete. Ihr Freund Richard dagegen, konnte sich manchmal nicht gegen den Eindruck wehren, dass seine Freundin zeitweise in einer anderen Welt lebte. Richard war ein sehr bodenständiger Mensch, der nicht viel mit Geschichten und Mythen anfangen konnte. Er lebte in der Gegenwart, die Vergangenheit, interessierte ihn nur am Rande. Ulis Sohn Felix dagegen konnte von den Geschichten seiner Mutter nicht genug bekommen.

Nun, nachdem die Renovierungsarbeiten der ersten zwei Jahre in den Wohnräumen abgeschlossen waren, wollte Uli sich dem verwinkelten Keller ihres Hauses widmen. Sie plante, dort ein Büro einzurichten. Irgendeiner der Vorbesitzer hatte den Keller bis unter die Terrasse erweitert und dabei den ehemaligen Ausgang verlegt. Der alte Treppenaufgang war zugemauert worden. Uli war der Meinung, dass hier viel zu viel Platz verschwendet worden war. Der Keller, genauso wie das gesamte Haus, waren im Laufe der Jahre immer wieder umgebaut worden, was zwar den Charakter des Hauses prägte, aber nicht immer praktisch war. Zum jetzigen Zeitpunkt bestand der Keller aus vier Räumen. Ging man die Kellertreppe hinunter, so lag links ein großer Raum, den Uli als Abstellkammer nutzte. Früher war hier einmal der Kohlenkeller gewesen. Ihr gefiel die Vorstellung, dass dort, wo einst das schwarze Koks als Wärmespender gelagert worden war, nun ein Arbeitszimmer entstehen sollte. Genau hier wollte sie ein Büro für ihren Freund Richard einrichten. Dieses Zimmer hatte ein großes Fenster, vor dem ein großer halbrunder Lichtschacht lag. Dieser war von Natursteinen eingefasst und bepflanzt. Wenn man nach draußen blickte, sah man verschiedene Arten von Steinbrech, Porzellanröschen, Hauswurz, Grasnelken und vieles mehr.

Weiter geradeaus ging man in den eigentlichen Keller, den Uli als Waschküche, Werkstatt und ebenfalls als Abstellkammer nutzte. Zumindest war das Ulis Definition. Richard würde von einer Rumpelkammer sprechen, wo man nichts wiederfindet. Eigentlich sprach er vom gesamten Keller immer nur als Rumpelkeller. Vom Waschraum führte ein Gang in den Garten. Auf der linken Seite dieses Ganges befand sich ein weiterer kleiner schlauchförmiger Raum mit Waschgelegenheit und Toilette. Auf der anderen Seite befand sich der zugemauerte, ehemalige Ausgang des Kellers. Den Abschluss bildete ein kleines Räumchen, direkt neben dem hinteren heutigen Kellerausgang in den Garten. Es war leicht feucht und wurde daher von Uli nicht genutzt. Richard wollte hier immer einen Weinkeller einrichten, doch „nicht nutzen" bedeutete bei Uli, dass der Raum natürlich trotzdem mit irgendwelchen Dingen zugestellt worden war. In diesem Fall waren es Gartenplastikmöbel sowie Schaufeln und allerlei Gartenarbeitsgeräte.

Richard hatte Recht, Uli hatte die schlechte Angewohnheit, alles aufzuheben und ungeordnet in ihrem Keller zu lagern. Selbst Aufräum-Wegwerfaktionen brachten nur vorübergehend ein wenig Luft. In kürzester Zeit hatten sich die leeren Regale wieder gefüllt. Es war zum Verrücktwerden und jetzt wollte Richard endgültig bei ihr einziehen. Er war ohnehin fast nur bei ihr. Es half nichts, sie brauchte mehr Platz. Der kleine Raum neben der Treppe, der sein Arbeitszimmer werden sollte, musste erst von den Sachen, die dort gelagert waren, befreit werden. Auf den Müll sollten sie allerdings nicht, das stand für Uli fest. Deshalb musste der Keller erweitert werden, fand zumindest Uli. Aus diesem Grund wollte sie den zugeschütteten Kelleraufgang freilegen und dort eine Abstellmöglichkeit schaffen. Nachdem sie ihren Sohn zur Schule gebracht hatte, begann sie, mit Mundschutz und Schlagbohrer den ehemaligen Kelleraufgang zu bearbeiten. Für diese Aktion hatte sie sich extra zwei Wochen Urlaub genommen. Keine einfache, vor allem aber eine ziemlich staubige Angelegenheit. Bereits nach einer Viertelstunde waren ihre Hände taub, nach einer weiteren halben Stunde spürte sie ihren Körper kaum noch. Das war nun die Quittung dafür, dass sie Sport verabscheute. Wenn sie weiter so schleppend vorankam, würde sie noch Monate brauchen. So hatte sie sich ihren Urlaub nicht vorgestellt. Sie hatte erst ein kleines Loch in die Wand gestemmt und alle Eimer, die sie besaß, waren bereits mit Schutt gefüllt. Die bestmögliche Lösung für dieses Problem war Ulis Meinung nach, alles erst einmal in der Waschküche zwischenzulagern. Vielleicht hätte sie sich vorher Gedanken über die Dimensionen ihres neusten Projektes machen sollen. Wieso nur kamen ihr diese Gedanken immer erst im Nachhinein? Jetzt war es zu spät.

Als Uli mit der Taschenlampe in das Loch in der Kellerwand leuchtete, stellte sie fest, dass unter dem alten Treppenaufgang Bauschutt und Ziegel gelagert war. Das konnte ja heiter werden. Sie beschloss ihren Nachbarn zu bitten, ihr beim Wanddurchbruch zu helfen, damit sie erst mal den ganzen Schutt unter dem Treppenaufgang und wahrscheinlich auch auf dem Treppenaufgang entsorgen konnte. Verstaubt und dreckig, allerdings ohne Mundschutz ging sie drei Häuser weiter und klingelte. Die Tür wurde von einem schlanken Mittfünfziger mit längeren graudurchsetzten schwarzen Haaren geöffnet. Zu seiner Jeans trug er ein T-Shirt mit einem Aufdruck, der durch häufiges Waschen nicht mehr zuzuordnen war. Durch das T-Shirt konnte man seinen muskulösen Körper erahnen. Er lachte, als er sie sah.

„Wie siehst du denn aus?"

„Ich versuche im Keller eine Wand durchzubrechen und bin jetzt schon fix und fertig. Hab nicht gedacht, dass das so anstrengend ist."

„Und da hast du dir gedacht, deinem Freund Hans ist bestimmt langweilig und der ist ganz aus dem Häuschen, wenn du ihm eine Aufgabe gibst?"

„So ähnlich."

„Mmh, muss das heute sein?"

„Am besten schon, ich wollte das in ein oder zwei Wochen fertig haben, dann kann ich unten einen Arbeitsraum für Richard einrichten und ihn überraschen, wenn er von seiner Geologentour wiederkommt."

„Wo ist er denn?"

„In Griechenland. Er ist sechs Wochen unterwegs. Einen Monat betreut er ein Projekt mit Exkursionen und allem Drum und Dran. Anschließend macht er mit seinen Kumpels noch zwei Wochen Urlaub, um sich von dem ganzen Stress zu erholen."

„Erholen? Hört sich so an, als ob sie tagsüber in irgendwelchen Steinbrüchen rumhängen und sich abends besaufen. Typisch Geologen halt."

„So ähnlich stell ich mir das auch vor", grinste Uli.

„Also heute", seufzte Hans, „aber ich glaube kaum, dass

du dein Projekt in einer Woche schaffst."

„Zwei Wochen, eine Woche für den Durchbruch und das Abschlagen der alten Treppe und eine Woche zum Schuttentsorgen und renovieren."

„Auch nicht in zwei Wochen! Ich zieh mich um und komm dann rüber. Ich hoffe du hast kaltes Bier."

„Klar hab ich, hast du noch Eimer?"

„Eimer?" Hans sah sie verwirrt an.

„Für den Schutt."

„Was hältst du davon, wenn du einen Container besorgst? Oder wolltest du den ganzen Schutt erst einmal irgendwo zwischenlagern?"

„Äh, ja."

„Das ist ja mal wieder typisch! Und dann? Wolltest du den Schutt als Dekoration in deine Wohnung integrieren? Ich bring Eimer mit, aber du bestellst heute noch einen Container!"

„Ist ja gut, ich kümmere mich schon drum."

„Schutt in Eimern zwischenlagern. Auf so eine Idee kannst auch nur du kommen. Ich gehe mal schwer davon aus, dass dein Keller noch genauso aussieht wie letzte Woche, oder wolltest du dein Wohnzimmer als Zwischenlager benutzen?"

„Ist ja schon gut", wiederholte Uli. „Ich hab doch gesagt, ich bestell einen Container. Jetzt mach mal nicht so eine Welle!"

Hans entgegnete grinsend: „Richard weiß wirklich nicht, auf was er sich da einlässt."

„Wie meinst du das?"

„Na ja, du und dann Richard, der pragmatisch, logisch denkende Mann."

„Willst du damit sagen, dass ich nicht logisch denke oder was?"

„Ich würde es mal so beschreiben, du hast eine Idee und wenn du sie für gut befunden hast, setzt du sie um."

„Ja natürlich, wie macht das denn der ach so logisch denkende Mann?"

„Er macht sich einen Plan."

„Ah, mir fehlt also ein Plan?"

„Dir nicht, das weiß ich", lachte Hans, „aber normale Leute machen einen Plan und vergessen zum Beispiel nicht, einen Container zu bestellen."

„Das hab ich nicht vergessen", verteidigte sich Uli, „ich hab nicht gewusst, dass so viel Schutt anfällt. Ich reiße halt nicht jeden Tag Mauern ein."

„Genau das ist es, was ich meine. Warum fragst du niemanden, der das schon mal gemacht hat?"

„Auf die Idee bin ich, ehrlich gesagt, gar nicht gekommen. Ich wollte halt ein Büro für Richard einrichten und hab dann einfach angefangen", erwiderte Uli kleinlaut.

„Genau das ist es, was ich meine", wiederholte sich Hans. „Und davon mal abgesehen, du hast nicht angefangen, ein Büro einzurichten. Du hast es als Vorwand genommen, deinen Keller auseinander zu nehmen, weil du nämlich nicht in der Lage bist, dich von alten Sachen zu trennen."

„Hat dir schon mal jemand gesagt, dass du ein Blödmann bist?"

„Dauernd", lachte Hans. „Geh schon mal vor, ich komm gleich nach. Und vergiss das Bier nicht."

Nachdem Hans sich vergewissert hatte, dass es sich nicht um eine tragende Wand handelte, was Uli ärgerte, da sie dies schon selber überprüft hatte, schlug er zu und Uli war mal wieder verblüfft, was man mit Kraft alles so ausrichten kann. Hans zog es vor, nicht den Bohrhammer, sondern seinen mitgebrachten Vorschlaghammer zu benutzen. Um fünfzehn Uhr war Baustopp. Uli duschte sich den Staub und den Schweiß ab, um dann ihren Sohn von der Übermittagsbetreuung aus der Schule abzuholen.

Hans ging ebenfalls nach Hause, um abends zur Lagebesprechung und zum Abendessen wiederzukommen.

Felix war begeistert, als er die Baustelle im Keller entdeckte. Er krabbelte mit seiner Taschenlampe bewaffnet durch das Loch, um auf Entdeckungsreise zu gehen. Er bot an, den Schutt aus dem Raum zu holen, was so viel bedeutete, dass er alles aus dem Loch in den Kellergang warf. Uli war klar, dass sie ihn auf keinen Fall davon abhalten konnte, im Schutt nach Geheimnissen und Abenteuern zu suchen und beschloss, so schnell wie möglich einen Container zu bestellen.

Sie ging in die Küche, um das Abendessen vorzubereiten. Die Bratkartoffeln brutzelten gerade auf dem Herd, als Felix mit hochrotem Kopf angerannt kam und etwas hinter seinem Rücken versteckte.

„Was hast du da?", fragte Uli.

„Eine Sensation! Ich habe ein Fossil entdeckt. Das müssen wir Richard zeigen!"

„Zeig mal her." Ihr Sohn öffnete stolz seine Hand.

„Es ist ein Zahn, aber den Rest werde ich auch noch finden und dann kommt alles ins Museum und ich werde berühmt".

„Tatsächlich ein Zahn, keine Ahnung, von wem der stammen könnte. Ich würde auf Schwein tippen."

„Ein fossiles Schwein?"

„Vielleicht", antwortete Uli.

„Wie vielleicht? Ganz bestimmt!"

Es klingelte und Felix stürmte zur Tür, um seine Entdeckung wem auch immer zu erzählen. Uli folgte ihm, um den Besuch vor ihrem Sohn zu beschützen. Es war jedoch nur Hans, der sogleich bemerkte, dass irgendetwas merkwürdig roch. Die Bratkartoffeln waren verkohlt.

„Ich schlage vor, wir bestellen Pizza", meinte Uli. Felix war sofort einverstanden und Hans hatte auch nichts dagegen.

„Passt sehr gut zum Rotwein."

„Ich hab keinen Rotwein mehr", sagte Uli.

„Ich aber, und in weiser Voraussicht habe ich eine Flasche mitgebracht."

Felix war nicht zu bremsen. Sobald die Pizza bestellt war, schleppte er alle Anwesenden in den Keller, um seine Erkundungen fortzusetzen und präsentierte immer wieder stolz seinen gefundenen Zahn.

„Ich glaube, er ist von einem Schwein", meinte Uli.

„Vielleicht findet Felix ja noch Knochen und man kann etwas Genaueres sagen" fügte Hans hinzu.

„Oder er ist von einem Neandertaler", spekulierte Felix. „Richard kennt doch so einen Palologen, der weiß das bestimmt!"

„Es heißt Paläontologe und der Zahn ist von einem Tier, nicht von einem Menschen!"

„Bist du sicher?", fragte Hans.

„Ja klar!"

„Du bist kein Arzt, das weißt du gar nicht. Es ist bestimmt ein Neandertaler. Wir müssen einen Palodings fragen", forderte Felix.

„Aha und wo nehmen wir den her? Richard und seine Fossilien-Kumpels sind alle in Griechenland!", entgegnete Uli ihrem Sohn.

„Wir brauchen einen Zahnarzt. Wir müssen sofort einen Termin machen. Sofort!"

„OK, heute geht es aber nicht mehr, weil die Praxis schon geschlossen hat. Ich ruf morgen Dr. Kuhl an und frage ihn, wann er Zeit hat." Uli gab sich geschlagen.

„Ich will aber mit, du kannst da nicht alleine hingehen."

„Ist ja mal was ganz Neues, dass du unbedingt zum Zahnarzt willst", grinste Uli.

„Wenn ich mich einmischen darf", sagte Hans, „es hat geklingelt und das bedeutet, die Pizza ist da."

Dienstag 29. Mai

Am nächsten Morgen brachte Uli Felix zur Schule. Felix würde sicher seine Entdeckung allen, die sie sehen wollten, und auch die, die sie nicht sehen wollten, zeigen. Er wurde auf der ganzen Fahrt nicht müde, Uli zu erinnern, dass sie nicht vergessen durfte, einen Termin für einen Zahnarztbesuch zu vereinbaren. Wieder zu Hause rief Uli Dr. Kuhl an und schilderte das Geschehene erst einmal der Sprechstundenhilfe, die amüsiert ihren Chef fragte, wann er denn kurz Zeit für einen kleinen Notfall hätte. Dr. Kuhl erklärte sich sofort bereit, sich den Zahn noch am selben Nachmittag anzusehen. Da er Uli schon mal am Telefon hatte, vereinbarte er direkt für Felix und sie Termine zu einer Routineuntersuchung. Das hab ich jetzt davon, dachte Uli, jetzt bestell ich erst mal einen Container. Ein Mitarbeiter eines nah gelegenen Bauunternehmens sagte ihr, dass frühestens am Nachmittag ein Container lieferbar wäre, wahrscheinlich aber erst am nächsten Morgen. Nachdem sie aufgelegt hatte, beeilte sie sich, in den Keller zu kommen. Sie stieg durch das Loch in der Wand, um den dahinterliegenden Hohlraum von Schutt zu befreien. Zwei gefüllte Eimer später, wurde ihr klar, dass sie immer noch nicht wusste, wohin damit. Vielleicht wäre es eine gute Idee, erst einmal auf den Container zu warten, bevor sie noch mehr Schutt produzierte. In der Zwischenzeit würde sie die vollen Eimer vor die Haustür stellen. Heute war endlich die Sonne herausgekommen und nicht sofort wieder verschwunden, wie in den letzten Tagen. Nach tagelangem Dauerregen eine wahre Wohltat. Nach getaner Arbeit, sah Uli schwitzend die Eimer vor ihrer Tür an und beschloss ein ausgiebiges Schaumbad zu nehmen. Dazu nahm sie ein Käsebrot mit und trank den letzten Schluck Rotwein vom Vortag. Später fuhr sie zur Schule, um ihren Sohn abzuholen.

Felix kam strahlend angerannt. Er sprang in das Auto und wollte sofort wissen, wann der Termin bei Dr. Kuhl wäre.

„Heute, wir fahren direkt los und in drei Wochen hast du einen ganz normalen Zahnarzttermin und ich auch."

„So wollte ich das aber nicht", protestierte Felix.

„So ist es jetzt aber", antwortete seine Mutter.

„Das war aber nicht nötig", maulte er und widmete sich nach einer kurzen Pause sofort wieder seinem Lieblingsthema. „Ich glaube, dass es ein ganz alter Zahn ist. Vielleicht gehört er ja zu einem ausgestorbenen Menschen, den man noch gar nicht entdeckt hat und der vor langer Zeit in unserem Keller gewohnt hat."

„Unser Haus ist ungefähr einhundert Jahre alt, damals gab es schon den modernen Menschen. Das müsstest du eigentlich wissen", versuchte Uli ihren Sohn zu bremsen.

„Ja, aber es könnte doch sein, dass er früher in einer Höhle gewohnt hat, als unser Haus noch nicht da war und jetzt ist die Höhle unser Keller."

„Mmh."

„Kann doch sein? Zuerst war da eine Höhle, da hat er gewohnt und da ist er ausgestorben und viel, viel später ist unser Haus auf die Höhle gebaut worden. Vorher hat da bestimmt seine ganze Familie gewohnt und so ist sein Zahn in unseren Keller gekommen und vielleicht finde ich noch mehr Zähne und vielleicht hat auch seine Oma da gewohnt und vielleicht hatte er auch Haustiere."

Uli sagte nichts.

„Mama, kann doch sein?" bohrte Felix weiter nach, damit seine Mutter reagieren musste.

„Klar kann sein, dann war das aber eine ziemlich große Höhle bei uns im Keller, da wohnen ja jetzt schon echt viele Leute."

„Ja, das stimmt. Vielleicht hatte die Höhle mehrere Stockwerke."

„Ja vielleicht, aber sei nicht enttäuscht, wenn der Zahn doch nur von einem Schwein ist."

„Mmh, dann war das Schwein vielleicht sein Haustier."

„Ja, könnte sein. Wir sind da, alles aussteigen."

Uli hatte vor einem Haus auf dem Ehrenfeldgürtel geparkt. Hier hatte Dr. Kuhl seine Praxis. Von außen sah das vierstöckige Haus wie ein ganz normales Wohnhaus aus. Bei einer oberflächlichen Betrachtung konnte man leicht das Praxisschild übersehen. Tatsächlich befanden sich außer der Praxis nur ganz normale Wohnungen in diesem Haus. Dr. Kuhl hatte seinen Arbeitsplatz im ersten Sock. Uli und Felix nahmen die Treppe, obwohl Felix lieber den Aufzug benutzt hätte. Beide wurden von der Sprechstundenhilfe Anna begrüßt. In der Praxis war es üblich, dass man sich untereinander mit Vornamen ansprach, aber ansonsten siezte. Dies hatte Uli übernommen. Beide mussten noch ein wenig warten bis Dr. Kuhl Zeit hatte. Er war ein Mann wie ein Bär und hatte Hände, die man auch als Pranken bezeichnen konnte. Uli wunderte sich immer wieder, wie er so filigrane Arbeiten ausführen konnte, die in seinem Beruf notwendig waren. Sie hatte ihn aufgrund einer Empfehlung von einer Freundin kennengelernt und hätte am ersten Tag ihrer Begegnung am liebsten die Flucht ergriffen. Leider war das nicht so einfach möglich gewesen, da sie auf seinem Behandlungsstuhl lag. Nachdem sie die Untersuchung und die anschließende Behandlung unbeschadet überstanden hatte, war sie von seinen Fähigkeiten begeistert. Gerne ging sie zwar immer noch nicht zum Zahnarzt, aber mittlerweile sah sie es nur noch als notwendiges Übel an und war nicht schon Tage vorher nervös.

„Hallo Felix, ich habe gehört du hast etwas ganz Tolles gefunden", begrüßte ihn Dr. Kuhl und lachte seine Mutter freundlich an.

„Ja, einen Zahn und Sie sind doch Experte. Meine

Mama meint, er sei von einem Schwein, aber ich bin ganz sicher, dass er jemanden gehört hat, der jetzt ausgestorben ist."

In dem Moment, als sich Dr. Kuhl den Zahn ansah, hatte Uli den Eindruck, dass die Situation ihre Unbeschwertheit verlor.

„Ich muss mir den Zahn noch etwas genauer ansehen und brauche dazu Spezialwerkzeug. Das muss ich noch holen. Felix, geh doch in der Zwischenzeit schnell zu Anna. Sie wird dir ein Gefäß geben, in das du nachher deinen Zahn aufbewahren kannst."

Kaum war Felix mit Anna außer Hörweite, fragte Uli: „Was ist los?"

„Es ist ein menschlicher Zahn. Aus dem Oberkiefer. Der erste Prämolare."

„Was bedeutet das?"

„Kann ich auch nicht sagen. Sie sagten, Sie haben den Zahn im Keller gefunden, richtig?"

„Ja, zwischen Schutt."

„Das alles muss gar nichts bedeuten. Wie alt ist Ihr Haus?"

„Circa einhundert Jahre", antwortete Uli.

„Vielleicht hat während des Krieges jemand, der verletzt war, einen Zahn verloren", versuchte Dr. Kuhl die Situation zu erklären.

„Der Zahn ist in gutem Zustand. Nicht kariös. Aber wenn ich ehrlich bin, glaube ich nicht, dass er den Kiefer freiwillig verlassen hat".

Uli wurde nervös.

„Meinen Sie, ich sollte zur Polizei gehen?", fragte sie unsicher.

Herr Kuhl sah sie ratlos an.

„Ich gucke mal, ob ich noch mehr finde. Wenn ja, gehe ich auf jeden Fall zur Polizei, und wenn nicht, dann überlege ich noch mal, wie ich entscheide. Als erstes muss ich Felix erklären, dass er den Zahn wahrscheinlich hergeben muss. Ein menschlicher Zahn, damit hätte ich auf keinen Fall gerechnet."

Felix unterbrach den Redefluss seiner Mutter, als er aus einem der Zimmer gerannt kam und hielt ein Plastikröhrchen hoch, in dem Watte steckte.

„Guck mal, hier kommt der Zahn rein und morgen zeig ich ihn noch einmal allen Kindern in der Schule. Was ist das für ein Zahn?"

„Felix", sagte Dr. Kuhl, „kann ich den Zahn noch ein wenig hierbehalten, um ihn noch weiter zu untersuchen. Ich weiß noch nicht genau, was das für ein Zahn ist."

„Sie sind aber doch Zahnarzt, wenn Sie das nicht wissen, wie können Sie dann Zahnarzt sein?" Felix wurde misstrauisch.

„Schau, es gibt ganz viele verschiedene Zähne auf der Welt und ich kann ja nicht alle kennen."

„Ist er von einem Saurier und Sie wissen nur nicht von welchem?"

„Nein, er ist nicht von einem Saurier. Er ist von einem Säugetier, ganz bestimmt, aber ich weiß nicht, von welchem."

„Ganz sicher?"

„Ja, ganz sicher", log Dr. Kuhl.

Felix war fest entschlossen, den Zahn nicht bei seinem Zahnarzt zu lassen und sagte: „Na gut, dann nehme ich ihn wieder mit und frage im Zoo nach. Die haben ganz viele Tiere, die wissen das bestimmt."

Im Behandlungszimmer fragte ein Patient, wann es denn endlich weiterginge.

„OK", sagte Uli, „vielen Dank für Ihre Zeit, wir nehmen den Zahn wieder mit und ich verwahre ihn gut, damit auch nichts passiert, und wenn wir wissen, was das für ein Zahn ist, kannst du ihn noch einmal mit in die Schule nehmen."

Dr. Kuhl nickte Uli aufmunternd zu, verabschiedete sich

und ging zu seinen wartenden Patienten.

Im Auto überlegte Felix immer noch, von welchem Tier der Zahn stammen könnte.

Von einem heute ausgestorbenen Schwein oder von einem Wolf oder aber von einem Säbelzahntiger und er wollte sofort zum Zoo, die hatten ja schließlich lange auf. Uli wurde klar, dass sie so nicht weiterkam, sie musste Felix die Wahrheit sagen. Etwas Besseres fiel ihr nicht ein. Dabei machte sie sich weniger Sorgen um ihren Sohn, als um das, was Felix daraus machen würde. Es war ausgeschlossen, dass er so eine Sensation für sich behalten konnte.

Zu Hause angekommen, protestierte Felix, weil seine Mutter nicht zum Zoo gefahren war.

„Wir müssen sofort zum Zoo", beharrte er.

„Felix, wir brauchen nicht zum Zoo. Dr. Kuhl weiß, von wem der Zahn ist. Er hat es mir gesagt. Er wollte dich nicht erschrecken."

„Ich bin doch kein Baby. Von wem ist er? Von einem echten Menschen, oder?"

„Ja!", und dann erzählte Uli ihrem Sohn vom Zweiten Weltkrieg, wie sich die Leute in ihren Kellern versteckt hatten, um Bombenangriffen zu entgehen.

„Wahrscheinlich ist ein Mensch die Kellertreppe runtergefallen, als er sich vor einen nahenden Angriff in Sicherheit bringen wollte und hat sich dabei einen Zahn ausgeschlagen."

„Ach so, das hätte Dr. Kuhl mir ruhig sagen können, das versteh ich doch. Welcher Zahn ist es denn?"

„Der erste Zahn hinter dem Eckzahn."

„Aha, ich geh mal schnell zu Hans und erzähl ihm die Geschichte."

Je mehr Uli darüber nachdachte, desto mehr gefiel ihr die Geschichte mit dem Treppensturz, obwohl sie noch nie davon gehört hatte, dass man sich dabei einen Backenzahn ausschlagen konnte, auch nicht den vordersten. Trotzdem beschloss sie, erst einmal nicht zur Polizei zu gehen.

Felix kam mit Hans im Schlepptau zurück und erklärte, dass er Hunger hätte und sich Würstchen zum Abendessen wünsche. Hans verbrüderte sich sofort mit Felix und wollte auch Würstchen. Während beide in den Keller gingen, bereitete Uli Würstchen mit Kartoffelbrei zum Abendessen zu. Auf einen Salat verzichtete sie.

Nachdem alle gegessen hatten und Felix endlich im Bett lag, beratschlagte Uli sich mit Hans.

„Soll ich zur Polizei gehen, was meinst du?"

„Gute Frage, weiß ich auch nicht."

„Also mir wäre lieber, wenn wir mehr als einen Zahn hätten. Ich würde am liebsten den ganzen Schutt wegräumen und gucken, ob es noch mehr Zähne oder was auch immer gibt."

„Wenn es aber noch mehr gibt und du dann die Polizei einschaltest, fragen die Dich auch, warum du nicht schon beim ersten Fund zu ihnen gekommen bist."

„Dann erzähl ich ihnen das einfach nicht."

„Aber dein Sohn wird es ihnen erzählen und auch, dass du es bereits gewusst hast. Schließlich habt ihr schon einen Zahnarzt zu Rate gezogen", entgegnete Hans.

„Morgen früh soll der Container kommen und ich bin dafür, dass erst einmal der ganze Schutt aus dem Keller kommt. Wenn ich dann noch mehr Zähne oder sonst etwas finde, verständige ich die Polizei, OK?", beharrte Uli.

„Was sagt denn Richard dazu?"

„Nichts."

„Wie, nichts? Sag bloß, er weiß noch gar nichts von der Geschichte?"

„Du kennst ihn doch. Er macht sich dann doch nur Sorgen, und wer weiß, was er dann wieder macht. Womöglich bricht er seinen Urlaub ab, nur um mir beizustehen."

„Übertreibst du da nicht?"

„Nein, tue ich nicht."

„Na, ich weiß nicht", zweifelte Hans.

„Ich meine, wenn da wirklich eine Leiche liegt, oder die Reste, dann ist das Drama um sie schon einige Zeit her und das weiß Richard besser als wir alle. Er kennt sich schließlich mit Sachen aus, die schon länger kein Tageslicht gesehen haben", entgegnete Uli.

„Je später du mit der Geschichte rausrückst, desto verärgerter wird er sein", gab Hans zu Bedenken.

„Du übertreibst, auf ein paar Wochen mehr oder weniger kommt es doch nicht an."

„Doch kommt es, aber du musst selber wissen, was du machst."

„Aber wer sagt denn, dass es sich bei dem ominösen Zahn um ein Verbrechen handelt. Es gibt tausend Möglichkeiten, wie der dahingekommen ist. Zum Beispiel kann sich jemand bei den vielen Umbauarbeiten im Keller aus Versehen einen Zahn ausgeschlagen haben."

„Beim Umbau? Einen Backenzahn? Das glaubst du doch selber nicht! So ungeschickt bist ja noch nicht mal du!"

„Sehr witzig! Was weiß denn ich? Ich räume morgen den Schutt da raus und dann wird sich zeigen, ob es bei dem einen Zahn bleibt oder nicht."

„Alles klar, ich helfe dir. Wenn du zwanzig Eimer Schutt geschleppt hast, bist du doch eh platt. Ach was sag ich, wenn du zehn Eimer geschleppt hast."

„Ja, ja, ist schon klar, aber es ist wirklich nett, wenn du hilfst."

„Mach ich, aber denk trotzdem nochmal darüber nach, ob du Richard nicht davon erzählen möchtest. Also, ich wäre sauer."

Als Hans nach Hause gegangen war, dachte Uli über seine Worte nach. Eigentlich würde sie gerne mit Richard darüber sprechen. Sie glaubte nicht, dass er darüber verärgert war, dass sie ihm noch nichts erzählt hatte. Er würde sie mit Sicherheit auf den Arm nehmen, wenn er davon hörte, wie sie mal wieder völlig unorganisiert einen ihrer genialen Pläne verfolgte.

Mittwoch 30. Mai

Am nächsten Morgen stellte Uli fest, dass der Container immer noch nicht da war. Außerdem war die Sonne kaum zu sehen und es sah so aus, als ob es heute noch regnen würde. Ärgerlich fuhr sie Felix zur Schule. Hans hatte schon Recht, Richard würde bestimmt verärgert sein. Der Zahn konnte ja auch bei einer Schlägerei ausgeschlagen worden sein. Das war ein guter Gedanke, fand Uli. Kein Verbrechen und das würde auch erklären, warum ein gesunder Zahn aus einem Kiefer gebrochen war. Als sie wieder zu Hause ankam, stand der heiß herbeigesehnte Container vor ihrer Tür und Hans hatte schon die vollen Eimer, die vor der Tür standen, geleert. Uli war begeistert.

„Da bist du ja schon", begrüßte er sie.

„Melde, keine ungewöhnlichen Vorkommnisse. Los komm, wir gehen auf Spurensuche", grinste sie ihn an.

Drei Stunden später war Uli mit ihren Kräften am Ende und setzte sich auf die Bank vor dem Haus. Der Himmel war grau, aber es regnete nicht. Hans arbeitete weiter, ganz so, als ob er ihr irgendetwas beweisen wollte. Uli war das egal, sie konnte einfach nicht mehr. Ihr dämmerte, dass es noch ganz viel harter Arbeit bedurfte, bis sie mit ihren Umbau fertig war und dann wollte sie auch noch alles renovieren. Hoffentlich wusste Richard das auch zu schätzen. Während sie so ihren Gedanken nachhing, kam Hans und präsentierte ihr einen Unterkiefer mit Zähnen. Einer war vergoldet und funkelte leicht.

„Jetzt hast du deinen Beweis. Und sag nicht, es gibt auch Schweine, die Goldkronen besitzen."

Ulis Augen weiteten sich.

„Ich finde das nicht lustig", sagte sie erschrocken.

„Stell Dich nicht so an, ich wollte Dich nicht erschrecken. Jetzt musst du aber zur Polizei gehen."

Uli erwiderte nichts und nickte.

„Wie wäre es, wenn ich später Felix abhole und du fährst jetzt schon zur Polizei. Wenn du noch nicht da sein solltest, wenn wir zurück sind, sag ich Felix, du hättest noch einmal ins Büro gemusst. Deine Kollegen würden irgendwelche Unterlagen vermissen."

„Hört sich vernünftig an, also kein Wort zu Felix. Ich geh schnell duschen, dann fahre ich sofort zur Polizei und melde mich, wenn ich wieder da bin".

Sie stand auf und merkte, dass sie ganz wackelig auf den Beinen war.

Als sie losfuhr, stellte sie erstaunt fest, dass sich das Wetter gebessert hatte. Die Sonne schien.

Die Polizeiwache befand sich in der Venloer Straße, einer der größten Straßen von Köln. Die stadtauswärts führenden Straßen waren alle nach den Städten benannt worden, zu denen sie ursprünglich führten. Die Venloer Straße war in ganz Deutschland bekannt. Hier wurde die viel diskutierte größte Moschee Deutschlands gebaut.

Uli klingelte und wurde schlagartig noch nervöser, als sie ohnehin schon war. Sie hatte immer das Gefühl, etwas ausgefressen zu haben, wenn sie einen Polizisten sah. Der Summer surrte, die Tür ging auf und machte den Blick auf einen, auf den ersten Blick kleinen Raum frei. Eine Seite war aus Glas, hinter der sie Beamte in Uniform sehen konnte. Eine junge Frau kam auf sie zu und fragte durch die Scheibe, womit sie helfen könne.

„Bei mir im Keller liegen menschliche Knochen und das möchte ich jetzt melden. Ich habe sie zufällig entdeckt, als ich im Keller Umbauarbeiten durchführen wollte."

Die junge Beamtin sah sie kurz sprachlos an, dann fragte sie: „Sind Sie sicher? Könnten es sich nicht auch um Tierknochen handeln?"

„Nein, im Unterkiefer ist ein Goldzahn", erwiderte Uli nüchtern.

„Warten Sie, ich lass Sie rein".

Sie drückte auf einen Knopf und die Tür ging auf. Uli ging hinein.

„Wissen Sie", sagte die Beamtin, „wir sind eigentlich nicht für so etwas zuständig, das machen unsere Kollegen im Stadtteil Kalk, aber sagen Sie mir erst einmal Ihren Namen und Ihre Anschrift."

Uli gab ihr alle Informationen.

„Meine Kollegen können Sie zur Wache nach Kalk bringen", bot die junge Beamtin an.

„Danke, das ist nicht nötig. Ich bin mit dem Auto hier."

„Wo sind denn die Knochen?"

„In meiner Tasche."

„Sie haben sie mitgebracht?"

„Ja, ich dachte, falls man mir nicht glaubt, ist es besser sie bei sich zu haben, und ich möchte sie auch nicht unbedingt behalten."

„Sie haben die Knochen vom Fundort entfernt?"

„Sie lagen in einem Schutthaufen. Ich glaube nicht, dass das der Tatort war."

„Das zu beurteilen ist Sache der Polizei", belehrte sie die junge Polizistin.

„Erst wollen Sie mir nicht glauben und jetzt ist es Sache der Polizei", gab Uli beleidigt zurück.

„Ich habe nur gefragt, ob es sich möglicherweise um Tierknochen handeln könnte, ich habe nicht gesagt, dass ich Ihnen nicht glaube", stellte sie die Situation richtig, worauf Uli nicht antwortete.

„Würden Sie mir bitte die Beweise aushändigen. Ich leite sie dann an die zuständige Stelle weiter."

„Klar, kein Problem, hier bitte."

Uli fummelte eine durchsichtige Plastiktüte aus ihrer Tasche und reichte sie der Beamtin.

„Ich hätte da noch eine Frage. Ist es möglich, dass sich Ihre Kollegen bei mir melden, also zu mir nach Hause kommen, oder ist es besser, wenn ich nach Kalk fahre? Ich habe nur eine Stunde Zeit, weil mein Sohn dann aus der Schule kommt, er ist neun Jahre alt und hat keine Ahnung von der Sache hier. Das wird jetzt zeitlich alles etwas eng für mich."

„Warten Sie, ich frage nach, wie wir in diesem Fall am besten verfahren."

Sie ging weiter nach hinten in den Büroraum und telefonierte. Als sie wiederkam, sagte sie: „Meine Kollegen kommen bei Ihnen vorbei, dann können sie sich auch den Fundort ansehen. Rühren Sie aber nichts an und sorgen sie auch dafür, dass Ihr Sohn keine Gelegenheit hat, den Fundort zu verändern."

Uli fühlte sich bevormundet, nickte aber nur. Nachdem alle Formalitäten erledigt waren, was einige Zeit in Anspruch nahm, bekam Uli von der Polizistin eine Quittung, dass sie den Unterkiefer ordnungsgemäß abgegeben hatte und erfuhr, dass sie Frau Leonard hieß. Eigentlich war sie ganz nett, nur ihren Job nahm sie für Ulis Geschmack zu genau.

Zu Hause angekommen, sah sie ein Auto vor ihrer Tür mit zwei Männern, die warteten. Kaum war Uli an der Haustür, stiegen sie aus und sprachen sie an.

„Sind Sie Frau Uli Winterstein? Ich bin Kai Flatten, Kripo Köln. Das ist mein Kollege Uwe Zimmermann."

In diesem Moment kam Felix angerannt und sah die beiden fremden Herren erstaunt an.

Na, das ging aber schnell, dachte Uli. Die müssen schon losgefahren sein, als ich noch den Papierkram auf der Wache erledigen musste.

„Ja, bin ich, und das ist mein Sohn Felix", sagte sie.

Kai Flatten war groß und hatte dunkelblonde, sehr kurze Haare. Er trug ein rosafarbenes Hemd mit goldenen Manschettenknöpfen. Uli traute ihren Augen nicht. Rosafarbene Hemden waren ja irgendwie immer noch modern, aber sie fand sie grauenhaft. Jeder wie er meint, dachte sie. Dann bemerkte sie die goldenen Manschettenknöpfe, das ging ja gar nicht. Außerdem sah er so aus, als würde er öfter mal die Sonnenbank besuchen. Seine Finger waren passend zu seinem Äußeren sehr gepflegt. Um einiges gepflegter als ihre eigenen. Eine schwarze Stoffhose mit Bügelfalte vervollständigte sein Outfit. Richard würde jetzt sofort wieder Vergleiche mit BWLern oder Juristen ziehen und eine spitze Bemerkung nach die anderen folgen lassen. Uli schmunzelte innerlich, aber Richard wusste ja noch gar nichts von den neusten Abenteuern seiner Freundin.

Kai Flatten lächelte sie charmant an und fragte: „Dürfen wir reinkommen?"

„Ja, natürlich", antwortete Uli und ordnete ihn in die Kategorie Schnösel ein. Sie wollte ihn jetzt schon so schnell wie möglich wieder loswerden. Uwe Zimmermann dagegen war ein ganz anderer Typ. Er hatte schwarze, etwas längere Haare mit grauen Strähnen, die mal wieder einen neuen Schnitt vertragen konnten. Er war schlecht rasiert und sein Gesicht wurde von einer auffallend großen Nase geschmückt. Er trug eine Jeans und ein schwarzes T-Shirt. Das Sprechen schien er seinem Partner zu überlassen. Uwe Zimmermann sah sie nur aus dunklen freundlichen Augen an. Ein merkwürdiges Paar, fand Uli.

Felix plapperte sofort drauf los.

„Sie wollen meinen Zahn haben, stimmt's?"

„Äh", Uli lief rot an, dass mit dem Zahn hatte sie noch gar nicht gebeichtet. Den hatte ihr Sohn mittlerweile in seinem Baumhaus im Garten versteckt. Sie hatte lediglich den Unterkiefer zur Polizei gebracht.

„Die Polizei hat schon alles", log Uli.

„Was, du hast ihnen meinen Zahn gegeben, ohne mich zu fragen? Den hab ich gefunden!"

Heulend lief er zu seinem Baumhaus. Es war doch

immer das Gleiche, dachte Uli, wenn ich glaube, irgendeine Situation im Griff zu haben, dann pfuscht mir irgendetwas dazwischen.

„Wissen Sie was, gehen Sie doch schon mal in den Keller, da wo das Loch in der Wand ist, ist der Fundort. Ich muss mich mal eben um meinen Sohn kümmern."

Ohne zu warten ließ sie die beiden Beamten stehen und lief ihrem Sohn in den Garten hinterher. Oh Mann, das konnte ja keiner ahnen, dass die schon vor der Tür standen, wenn sie nach Hause kam. Da hatte sie sich ja mal wieder was Schönes eingebrockt.

Nachdem sie ihren Sohn beruhigt und ihn davon überzeugt hatte, dass sein Zahn zwar noch da war, er ihn aber abgeben musste, gingen beide langsam zurück zum Haus. Felix hielt seinen Zahn schützend hinter seinem Rücken versteckt und war immer noch stinksauer.

„Siehst du", sagte Uli, „ich hab ihnen nicht deinen Zahn gegeben. Hans hat noch einen anderen Zahn im Keller gefunden."

„Aha, und diesen Zahn hast du der Polizei gegeben?"

„Ja, genau. Ist jetzt alles wieder gut?"

„Mmh", schniefte Felix.

Als sie im Haus angekommen waren, kamen ihnen bereits die beiden Beamten entgegen.

„Die Spurensicherung wird gleich da sein", meinte Flatten. „Wo können wir uns denn unterhalten?"

„Am liebsten im Garten. Das Wetter ist so schön, da bin ich gerne draußen."

„Ich denke, das ist keine gute Idee, dort können uns eventuell ihre Nachbarn hören und wir sollten die Angelegenheit vertraulich behandeln."

„In Ordnung, dann gehen wir doch ins Wohnzimmer. Möchten Sie etwas trinken?"

„Gerne für mich Wasser, wenn es geht?"

„Für mich auch", sagte Zimmermann. Das war das erste Mal, dass er sprach.

„OK, gehen Sie schon mal vor, geradeaus durch, da finden Sie das Wohnzimmer. Ich komme gleich nach. Ich hole nur schnell die Getränke."

Felix folgte den Beamten. Wasser, wie langweilig, dachte Uli. Ich trinke auf jeden Fall eine Cola.

Als sie alle im Wohnzimmer saßen und ihre Getränke hatten, sagte Flatten: „Ihr Sohn hat uns noch einen weiteren Fund anvertraut."

„Hast du den Zahn freiwillig den Polizisten gegeben?", fragte Uli ihren Sohn erstaunt.

Der nickte nur stumm.

„Das finde ich toll von dir."

„Weißt du, Felix", sagte Flatten, „wir müssen etwas mit deiner Mutter besprechen, dafür brauchen wir Ruhe, kannst du uns alleine lassen?"

„Geht es um den Zahn?"

„Ja genau."

„Den hab ich aber gefunden, warum wollen Sie dann mit meiner Mutter sprechen und nicht mit mir?"

Flatten sah Uli hilfesuchend an.

„Felix, wenn du willst, kannst du ruhig hierbleiben. Aber nur, wenn du nicht dauernd dazwischen quatschst. Ich hab dir ja eben erzählt, dass mittlerweile noch ein Zahn aufgetaucht ist."

Sie sah beide Beamte beschwörend an. Uli hoffte inständig, dass Flatten und Zimmermann nichts über den Unterkiefer verlauten ließen.

„Die Polizei möchte nur herausfinden, ob die Person, zu der die Zähne gehören, gestorben ist und bei uns im Keller begraben wurde."

„Du warst schon alleine ohne mich bei der Polizei! Jetzt möchte ich hier bleiben."

„Tut mir leid, weißt du, bei der Polizei war es sowieso

langweilig. Ich habe nur die Zähne, ich meine, den Zahn abgegeben und dann bin ich wieder nach Hause gefahren. Die Polizei ist dann direkt zu uns gekommen. So, und jetzt muss ich ein paar Fragen beantworten."

Felix nickte und Flatten sah sie finster an.

„Ich hoffe, Sie haben nichts dagegen, wenn wir bei der Befragung ein Band mitlaufen lassen."

„Kriege ich eine Kopie?", fragte Uli sofort.

„Wieso?"

„Weil ich gerne eine hätte."

„Nein, das ist nicht möglich. Diese Aufnahme dient lediglich dazu, ein Protokoll anfertigen zu können. Ich muss Sie auch bitten, über unser Gespräch Stillschweigen zu bewahren, um unsere Ermittlungen nicht zu gefährden, und es wäre mir wirklich lieber, wenn ihr Sohn nicht dabei wäre."

Das fängt ja gut an, dachte Uli. Das Gespräch hat noch gar nicht angefangen und schon kriege ich zu hören, was ich zu tun und zu lassen habe.

Es klingelte.

„Moment, ich geh mal eben zur Tür."

„Wir kommen mit, das ist bestimmt die Spurensicherung. Wir zeigen unseren Kollegen nur schnell den Fundort."

Das kann ich doch auch machen, dachte Uli. Schließlich wohne ich hier. Sie sagte aber nichts.

Gemeinsam gingen sie zur Tür. Als sie die Tür öffnete, sah Uli, dass es sich tatsächlich um die Spurensicherung handelte. Vor ihrer Tür standen zwei Personen. Sie waren in weiße Schutzanzüge gekleidet und trugen in der Hand blaue Überziehschuhe. Erst auf den zweiten Blick konnte sie erkennen, dass es sich um eine Frau und einen Mann handelte. Sie hatten Koffer sowie eine Fotoausrüstung bei sich.

Bevor Uli etwas sagen konnte, übernahm Flatten die

Führung und manövrierte alle in den Keller. Im Vorbeigehen stellte er Uli und ihren Sohn, der mit großen Augen die Szene beobachtete, kurz vor.

„Weißt du was?", sagte Uli zu ihrem Sohn, „geh doch zu Hans rüber und erzähl ihm, was hier los ist. Die Polizei möchte lieber mit mir alleine reden. Ich erzähl dir nachher aber alles."

„Du hast aber gesagt, ich darf dabei bleiben, wenn ich ruhig bin."

Felix war immer noch ganz beeindruckt vom Anblick der Spurensicherung.

„Ja, ich weiß", seufzte Uli, „aber sie wollen das nun einmal nicht. Was soll ich denn machen? Ganz ehrlich, wenn du dabei bist, muss ich morgen oder so auf die Wache und ihnen da nochmal alle Fragen beantworten, weil sie in deiner Gegenwart nicht alles fragen wollen. Da hab ich gar keine Lust zu, es wäre wirklich toll von dir, wenn du uns alleine lässt."

„Und du erzählst mir nachher wirklich alles?"

„Ja, wirklich, ich erzähl dir alles", sagte Uli etwas lauter als nötig, damit auch die Polizisten, die möglicherweise ein nicht so gutes Gehör hatten, auf der Kellertreppe alles mitbekamen.

Felix nickte und lief los, um Hans die neusten Ereignisse zu berichten.

Kaum war er weg, standen Flatten und Zimmermann hinter ihr.

„Ok, gehen wir wieder ins Wohnzimmer. Die Befragung kann losgehen", grinste Uli die beiden an und ging ihnen voraus.

Als alle saßen, schaltete Flatten das Band ein.

Er forderte Uli auf: „Bitte sagen Sie uns noch einmal Ihren Namen und Ihre Anschrift."

Uli antwortete brav und dachte sich, das wissen die doch schon, sonst hätten sie mich ja wohl kaum gefunden.

„Wie haben Sie den Zahn, den uns ihr Sohn ausgehändigt hat, gefunden?"

„Den hab ich nicht gefunden, den hat mein Sohn gefunden und den können wir jetzt nicht fragen, weil Sie ihn ja nicht dabeihaben wollten", antwortete Uli mit einer gewissen Genugtuung.

„In Ordnung, kommen wir jetzt zum Unterkiefer, wo haben Sie ihn gefunden?"

„Den habe ich auch nicht gefunden, das war mein Nachbar, als er mir geholfen hat, den Schutt aus dem Keller zu räumen."

„Ich fasse kurz den Sachverhalt zusammen, sie haben weder Zahn noch Unterkiefer gefunden. Beide Fundstücke wurden Ihnen ausgehändigt, wobei Sie dann nur eins zur Polizei gebracht haben. Ist das richtig?"

„Ja, das ist richtig", gab Uli kleinlaut zu und fand Flatten immer unsympathischer. Zimmermann gab keinen Mucks von sich. Uli hatte den Eindruck, als wäre er gar nicht richtig da.

„Können Sie uns die Personalien sowie die Anschrift von Ihrem Nachbarn geben?"

„Sicher, wir können aber auch schnell rübergehen, mein Sohn ist auch da, dann können Sie beide befragen."

„Vielleicht später", gab Flatten kurz zurück. „Zu welchem Zeitpunkt erhielten Sie Kenntnis über die Fundstücke?"

Noch förmlicher geht es nicht, dachte Uli, und antwortete: „Den Zahn hat mein Sohn am frühen Abend des 28. Mai gefunden und der Fund des Unterkiefers inklusive Zähne, wobei einer mit einer goldene Krone versehen war, wurde mir am 30. Mai, also heute gegen Mittag zur Kenntnis gegeben." Förmlich kann ich auch, dachte sie, und grinste innerlich.

„Danach sind sie dann zur Polizeidienststelle in die Venloer Straße gefahren?"

„Genau, dorthin habe ich das genannte Fundstück verbracht", setzte Uli noch eins drauf.

„Wo wurde das Fundstück gefunden?", fragte Flatten leicht genervt.

„Im Keller, da wo jetzt die Spurensicherung alles auf den Kopf stellt. Ich kann es Ihnen aber gerne noch einmal zeigen", langsam war auch Uli genervt.

Flatten sah sie mit hochgezogenen Augenbrauen an und antwortete: „Ich muss Ihnen all diese Fragen stellen. Wir brauchen sie für das Protokoll, welches wir anhand der Bandaufzeichnung anfertigen werden. Deshalb fragen wir so genau wie möglich, damit wir Sie in Zukunft so wenig wie möglich belästigen müssen. Das verstehen Sie doch sicher? Außerdem weise ich Sie hiermit noch einmal ausdrücklich darauf hin, dass Sie uns alles, was Sie wissen, und sollten Sie es für noch so unbedeutend halten, mitteilen sollten, damit wir die Sache so schnell wie möglich aufklären können."

Autsch, das saß. Jetzt fühlte Uli sich echt mies, und das in ihrem eigenen zu Hause. Na toll, und Zimmermann sah immer noch so aus, als ginge ihn das alles nichts an. Sie beschloss, beide unsympathisch zu finden und die Sache so schnell wie möglich hinter sich zu bringen.

„Die Fundstücke wurden hinter einer Wand in einem Hohlraum eines ehemaligen Treppenabsatzes gefunden", beantwortete Uli Flattens Frage.

„Was wurde alles vom Fundort entfernt?"

„Schutt."

„Wo ist dieser Schutt jetzt?"

„Im Container vor der Tür."

„Ich muss Sie bitten, alles so zu lassen, wie es zurzeit ist, bis der Fundort wieder freigegeben wird. Weiterhin möchte ich Sie darauf hinweisen, dass weder Sie noch ihr Sohn oder sonst eine unbefugte Person den Fundort betreten darf. Außerdem möchte ich Sie darauf hinweisen, dass diese

Vorschrift auch für den Container gilt."

Uli nickte und fragte sich insgeheim, ob Flatten von ihr verlangen wollte, dass sie eine Wache vor den Container postierte.

„Wie ich bereits sagte, werden wir anhand des Bandes ein Protokoll anfertigen, welches, sollten Sie keine Einwände oder Zusätze mehr haben, von Ihnen unterschrieben werden muss. Sobald es fertig ist, werden Sie informiert."

Wiederum nickte Uli.

„Sollte Ihnen noch etwas einfallen, können Sie uns gerne anrufen", sagte Flatten und reichte ihr seine und Zimmermanns Karte.

Uli nahm sie und dachte, nie im Leben ruf ich einen von euch Pappnasen an.

Später in der Nacht verabschiedete sich der letzte Mitarbeiter der Spurensicherung und kündigte an, am nächsten Morgen pünktlich um acht Uhr wieder da zu sein.

Donnerstag, 31. Mai

Irgendwo in ihrem Arbeitszimmer mussten die Unterlagen, die sie von den Vorbesitzern des Hauses bekommen hatte, doch sein. Ihre Ablage war wirklich eine Katastrophe, zudem hatte sie nie gedacht, dass sie einmal wissen wollte, wer alles vor ihr das Haus besessen hatte. Wahrscheinlich hatte sie alle Unterlagen, den Kredit- und den Notarvertrag und eben auch die Kopien der Grundbucheintragungen auf einen ihrer zahlreichen Stapel gelegt, die sie als wichtig klassifiziert hatte. Das hatte sie nun davon. Gut, dachte sie, das ist dann wohl die Gelegenheit, eine vernünftige Ablage zu schaffen. Sie fing an, den ersten Stapel zu durchsuchen, fand aber nichts. Die Tatsache, dass sie alle Blätter in umgekehrter Reihenfolge wieder aufschichtete, ließ ihren zuvor gefassten Entschluss schneller verblassen als einen guten Vorsatz am Neujahrsmorgen.

Sie wusste, dass das Haus, wie alle anderen Häuser in der Gartensiedlung auch, einer Genossenschaft gehört hatte. Die Häuser wurden zunächst an Arbeiterfamilien vermietet. Sie hatten direkt in der Einflugschneise des damaligen Flughafens Butzweilerhof gelegen, den es heute nicht mehr gab. In seinen Anfängen als erster ziviler Kölner Flughafen war er 1909 ein Luftschiffhafen für Zeppeline. Im ersten und zweiten Weltkrieg wurde er auch zu militärischen Zwecken genutzt und 1930 an den Nachtflugverkehr angeschlossen. Dies musste für die damaligen Bewohner der Gartensiedlung sehr unangenehm gewesen sein. Nachdem 1967 die Engländer den Flughafen verließen, wurde er nur noch gelegentlich als Flugplatz für Sport- und Segelflugzeuge genutzt. Im Jahre 1980 wurde der Betrieb endgültig eingestellt.

In den darauffolgenden Jahren wurden die Häuser der Gartensiedlung, die bis dahin noch nicht ihren Eigentümer gewechselt hatten, ebenfalls günstig verkauft. In den meisten Fällen wurden sie von den ehemaligen Mietern erworben, die bereits darin wohnten.

Im fünften Wichtigstapel wurde sie fündig. Sie erfuhr, dass ein Peter und Friedhilde Stein, vormals Mieter des Hauses, es 1979 erworben hatten. Diese Familie hatte das Haus bewohnt, bis sie es in zweiter Generation an Uli verkauften. Vor ihr gab es also nur zwei andere Eigentümer. Die Genossenschaft und die Familie Stein. Das war ja übersichtlich, dachte sie.

Sie rief Hans an und erzählte ihm die Neuigkeit.

„Die Polizei wird wahrscheinlich schnell wissen, wer aus diesem Haus verschwunden ist", spekulierte sie.

„Na dann brauchst du ja auch nicht Detektiv zu spielen und kannst endlich deine bessere Hälfte einweihen", antwortete Hans.

Freitag 01. Juni

Uli beschloss, ihren Urlaub rückgängig zu machen. Es regnete den ganzen Tag und die Sonne würde sich auch in den nächsten Tagen nicht blicken lassen. Ihren Keller durfte sie nicht mehr betreten und dauernd waren Leute da, die sie nicht kannte. Ihr Chef hatte bestimmt nichts dagegen und so würde sie nach dem Wochenende wieder im Büro sein.

Als sie an diesem Tag mit ihrem Sohn im Schlepptau nach Hause kam, wurde sie von Hans aufgehalten.

„Ich habe Neuigkeiten für dich."

Bevor Uli etwas sagen konnte, sprudelte es schon aus ihm heraus.

„Ich habe gehört, dass in deinem Haus ein Zimmer an Fremdarbeiter vermietet worden ist. Da haben immer wieder junge Männer bei dir gewohnt", grinste er.

„Da muss ich mal zum Einwohnermeldeamt, die können mir bestimmt sagen, wer wann wie lange da war."

„Nee, nee, so einfach ist das nicht. Die waren nicht gemeldet."

„Woher willst du das wissen?"

„Das sagt die Gerüchteküche unserer Straße und die ist ziemlich zuverlässig. Kannst es natürlich mal im Einwohnermeldeamt versuchen. Schaden kann es ja nicht."

„Wer hat denn bei uns im Haus gewohnt?", fragte Felix dazwischen.

„Keine Ahnung, aber wenn einer etwas Genaueres weiß, dann die alte Frau Poch. Die wohnt hier schon solange ich denken kann", sagte Hans eher zu Uli als zu Felix.

„Na, das kann ja nicht so lang sein", spottete Uli.

„Ja, ja, schon gut. Ich wollte dir das nur sagen, was du damit machst, ist dein Ding. Ich muss jetzt auch wieder los. Hab 'ne Verabredung." Bevor Uli neugierig nachhaken konnte, um was für eine Verabredung es sich handelte, war er auch schon verschwunden.

Felix, der interessiert zugehört hatte, fragte: „Mama, welche jungen Männer haben bei dir gewohnt? Weiß Richard davon?"

„Gar keine, das war früher nach dem Krieg, da wurde ein Zimmer in unserem Haus an Leute vermietet, die in ihrer Heimat keine Arbeit hatten. Hier war alles zerstört und musste wieder aufgebaut werden. Da sind viele Menschen hierhergekommen, um zu arbeiten und Geld zu verdienen."

„Aha, müssen wir das jetzt der Polizei sagen?"

„Gute Frage, ich weiß nicht, aber ich denke, es wäre besser, ihnen Bescheid zu geben. Vielleicht wissen sie es ja auch schon."

„Wenn du hinfährst, kann ich dann mit?"

„Ich fahr nicht hin, ich ruf sie an, das geht schneller."

„Hinfahren ist aber spannender."

„Nee, glaub mir, das ist langweilig. Die sitzen in einem Büro rum, so eines wie ich auch habe. Das kennst du doch und dann sagt man ihnen was man weiß und kann wieder gehen."

„Das hört sich wirklich langweilig an", ließ sich Felix überzeugen.

„Wenn du willst, können wir mal ein Polizeipräsidium besichtigen. Ich kann mal anrufen und fragen, ob sie Führungen für Kinder machen."

„Mmh, ich weiß nicht. Lass erst mal, vielleicht im Winter, wenn das Wetter schlecht ist und mir langweilig ist."

„OK, im Winter", schmunzelte Uli und dachte, noch schlechter kann das Wetter kaum werden.

Uli suchte in einer Schublade nach der Karte von Flatten oder auch von Zimmermann. So kann man sich irren, dachte sie, die wollte ich in meinem ganzen Leben nicht anrufen. Nach einer Weile fand sie beide gleichzeitig und entschied sich, Zimmermann anzurufen.

Es wurde abgenommen und Flatten war am Apparat. Na toll, dachte Uli im Stillen und gab die Informationen, die Hans ihr gegeben hatte weiter. Nur von Frau Poch erzählte sie nichts. Uli fragte, ob sich schon etwas Neues ergeben hätte und bekam die Antwort, dass man ihr über die laufenden Ermittlungen keine Auskunft geben könne. Bei dieser Gelegenheit teilte Flatten ihr auch gleich mit, dass das Protokoll fertig sei und sie nur noch vorbeikommen solle, um es zu unterschreiben. Uli erklärte, sie würde so schnell wie möglich kommen, und legte auf.

Samstag, 02. Juni

Gegen zehn Uhr ging Uli zu Frau Poch. Sie klingelte. Kurz darauf hörte sie schlurfende Schritte und die Türe wurde geöffnet.

„Guten Morgen, ah die neue Nachbarin. Das ist ja eine Überraschung."

Eine alte Dame mit einem unglaublich runzligen Gesicht mit zwei freundlichen hellen Augen, erschien. Sie ging sehr aufrecht und trug ihre weißen Haare kurz.

„Guten Morgen, Frau Poch. So neu bin ich ja jetzt auch nicht mehr. Ich wohne schon zwei Jahre hier. Ich hoffe, ich störe nicht."

„Ach Kindchen, Sie stören nicht, was haben Sie auf dem Herzen?"

„Ich habe da wirklich ein Anliegen. Ich habe gehört, dass Fremdarbeiter in meinem Haus gewohnt haben. Jetzt interessiere ich mich dafür, was das für Leute waren und so. Ich dachte, wenn überhaupt jemand etwas weiß, dann Sie, da Sie ja ihr ganzes Leben in dieser Straße wohnen."

„Das stimmt mein Kind, aber lassen Sie uns doch vor die Tür gehen und uns in die Sonne setzen. Es ist ja fast schon ein Wunder, das es nicht regnet, das muss man ausnutzen. Ich erzähle Ihnen alles was ich weiß. Wissen Sie, ich freue mich immer, wenn ich Besuch bekomme und Sie haben Glück, heute Morgen habe ich Zeit. Heute Nachmittag kommt mein Enkel. Ich habe noch Kaffee, setzen Sie sich schon einmal hin. Ich komme gleich wieder."

Uli setzte sich auf die Bank vor dem Haus und ließ sich die Sonne ins Gesicht scheinen. Hoffentlich hielt sich das Wetter, aber sie glaubte nicht wirklich daran. Laut Wettervorhersage sollte es bald wieder Regen geben. Sie schaute einem älteren Mann nach, der joggte und für sein Alter erstaunlich fit wirkte.

Sie wohnte wirklich gerne in dieser Straße. Ihre Nachbarn waren nett. Es war ein wenig wie in einem Dorf, allerdings ohne die Enge. Die Nachbarn waren natürlich genauso neugierig, wie überall, aber sie verurteilten niemanden. Das gefiel ihr sehr gut und sie konnte sich vorstellen, hier den Rest ihres Lebens zu bleiben. Sie hoffte, Richard würde das genauso sehen.

Frau Poch und der Duft von frisch aufgebrühten Kaffee riss sie aus ihren Gedanken.

„Hier ist der Kaffee. Die ganze Straße, ach, was sage ich, das ganze Viertel redet über Ihren Fund im Keller."

„Ja, das kann ich mir denken. War die Polizei denn auch schon bei Ihnen und hat sie befragt?"

„Nein, bei mir waren sie noch nicht, aber das kommt bestimmt noch."

„Auf jeden Fall", bekräftigte Uli.

„Ihr Sohn ist ja auch ganz aufgeregt, was diese Sache angeht, nicht wahr?"

„Ja, das stimmt, aber tun Sie mir einen Gefallen, glauben Sie nicht alles, was er sagt. Er neigt zu Übertreibungen."

„Ja, so sind Kinder. Sie haben alle sehr viel Phantasie. Wir Erwachsenen müssen aufpassen, dass sie uns nicht verlorengeht. Ich weiß wirklich viel über die Geschichten, die in dieser Straße passiert sind. Ich bin im Haus Nummer zehn, das kleine vorne an der Ecke, geboren worden und auch hier aufgewachsen. Meine Eltern und ich haben damals mit der Familie meiner Mutter zusammen gewohnt. Später sind wir dann in das Haus Nummer vierzehn gezogen. Da hatten wir mehr Platz und auch einen größeren Garten. Als dann der Krieg kam, wurde das Haus der Familie meiner Cousine zerstört und sie sind zu uns gezogen. Wir haben mit sieben Personen dort gewohnt. Meine Cousine und ich, wir sind wie Geschwister aufgewachsen. Ich kann Ihnen Bilder zeigen. Die muss ich aber erst suchen."

„War das nicht sehr eng, mit so vielen Personen zusammen zu wohnen."

„Doch natürlich, Sie können das aber nicht mit den heutigen Verhältnissen vergleichen. Die Zeiten heute sind ganz anders. Früher war das normal. Bei Ihnen im Haus wohnte ja auch eine Familie, die aus zwei Generationen bestand. Die Steins waren zwar nicht so viele wie wir, aber trotzdem genug, um das ganze Haus bewohnen zu können. Sie wissen ja selber, dass die Häuser nicht gerade groß sind. Trotzdem haben sie ein Zimmer vermietet."

„Wann wurde denn in meinem Haus das erste Mal ein Zimmer vermietet?", versuchte Uli anzuknüpfen und auf ihr eigentliches Anliegen zu kommen.

„Kind, alles der Reihe nach. Heute hat keiner mehr Zeit. Sie müssen sich schon die ganze Geschichte anhören, sonst verstehen Sie nicht, wie das war, damals meine ich."

„Entschuldigung, ich bin wirklich ungeduldig."

„Ich weiß, sonst würden Sie ja auch warten, bis die Polizei mit ihrer Arbeit fertig ist und sich dann das Ergebnis anhören, aber das dauert Ihnen ja viel zu lang. Dafür sind sie zu neugierig, stimmt's?"

„Ja, ich fürchte schon."

„Ja, ja, ich war früher genauso. Wo war ich stehen geblieben? Ach ja, meine Cousine Käthe ist nach dem Krieg nach Amerika ausgewandert. Ich habe sie auch einmal dort besucht, sie hat einen stattlichen Amerikaner geheiratet. Den hatte sie nach dem Krieg hier in Köln kennengelernt. Wissen Sie, die durften nicht mit uns Deutschen Kontakt aufnehmen. Wir waren ja der Feind, aber meine Cousine, das dolle Ding, hat einen Weg gefunden, ihn zu treffen, ohne dass ihre oder meine Eltern das mitbekommen haben. Das war schon ganz schön schwierig. Ich wusste natürlich Bescheid, aber ich hätte sie nie im Leben verraten. Als er wieder zurück in seine Heimat musste, ist der Kontakt nicht abgebrochen und er hat sie zu sich geholt. Er hat ihr ein

Flugticket geschickt. Ich kann Ihnen sagen, das war ein Skandal. Mein Onkel, also der Vater meiner Cousine war außer sich. Das hat aber alles nichts genutzt. Als sie in Amerika war, haben sie Tatsachen geschaffen und ganz schnell geheiratet. Ja, so war das damals. Heute kann ja jeder heiraten, wen er will. Damals war das anders. Hauptsache, der Verlobte kam aus gutem Hause. Ja, ja, das waren noch Zeiten. Aber jetzt zurück zu Ihrem Haus. In den sechziger Jahren und auch noch am Anfang der siebziger Jahre wurde ein Zimmer an Fremdarbeiter vermietet. Es ist das Zimmer, in dem ihr Sohn jetzt sein Kinderzimmer hat. Ich glaube nicht, dass die Leute damals bei der Stadt gemeldet waren. Das war ein Zubrot damals, man musste ja gucken, wo man blieb. Vielleicht zum Schluss, aber am Anfang bestimmt nicht, da hatten die Leute ganz andere Sorgen. Wissen Sie, eine Hand wäscht die andere. Einer dieser Männer wurde übrigens mein späterer Mann."

„Wirklich? Das wusste ich ja gar nicht."

„Ja, deshalb weiß ich auch so gut über die Aufteilung in Ihrem Haus Bescheid", lächelte Frau Poch verschmitzt.

„Mein Mann kam nicht aus Köln und meine Familie war nicht begeistert. Aber nach dem Skandal von Käthe und ihrem Ami war das bei mir nicht mehr so schlimm. Mein Mann war ja wenigstens Deutscher, obwohl er aus der Eifel kam, aus einem Dorf bei Bitburg. Wir Mädchen hier aus der Straße haben immer ganz genau beobachtet, wer da wohnte. Es waren fast immer Junggesellen, oder zumindest haben sie uns das erzählt. Bei uns gab es ja kaum noch Männer, die waren alle im Krieg gefallen und da musste jede sehen, wo sie blieb. Nicht so wie heute. Wieso haben Sie eigentlich keinen Mann?"

„Wieso? Ich hab doch einen Mann."

„Ja, aber Sie sind nicht verheiratet."

„Stimmt, ich möchte auch nicht heiraten. Ich bin auch

ohne Trauschein glücklich mit meinem Freund Richard. Den kennen Sie doch?"

„Ja, ein netter junger Mann, aber wenn Sie nicht heiraten, wer versorgt Sie und ihr Kind?"

„Machen Sie sich mal keine Sorgen", langsam wurde Uli ärgerlich. Dieses Gespräch nahm eine Wendung, die ihr gar nicht behagte.

„Ja heutzutage geht das. Das ist gut. In meiner Generation musste man einen Mann haben, der einen versorgte. Kaum eine Frau ging arbeiten und wenn doch, haben alle anderen getuschelt. Ich kenne keinen Mann aus meiner Generation, der wollte, dass seine Frau arbeitet. Die Frauen, die dann doch gearbeitet haben, wurden von uns anderen belächelt. Heute würde ich das nicht mehr machen, aber damals war das so. Nach dem Krieg, beim Wiederaufbau durch die Trümmerfrauen war das kurz anders. Später änderte sich die Einstellung wieder. Als nach dem Krieg die Gastarbeiter kamen, wohnten die meisten ein paar Jahre in Ihrem oder in einem anderen Haus. Dann gingen sie zurück in ihre Heimat oder heirateten und zogen weg. Es waren Polen, Türken, Spanier und Italiener und manche kamen auch, so wie mein Mann, aus einem anderen Teil Deutschlands, aber das war selten."

„Wer wohnte denn bei mir im Haus und vor allem für wie lange? Können Sie sich an Namen erinnern?", versuchte Uli noch einmal das Thema in eine andere Richtung zu lenken.

„Langsam, langsam Kindchen, eins nach dem anderen. Also mein Mann wohnte so ein Jahr bei Ihnen, dann zogen wir in das Haus Nummer achtzehn. Also in das hier und sind nie wieder umgezogen. Es gab einen Italiener, der hieß mit Nachnamen Di Lauro, das hab ich mir gemerkt. Er war bestimmt drei Jahre da und hat in den Ferien seine Familie in Italien besucht. Diese ist später nachgekommen, also seine Frau, aber erst als sie schwanger war. Dann sind sie zusammen aufs Land irgendwo in Richtung Bergheim gezogen.“

„Ich dachte, es wären nur Junggesellen gewesen.“

„Ja“, lachte Frau Poch, „das haben wir am Anfang auch gedacht. Bei den meisten handelte es sich um Junggesellen.“

„Die Männer sind also alle alleine hier gewesen und manche hatten eine Familie in ihrer Heimat?“

„Ja genau. Irgendwie ist die Vorstellung nicht schön, dass ein Mann seine Familie zurücklassen muss, finden Sie nicht?“

„Da haben Sie Recht“, stimmt Uli zu. „Wer hat denn nach Herrn Di Lauro bei mir gewohnt?“

„Dann war da noch ein Türke. Ein feiner Mann. Burhan, so hieß er. Ich weiß nicht mehr so genau. Den Nachnamen konnte ich nie aussprechen. Er hat bestimmt vier Jahre hier gewohnt. Dann ist seine Familie nachgekommen. Er hatte auch Kinder und sie sind alle zusammen woanders hingezogen. Da haben wir schon den zweiten, der kein Junggeselle war“, lachte Frau Poch. „Außerdem gab es noch einen Polen. Er war der erste, der in ihr Haus gezogen ist. Ich kann mich nicht mehr so gut an ihn erinnern. Er war mir unheimlich und ich bin ihm aus dem Weg gegangen.“

„Warum war er Ihnen unheimlich?“ Langsam wurde es interessant.

„Ich weiß nicht, ich mochte nicht in seiner Nähe sein. Er hat kaum gesprochen und sich aus allem rausgehalten. Er war mir einfach nicht geheuer.“

„Also zuerst war da der Pole. Wie lange war er denn da und in welchem Jahr ist er eingezogen?“

„Das muss ungefähr 1950 gewesen sein. Er hat ungefähr zehn Jahre in Ihrem Haus gewohnt, aber wie gesagt, viel weiß ich nicht über ihn. Vielleicht hat er auch weniger als zehn Jahre dort gewohnt. Dann kam mein Mann, er war ein Jahr da und dann kam der Italiener für ungefähr drei Jahre.

Halt! Dazwischen war noch jemand anderes. Jetzt fällt es mir wieder ein. Ein Spanier, er hieß mit Nachnamen Gomez. Ein ansehnlicher Kerl. Er hat bei Ford im Schichtdienst gearbeitet und hat jede zusätzliche Arbeit angenommen, die er kriegen konnte. Wenn er da war, hat er nur geschlafen, der arme Kerl. Wir haben ihn fast nie gesehen. Obwohl, zu dieser Zeit waren die Männer in Ihrem Haus für mich nicht mehr so interessant. Ich war ja damals gerade frisch verheiratet und mit meinem Mann zusammengezogen. Da hatte ich andere Sachen im Kopf, Sie verstehen, was ich meine", lachte Frau Poch verschmitzt.

„Ja, grinste Uli, „und dann kam der Italiener und danach der Türke."

„Ach nein, den hatte ich gerade vergessen. Der war vor dem Italiener da. Also jetzt mal der Reihe nach. Zuerst der Pole, dann mein Mann und dann der Spanier, gefolgt von dem Türken und als letzter hat der Italiener bei Ihnen gewohnt. So jetzt habe ich aber keinen mehr vergessen und die Reihenfolge stimmt auch."

„Ist Ihnen bei irgendjemanden etwas aufgefallen?"

„Nein, nur den Polen mochte ich nicht. Das war nur so ein Gefühl. Meinen Mann haben Sie ja leider nur kurz kennengelernt. Ein wunderbarer Mann, auch wenn er nicht aus Köln kam. Zu dem Spanier kann ich nicht viel sagen. Ich habe ihn ja kaum zu Gesicht bekommen. Ich erinnere mich kaum daran, wie er aussah."

Frau Poch machte eine kurze Pause, bevor sie fortfuhr.

„Der Türke war immer sehr korrekt, hat aber mehr für sich gelebt. Über ihn kann ich Ihnen also auch nicht viel erzählen, aber ich erinnere mich an sein Äußeres. Er hatte einen mächtigen Schnäuzer und ganz schwarze Haare. Er war nicht sehr groß."

Diese Beschreibung ist ja völlig unbrauchbar, dachte Uli, hielt aber wohlweislich den Mund und nickte nur.

„Ja und dann der Italiener. Er war ein sehr schöner Mann", schwärmte Frau Poch.

„Wirklich, obwohl ein bisschen klein, so wie der Türke auch, aber ein wirklich schöner Mann. Er hat auch immer ein bisschen geschäkert, also alles im Rahmen, nicht dass Sie denken, er wäre eine Konkurrenz für meinen Mann gewesen. Niemals! Er hat nicht nur mit mir geflirtet, auch mit den anderen Frauen aus der Straße. Wenn unsere Männer dabei waren, hat er sich selbstverständlich absolut korrekt verhalten. Es war ihm nie ernst. So sind die Südländer eben, und als seine Frau kam, ist er auch zu ihr gezogen."

„Das ist wirklich alles sehr interessant", sagte Uli und meinte es auch so. Alte Geschichten faszinierten sie einfach.

„Ja, ist es, aber jetzt muss ich wieder ins Haus und alles parat machen, mein Enkel kommt mich ja besuchen, was soll er denn von seiner Oma denken, wenn überall alles herumliegt? Sie putzen nicht so viel, stimmt's? Ich sehe das an Ihren Fenstern."

Uli nickte und lachte. „Das haben Sie gut beobachtet, das ist nicht so mein Ding."

„Ja, heutzutage ändert sich vieles, aber ich bin noch vom alten Schlag. Wenn Sie wieder etwas wissen möchten, kommen Sie ruhig noch einmal vorbei."

„Danke, darauf komme ich gerne zurück und wenn Sie Lust haben, können Sie mich auch gerne besuchen. Auch einfach so, wenn Ihnen die Decke auf den Kopf fällt."

„Danke, aber mir fällt die Decke nicht auf den Kopf. Dass ihr jungen Leute immer meint, die Alten wissen nichts mit ihrer Zeit anzufangen."

„Oh, Entschuldigung. So hab ich das nicht gemeint", beeilte sich Uli zu sagen.

„Sie sind auch eine Kölnerin, stimmt's? Das Herz auf der Zunge, gefällt mir. Jetzt muss ich aber los", sagte Frau Poch, nahm Uli die Tasse aus der Hand und marschierte in ihr Haus. Uli stand ebenfalls auf und wollte nach Hause gehen. Da kam ihr Hans, der gerade von einem älteren Herrn, der joggte überholt wurde, grinsend entgegen.

„Na, steht dein Haus noch, oder hat die Polizei alles auseinandergenommen?"

„Hör bloß auf. Das einzig Gute ist, dass sie den ehemaligen Treppenabsatz freilegen und ich das nicht machen muss. Hast du Hunger, es ist fast Mittag, wir können zusammen essen und ich erzähl dir, was ich von Frau Poch erfahren habe."

„Gerne, hast du Rotwein?"

„Nee, immer noch nicht."

„Dann gehen wir zu mir. Wir können uns zum Essen in den Garten setzen. Bei dir ist uns sowieso die Polizei im Weg."

„Einverstanden."

Beide gingen zu Hans. Uli setzte sich in die Küche und sah Hans zu, wie er Nudelwasser aufsetzte.

„Es gibt Spaghetti mit Basilikumpesto. Selbst gemacht."

„Von dir?"

„Was soll das denn heißen? Natürlich von mir. Hab ich gestern gemacht, ganz frisch mit Pinienkernen."

„Ich bin beeindruckt."

„Kannst du auch sein. Er warf die Nudeln in das kochende Wasser. Du kannst schon mal den Wein und die Teller in den Garten bringen, das Essen ist gleich fertig."

Der Garten war klein und besaß einen winzigen Teich, den man vor lauter Pflanzen kaum sehen konnte. An den Rändern wuchsen Lupinen, Margeriten, Fingerhut, Rittersporn und verschiedene Arten von Funkien. Auf der winzigen Rasenfläche stand ein alter abgestorbenen Baum, der von einer Clematis und einer Rose erobert worden war. Darunter standen eine hölzerne Bank, ein Tisch aus Gusseisen und zwei Stühle, die eigentlich zu einer

Biergartenausstattung gehörten. Als Uli den Tisch gedeckt hatte, setzte sie sich und schenkte den Wein ein. Hier konnte man wirklich seine Seele baumeln lassen. Hans kam mit den dampfenden Nudeln und Uli prostete ihm zu.

„Na dann erzähl mal. Ich bin schon gespannt."

Uli erzählte alles, was sie von Frau Poch erfahren hatte.

„Das wird schwierig. Es kommen fünf Personen in Frage, die den Mord begangen haben könnten, oder die das Opfer sein könnten", überlegte Hans.

„Nee, nur vier", antwortete Uli.

„Der Mann von Frau Poch kann nicht das Opfer sein, er ist letztes Jahr im Herbst im Krankenhaus gestorben."

„Er könnte aber Täter sein."

„Findest du das wahrscheinlich? Er soll ein toller Mann gewesen sein."

„Wer sagt das?"

„Frau Poch, sie sagt einen besseren Mann hätte sie nicht finden können."

„Da sagen die Nachbarn aber etwas anderes."

„Wieso?"

„Er soll ein echter Stinkstiefel gewesen sein. Ein Kontrollfreak, der allen hinterherspioniert hat. Außerdem hat er sich immer über den Kinderlärm beschwert. Vor zwanzig oder fünfundzwanzig Jahren hat er versucht, den Kindern während der Mittagszeit das Spielen auf der Straße zu verbieten. Er wollte nicht, dass sie sich auch nur auf der Straße aufhielten", lachte Hans.

„Das hat zum endgültigen Bruch mit der Nachbarschaft geführt. Es war sehr schwer, mit ihm auszukommen."

„Davon hat Frau Poch nichts erzählt. Bei ihr klang es ganz nach heiler Welt."

„Die gibt es doch gar nicht. Aber man kann sie sich natürlich einreden und wenn eine Scheidung nicht in Frage kommt, hat man wohl auch keine andere Wahl."

„Jetzt sei mal nicht so negativ. Erzähl mir lieber noch

etwas vom alten Poch."

„Da gibt es nicht mehr viel zu erzählen. Ich habe den alten Poch auch nur in seiner ruhigen Phase erlebt, aber da war er auch schon alt und konnte nicht mehr so, wie er wollte. Mal etwas anderes: Wo ist eigentlich dein Sohn?"

„Der ist mit seinem Freund Lukas unterwegs. Wahrscheinlich übernachtet er auch dort."

„Das trifft sich ja gut", grinste Hans.

„Wieso", fragte Uli unschuldig.

„Na, da kannst du am Wochenende ganz ungestört Detektiv spielen."

„Erwischt", gab Uli zu und schenkte Hans und sich Wein nach. Es hatte ihr ganz ausgezeichnet geschmeckt.

Felix übernachtete tatsächlich bei seinem Freund Lukas in Sürth, einem Kölner Stadtteil am anderen Ende des linksrheinischen Kölns, und wollte erst am Sonntagabend gegen neunzehn Uhr wiederkommen. Die Familie seines Freundes bewohnte ein altes Haus direkt am Rhein und die beiden Jungs wurden nicht müde, die Schiffe zu beobachten und das Ufer unsicher zu machen. Das Wasser war hier so flach, dass man gefahrlos am Ufer baden konnte. Trotzdem durften die Kinder dort nicht ohne Aufsicht schwimmen gehen.

Uli nutzte die Zeit und suchte im Internet nach Familien mit dem Namen Di Lauro, die im Kreis Bergheim wohnten. Sie fand acht Einträge, alle mit der gleichen Anschrift. Merkwürdig dachte sie, scheint ja eine große Familie zu sein. Sie druckte sich eine Wegbeschreibung aus und nahm sich zum wiederholten Male fest vor, ein Navigationssystem anzuschaffen. Sie überlegte, ob sie vorher anrufen sollte. Sie wusste zwar nicht, was sie sagen sollte, kam aber zu dem Schluss, es einfach zu wagen. Bei der ersten Nummer meldete sich niemand, es gab auch keinen Anrufbeantworter. Ebenso bei der zweiten und dritten

Nummer. Als sie die vierte Nummer probierte, meldete sich ein Anrufbeantworter, ohne eine Nachricht zu hinterlassen legte sie auf. Nummer fünf, sechs, sieben und acht lieferten auch kein Ergebnis. Sie erreichte niemanden. Sie beschloss in den nächsten Tagen in das ungefähr dreißig Kilometer entfernte Bergheim zu fahren und ihr Glück zu versuchen. Bei acht Anschlüssen musste doch jemand zu Hause sein. Es kam ihr reichlich merkwürdig vor, dass in einer Wohnung acht Anschlüsse benötigt werden. Nur was sie sagen sollte, wusste sie immer noch nicht, aber das würde sie dann spontan entscheiden.

In Gedanken fasste Uli noch einmal zusammen. Das Haus war in der Zeit von 1955 bis circa 1970 an fünf junge Männer vermietet worden, ohne dass das Einwohnermeldeamt oder die Genossenschaft davon wussten. Von Dreien kannte sie die Namen. Allerdings war einer davon bereits tot. Zwei Namen kannte sie nur unvollständig. Sie brauchte noch weitere Informationsquelle, wenn sie noch die anderen Mieter des Hauses finden wollte. Uli überlegte, ob sie die Vorbesitzer des Hauses anrufen sollte. Vielleicht hatten sie ja Informationen. Beim Hausverkauf hatte sie das Ehepaar Stein als überaus sympathisch erlebt. Mehr, als das diese ihre Bitte ausschlugen, konnte nicht passieren. Uli überlegte in welchem Stapel sich wohl der Notarvertrag befand. In diesem, so hoffte sie, würde sie die gewünschte Anschrift finden. Es dauerte, aber nach knapp einer Stunde hatte sie ihn gefunden und nahm sich zum wiederholten Mal vor, ordentlicher mit wichtigen Unterlagen umzugehen. Im Internet suchte sie mit Hilfe der gefundenen Anschrift nach der Telefonnummer und schrieb sie sich auf. Als sie auf die Uhr sah bemerkte sie, dass es schon nach dreiundzwanzig Uhr war und verschob notgedrungen den Anruf auf den nächsten Tag.

Sonntag, 03. Juni

Uli wachte bereits um acht Uhr auf. Sie war ganz aufgekratzt. Ohne Felix und ohne die Polizei war es sehr ruhig im Haus. Sie ging unter die Dusche und putzte sich bequemlichkeitshalber dort auch direkt die Zähne. Nachdem sie sich ihre Jeans und ein dunkelrotes Shirt angezogen hatte, besorgte sie sich beim Bäcker um die Ecke zwei frische Mohnbrötchen. Wieder zu Hause bereitete sie sich ein richtiges Frühstück mit Spiegelei und Speck zu. Als sie den letzten Schluck Kaffee getrunken hatte, war es endlich elf Uhr und sie beschloss, dass es an der Zeit war, Familie Stein anzurufen. Nach kurzem Klingeln hörte sie die Stimme von Frau Stein. Uli brachte ihr Anliegen vor. Frau Stein erklärte ihr, dass sie diese Zeit nur aus Erzählungen ihrer Schwiegereltern kenne. Sie versprach aber, sich mit ihrer Schwiegermutter in Verbindung zu setzen und nachzufragen. Sobald sie Näheres wisse, würde sie sich melden. Uli bedankte sich und das Gespräch war beendet.

Wer vor den Steins Mieter in diesem Haus war, werde ich wahrscheinlich nicht so einfach in Erfahrung bringen können, aber vielleicht ist das auch nicht so wichtig. Ich werde mich erst einmal auf die Fremdarbeiter konzentrieren, resümierte Uli.

Der Anfang war geschafft, aber einfach auf den Rückruf warten, konnte Uli auch nicht. Sie musste etwas tun. Also setzte sie sich an ihren Computer und ließ den Namen Gomez im örtlichen Telefonbuch suchen. Zu ihrer Verblüffung gab es nur vierzehn Einträge, wovon einer eine Werbeagentur war und zwei Einträge unter derselben Adresse verzeichnet waren. Blieben noch zwölf brauchbare Einträge übrig. Was sollte sie machen, wenn der Gesuchte einfach wieder zurück nach Spanien oder in eine andere Stadt gezogen war? Irgendwie war Uli nicht wohl bei dem

Gedanken, einfach fremde Leute anzurufen und sie nach ihrer Vergangenheit oder der Vergangenheit ihrer Eltern zu befragen. Sie war unschlüssig, wie sie vorgehen sollte. Andererseits gab es da nicht viel zu überlegen. Sie musste Kontakt aufnehmen, wenn sie etwas in Erfahrung bringen wollte. Mit einem mulmigen Gefühl beschloss sie, die gefundenen Nummern anzurufen. Mitten in ihre Gedanken hinein platzte das Klingeln des Telefons und sie zuckte erschreckt zusammen. Vorsichtig nahm sie ab. Zu ihrer Überraschung war es Frau Stein, die sie zum Kaffee einlud, um ihr die Neuigkeiten zu erzählen, die sie von ihrer Schwiegermutter erfahren hatte. Sie hatte sofort nach Ulis Anruf ihre Schwiegermutter erreichen können und so war kaum eine halbe Stunde vergangen. Uli willigte sofort ein. Sie verschob ihre geplanten Anrufe und ging gut gelaunt mit einem Buch und einer Apfelschorle in den Garten. Noch regnete es nicht, aber der Himmel begann sich zuzuziehen.

Am Nachmittag traf sie pünktlich mit einer Flasche Rotwein, die sie sich vorher bei Hans besorgt hatte, bei Familie Stein ein. Es gab Gebäck, Kaffee und Tee. Nachdem Uli sich gesetzt hatte, goss ihr Frau Stein einen Tee ein. Herr Stein hatte sie vorher freundlich begrüßt und sich dann unauffällig zurückgezogen. Typisch Kerl, dachte Uli. Kaum saßen die beiden Frauen am Tisch, fing Frau Stein auch schon an zu erzählen.

„Wissen Sie, früher war das so, dass meine Schwiegereltern die Untermieter nicht gemeldet haben. Das hat damals fast niemand in Köln gemacht. Die Fremdarbeiter waren froh, eine günstige Bleibe gefunden zu haben und die Familien waren glücklich, die Haushaltskasse aufbessern zu können. Eine Hand wäscht die andere, könnte man sagen. Solange die Polizei nicht von selber auf die Idee kommt, nach den Fremdarbeitern zu fragen, wäre es schön, wenn Sie die Informationen, die ich ihnen gebe, für sich behalten würden."

„Äh, ich fürchte, dafür ist es schon zu spät. Tut mir leid, die Polizei ist bereits über die Fremdarbeiter informiert."

„Was weiß die Polizei denn schon alles?"

„Nicht viel, nur dass früher Fremdarbeiter in Ihrem, also meinem Haus gewohnt haben."

„Na ja, dann werden sie wahrscheinlich uns danach fragen."

„Ja, das denke ich auch. Werden Sie der Polizei denn Namen geben, also von den Fremdarbeitern, meine ich?"

„Nein, ich denke nicht. Dann würden sie meine Schwiegermutter behelligen und das möchte ich nicht. Sie ist eine alte Frau und solche Aufregungen tun ihr nicht gut."

„Ich verstehe, aber bitte bedenken Sie, es sind menschliche Überreste gefunden worden und vielleicht hat sich ein Verbrechen abgespielt."

„Übertreiben Sie da nicht? Ich kann mir nicht vorstellen, dass sich ein Verbrechen im Haus meiner Schwiegereltern abgespielt haben soll."

„Vielleicht," lenkte Uli ein, „aber die Polizei wird der Sache auf den Grund gehen wollen."

„Ja, das ist mir klar", seufzte Frau Stein. „Wissen Sie, für mich persönlich ist es auch nicht weiter tragisch, wenn die Polizei alles auf den Kopf stellt, aber meine Schwiegermutter hat sich schrecklich über diese Geschichte aufgeregt. Sie war total entsetzt, als ich ihr von den Knochenfunden berichtet habe. Sie stammelte nur, das könne nicht sein, das könne einfach nicht sein. Ich glaube, allein die Vorstellung, dass sie in einem Haus gewohnt hat, in dem sich zum gleichen Zeitpunkt menschliche Knochen befanden, macht sie verrückt. Ich musste sie erst einmal beruhigen. Sie wollte, dass ich ihr verspreche, dass ich keine Informationen an Sie weitergebe. Als sie merkte, dass ich zögerte, wollte sie auch nicht mehr mit mir über diese Sache reden. Ich denke, das alles hat sie sehr aufgeregt. Mein Mann konnte sie letztendlich beruhigen, aber über die Fremdarbeiter wollte sie nicht mehr sprechen. Vielleicht braucht sie einfach ein wenig Zeit, bis sie den Schock verarbeitet hat."

Uli blickte Frau Stein ungläubig an, brachte aber keinen Ton heraus.

„Ich wollte Ihnen das nicht am Telefon erzählen, verstehen Sie?"

Uli nickte, sagte aber immer noch nichts.

„Wissen Sie, ich kenne meine Schwiegermutter nur als eine sehr hilfsbereite, liebenswürdige Frau, die immer für alle ein offenes Ohr hat. Ihre Reaktion ist vielleicht etwas übertrieben, aber ich wünsche mir, dass die Polizei sie in Ruhe lässt und nicht bedrängt. Ich kann mir nicht vorstellen, dass sie irgendetwas mit diesen Knochenfunden zu tun hat."

„Ich denke aber, dass die Polizei sie bestimmt befragen wird, weil sie ja zur damaligen Zeit, im Haus gewohnt hat", sagte Uli, die ihre Sprache wiedergefunden hatte.

„Wieso? Wissen Sie, aus welcher Zeit die Knochen stammen? Können sie nicht schon vor dem Besitz meiner Schwiegereltern in das Haus gekommen sein?"

„Sie waren im Schutt, der sich unter dem ehemaligen Treppenabsatz im Keller befunden hat. Der Umbau des Kellers ist doch von ihren Schwiegereltern gemacht worden, oder?", fragte Uli ins Blaue hinein.

„Ja, das stimmt, aber trotzdem kann ich es mir nicht vorstellen, dass sie etwas damit zu tun haben sollen. Mein Mann sowieso nicht."

Für Uli wurde die Geschichte immer suspekter.

„Wissen Sie, wenn die Polizei nach den Fremdarbeitern fragt, werden wir ihr nichts sagen und wie die Knochen nun in den Keller gekommen sind und zu wem sie gehörten, ist wahrscheinlich sowieso nicht mehr zu klären. Ich hoffe, dass meine Schwiegermutter keine unangenehmen Fragen der Polizei beantworten muss. Sie soll ihren wohlverdienten Lebensabend genießen. Das auf jeden Fall würde ich ihr wünschen. Wissen Sie, sie ist mit ihrem Mann vor Jahren nach Spanien ausgewandert und hat sich dort eine zweite Heimat aufgebaut. Leider ist ihr Mann mittlerweile tot."

„Das tut mir leid", sagte Uli und meinte es auch ehrlich. „Wohnt sie am Meer?"

„Fast, das Dorf heißt Finestrat und befindet sich zwischen Alicante und Valencia, am Fuße eines Berges."

„Das hört sich gar nicht spanisch an. Ich hätte den Ort in den Niederlanden gesucht."

„Das ist witzig, dass Sie das erwähnen. Tatsächlich hat einmal jemand von der Post die Anschrift geändert. Er hat Spanien durchgestrichen und Niederlande darauf geschrieben. Es hat ewig gedauert, bis der Brief angekommen war."

„Das ist ja dreist!"

„Ich möchte noch einmal auf meine Schwiegermutter zurückkommen", wechselte Frau Stein das Thema.

„Sie hat in ihrem Leben immer viel gearbeitet und war immer für alle da. Ich kann mir absolut nicht vorstellen, dass sie irgendetwas mit der Sache zu tun hat. Sie ist ein sehr warmherziger und sensibler Mensch", wiederholte sich Frau Stein. „Ich habe sie sehr in mein Herz geschlossen. Sie ist mir einfach wichtig."

„Ich muss darüber nachdenken", sagte Uli, „aber ich verspreche Ihnen, der Polizei nichts von unserem Gespräch zu erzählen. Ich meine, was sollte ich denen auch schon groß sagen. Aber ich fürchte, ich kann Ihnen nicht versprechen, das Gehörte völlig für mich zu behalten. Ich muss mich mit einem anderen Menschen darüber austauschen und beraten. Ich hoffe, Sie verstehen das."

Frau Stein nickte. „Selbstverständlich verstehe ich. Ich würde mich in so einem Fall wahrscheinlich mit meiner

Schwiegermutter beraten."

Die beiden scheint ja wirklich viel miteinander zu verbinden, dachte Uli. Vielleicht sogar so viel, dass sie sich gegenseitig schützen.

Auf dem Weg zurück nach Hause schwirrten Uli alle möglichen Gedanken im Kopf herum. Sie war völlig überfordert, fand sich aber sehr klug, dass sie gesagt hatte, sie würde sich mit einer weiteren Person austauschen. Eigentlich würde sie sich jetzt gerne mit Richard besprechen, aber der war ja nicht da. Sollte es sich hier tatsächlich um ein Verbrechen handeln und Familie Stein irgendwie damit zu tun haben, so würden sie nicht sicher sein können, wer alles Informationen über diese Geschichte besaß. Sie grinste in sich hinein und kurz danach lief ihr ein Schauder über den Rücken. Das war langsam kein Spiel mehr. Vielleicht sollte sie die Sache auf sich beruhen und die Polizei ihre Arbeit machen lassen. Aber eigentlich glaubte sie nicht, dass jemand aus der Familie Stein etwas mit den menschlichen Überresten aus ihrem Keller zu tun haben könnte.

Montag, 04. Juni

Uli wachte noch vor dem Weckerklingeln auf. Sie hatte wirr geträumt und war immer noch ganz durcheinander. Vielleicht sollte sie einfach noch einmal mit Frau Poch sprechen oder mit Hans. Sie war beunruhigt. Richard kam ihr in den Sinn, aber er wusste noch gar nichts von der ganzen Sache und er machte sich immer viel zu viele Sorgen. Er würde ihr wahrscheinlich tausend Ratschläge erteilen, wie sie sich verhalten solle. Alles, nur das nicht, stöhnte sie innerlich. Nachdem sie aufgestanden war, machte sie ein Pausenbrot für ihren Sohn, brachte ihn zur Schule und fuhr selbst zur Arbeit. Die Beamten waren zwar aus ihrem Keller verschwunden, aber aus für sie unerklärlichen Gründen war er für sie immer noch nicht freigegeben worden.

Sie betrat ihr Büro, das sie sich mit ihrer Kollegin Trudi Wiedemann teilte. Verblüfft schaute diese von ihrem Schreibtisch hoch. Trudi war über eins siebzig groß, schlank und hatte blonde Haare, die als Pagenkopf geschnitten waren. Ihr fein geschnittenes Gesicht mit dem großen Mund war nur wenig geschminkt. Uli stellte mal wieder fest, wie unglaublich attraktiv ihre Kollegin doch war.

Diese fragte geradeheraus: „Hast du nicht Urlaub?"

„Doch, aber die Polizei stellt mein ganzes Haus auf den Kopf und ich darf nicht mehr in meinen Keller und irgendwie muss ich unter Menschen."

„Geht das auch etwas genauer?"

„Ja, aber erst muss ich mich mal bei unserem Chef zurückmelden."

„Wo wollen Sie hin?", tönte eine freundliche Bassstimme von der Tür her.

Horst Fröhlich, stand wie schon so oft, völlig unerwartet im Büro. Er war ein Mann, der leicht zu Übergewicht neigte. Sein Vorteil war, dass dies bei seiner stattlichen Größe nicht besonders auffiel. Umso erstaunlicher war es, dass er es immer wieder schaffte, völlig unvorhergesehen in eine Situation zu platzen. Er war um die fünfzig und mittlerweile zogen sich nicht nur vereinzelt graue Strähnen durch sein ursprünglich dunkelbraunes, noch üppiges Haar.

„Wieso haben Sie Ihren Urlaub abgebrochen?", wandte er sich an Uli. „Sagen Sie bloß, Sie haben mich vermisst?"

„Genau, mir fällt zu Hause die Decke auf den Kopf und deshalb möchte ich meinen Urlaub rückgängig machen", konterte Uli.

„Ich glaub Ihnen kein Wort. Was ist passiert?"

„Möchte ich nicht sagen."

„So, möchten Sie nicht sagen. Na gut, dann arbeiten Sie mal und falls Sie doch irgendetwas loswerden wollen: Ich bin immer für Sie da."

Er machte auf dem Absatz kehrt und verließ beleidigt das Büro, ließ die Tür aber auf.

Trudi und Uli sahen sich vielsagend an und Uli flüsterte, „Ich erzähl dir alles in der Mittagspause ohne neugierige Ohren."

Beide arbeiteten bereits seit sieben Jahren als Assistentinnen bei der DKV zusammen. Schnell hatte sich zwischen ihnen eine Freundschaft entwickelt, was der Arbeit zugutekam und ihr gemeinsamer Chef wohlwollend beobachtet hatte. Beide hatten die Fachhochschule Köln für Wirtschaft am Gustav-Heinemann-Ufer besucht, welche, wie der Straßenname bereits verriet, direkt am Rhein lag. Trudi hatte ein ganz normales Studium absolviert, während Uli, bedingt durch ihren Sohn Felix, ein Abendstudium abgeschlossen hatte. Aus diesem Grund waren sie sich dort nie begegnet, was beide schon oft bedauert hatten.

Punkt zwölf Uhr machten sich beide Frauen, unter den wachsamen Augen von Herrn Fröhlich, auf den Weg zum Salon Schmitz, welches genau wie die DKV auf der

Aachener Straße lag. Es regnete nicht und so gingen sie zu Fuß. Das Salon Schmitz war ein kultiges Cafe mit einem nostalgischen Ambiente, in dem man sensationell guten Kuchen essen konnte. Es gab auch immer eine leckere Auswahl an Salaten, Quiches, Pasta, Schnitzel und vielem mehr. Wenn man eine Essensbestellung aufgeben wollte, musste man das Café verlassen und zwei Türen weiter zu einer ehemaligen Metzgerei gehen und dort bestellen. Das Essen wurde, nachdem es zubereitet war, an den Tisch gebracht.

Uli und Trudi setzten sich an einen der wenigen freien Tische und bestellten sich nur etwas zu trinken, Trudi eine Cola und Uli einen Kaffee. Heute hatten sie keine Zeit, sich etwas zu essen zu holen, dafür brannte es Uli zu sehr unter den Nägeln, sie wollte unbedingt ihre Geschichte loswerden. Trudi ging es nicht anders, sie war mittlerweile ganz unruhig vor lauter Neugier. Diesmal störten sie sich noch nicht einmal an den vielen Medienleuten, die hier regelmäßig verkehrten und sich für sehr wichtig hielten.

Als Uli mit ihrem Bericht fertig war, sah Trudi ihre Kollegin und Freundin ernst an.

„Das ist nicht witzig. Was ist, wenn es tatsächlich ein Verbrechen war?"

„Ja, aber der Täter müsste jetzt sehr alt oder tot sein."

„Was heißt hier sehr alt? Nur weil jemand vielleicht siebzig Jahre alt ist, kann er immer noch jemanden anderen umbringen."

„Ach Trudi, wer soll das denn sein?"

„Irgendjemand aus der Familie Stein."

„Also von den älteren Steins lebt nur noch die Frau. Der Mann ist tot. Beide sind vor Jahren nach Spanien ausgewandert und die zweite Generation ist zu jung."

„Woher willst du das wissen?"

„Weil ich glaube, dass die Knochen beim Umbau in den Keller gekommen sind, und den haben die älteren Eheleute

Stein gemacht.“

„Weshalb bist du dir da so sicher? Hast du irgendwelche Anzeichen für deine These im Schutt gefunden?“

„Äh, nein, was denn für Anzeichen?“

„Keine Ahnung. Du hast doch das ganze Haus renoviert. Hast du da nicht auch Sachen gefunden, die auf den Zeitpunkt des Umbaus hingewiesen haben?“

„Ja hab ich, alte Zeitungen. Ich habe eine abgehangene Decke abgebaut und da waren sie mit verarbeitet worden.“

„Also, so wie ich dich kenne, willst du auf keinen Fall zur Polizei gehen, weil dir die beiden Herren, die dich besucht haben, total unsympathisch sind. „

„Ja, so ist es“, bestätigte Uli.

„Finde mal heraus, von wann der Schutt ist. Wenn er neueren Datums ist, ist der Umbau auch nicht von den alten Steins gemacht worden und ich glaube, dann hast du ein echtes Problem.“

„Trudi, hör auf. Du machst mir ja Angst. Aber ich kann echt nicht glauben, dass die jungen Steins irgendetwas mit der Sache zu tun haben. Das wäre doch auch bescheuert. Verkaufen ein Haus und wissen, dass im Keller ‘ne Leiche liegt. Nee, das glaub ich einfach nicht.“

„OK, das ist ein Argument, aber mir wäre wohler, wenn du irgendetwas findest, was auf die Zeit hindeutet, wann die Knochen da hingekommen sind. Wie fühlt es sich eigentlich an, ‘ne Leiche im Keller zu haben?“

„Blöde Kuh. Das ist echt nicht komisch.“

„Jetzt reg Dich nicht auf, das war doch nur ein Witz.“

„Der Keller ist noch gar nicht von der Polizei freigegeben worden. Weißt du was, ich muss noch das Protokoll unterschreiben. Wenn ich auf dem Polizeirevier bin, frage ich mal nach, aus welcher Zeit der Schutt stammt und ob sie noch mehr Knochen oder so gefunden haben.“

„Und du glaubst, die geben dir so einfach eine Auskunft?“

„Na ja, ich könnte ja sagen, dass sie von mir die Information mit den Fremdarbeitern bekommen haben und da könnten sie mir ja auch etwas erzählen."

„Super Argument, das wird sie überzeugen", hörte Uli die ironische Stimme ihrer Freundin.

„Mensch, wir sind hier in Köln, da wäscht eine Hand die andere. So macht man das hier halt", wiederholte Uli die Worte von Frau Poch.

„Ja, ja, ist klar. Würde mich allerdings wundern, wenn du sie dazu bekommst, dir irgendetwas zu erzählen. Die Chancen stehen schlecht, würd ich sagen, aber einen Versuch ist es auf jeden Fall wert."

Abends, nachdem sie Felix ins Bett gebracht hatte, setzte sie sich zum Entspannen mit ihrem angefangenen Buch in ihren Lieblingssessel. Ihre Gedanken schweiften immer wieder ab und so legte sie ihr Buch weg und starrte an die Decke. Die jungen Steins konnten nichts mit dieser Geschichte zu tun haben, das wäre unlogisch, und außerdem waren ihr die Eheleute viel zu sympathisch. Sollten die alten Eheleute Stein in irgendeiner Weise in die Angelegenheit verstrickt sein, so musste Uli zumindest keine Angst haben, dass ihr etwas passierte, da der Mann tot war und die Frau gar nicht mehr in Deutschland lebte. Dies beruhigte sie sehr und so überlegte sie, trotz Verbot der Polizei, im Keller nach Hinweisen zu suchen, die ihr etwas über den Ablagezeitraum der Knochen verraten würden. Sie war gerade dabei, sich vorsichtshalber Einweghandschuhe überzustreifen, da klingelte das Telefon. Sie ließ sie sich nur sehr ungern bei ihrem Vorhaben stören, trotzdem hob sie den Hörer ab. Am anderen Ende meldete sich keiner. Sie fragte nach, wer dort sei, doch bekam keine Antwort. Allerdings hörte sie jemanden atmen. Sie bat den Anrufer noch einmal, sich doch bitte zu melden, doch außer seinem Atem war nichts zu hören. Sie legte beunruhigt auf.

Normalerweise beachtete Uli solche Anrufe gar nicht und vergaß sie sofort wieder, aber nachdem was alles passiert war, hatte sich die Situation verändert. Nervös geworden verschob sie die Kelleruntersuchung auf einen anderen Tag.

Dienstag, 05. Juni

Bevor Uli ins Büro ging, fuhr sie erst einmal zum Polizeirevier, um das Protokoll zu unterschreiben. Trudi wusste Bescheid und würde versuchen, ihren gemeinsamen Chef hinzuhalten.

Bei der Polizei angekommen, stellte Uli fest, dass Kai Flatten und Uwe Zimmermann sich ein Büro teilten. Ziemlich kahl, wie sie fand: keine Blumen, keine Bilder und keine Unordnung. Uli fand es unpersönlich und langweilig. Hauptsache funktional. Andererseits konnte man auf diese Weise kaum Rückschlüsse auf die Personen, die das Büro nutzten, ziehen. Uli beschloss, gar nicht erst damit anzufangen, sich Gedanken über die beiden Kripobeamten zu machen.

Als sie das Protokoll durchgelesen und keine Einwände hatte, versuchte sie so beiläufig wie möglich, Informationen zu erhalten.

„Aus welcher Zeit stammt denn der Schutt?", fragte sie unschuldig.

Flatten antwortete ausweichend: „Wissen Sie, dazu können wir noch keine genaueren Angaben machen. Wir warten selber noch auf das Ergebnis der Auswertung."

Zimmermann war wie immer stumm.

„Haben Sie denn schon ein Zwischenergebnis?", hakte Uli nach.

„Ja, es handelt sich überwiegend um mineralische Baustoffe."

Das weiß ich auch, dachte Uli. Schließlich habe ich das Zeug ja durch die Gegend geschleppt. Sie wiederholte ihre Frage, „aus welcher Zeit stammt denn der Bauschutt?"

„Das wissen wir noch nicht, wir warten noch auf die Untersuchungsergebnisse", wiederholte auch Flatten seine Antwort.

„Aha, und haben Sie noch andere Überreste, also ich

meine Knochen oder so, gefunden?", versuchte es Uli weiter.

„Ja, aber wissen Sie, ich darf Ihnen das gar nicht sagen und ich möchte Sie bitten, keine weiteren Fragen zu stellen."

„Ich verstehe, aber Sie müssen mich auch verstehen, schließlich ist der Fundort ja in meinem Keller", säuselte Uli, um das Gespräch in Gang zu halten.

„Ja, ich verstehe, aber ich darf Ihnen zum jetzigen Zeitpunkt trotzdem keine Auskünfte geben."

Flatten sprach mit ihr, als handelte es sich bei Uli um ein kleines Kind, das partout nicht begreifen wollte, dass es vor dem Essen kein Eis mehr bekommt. Uli bemerkte das zwar, reagierte aber nicht darauf.

„In Ordnung, ich habe nur eine letzte Frage", und bevor Flatten sie unterbrechen konnte, sagte sie schnell: „Hat Ihnen die Information über die Fremdarbeiter etwas genutzt?"

„Das wissen wir zum jetzigen Zeitpunkt noch nicht, aber diese Information könnte sich als sehr hilfreich erweisen. Kennen Sie vielleicht eine Person, die uns in dieser Angelegenheit weiterhelfen könnte? Ich meine, außer der Familie Stein?"

„Nein, leider nicht", sagte Uli.

Sie war stinksauer. Am liebsten hätte sie hinzugefügt, zum jetzigen Zeitpunkt sehe ich mich leider nicht in der Lage, Ihnen weitere Auskünfte zu geben. Sie unterschrieb, verabschiedete sich und fuhr wütend zur Arbeit, wo sie bereits neugierig von Trudi und ihrem Chef erwartet wurde.

„Ich hab's ihm erzählt", platzte es aus Trudi anstelle einer Begrüßung heraus. „Du kennst ihn ja, wenn er einmal Lunte gerochen hat, hat man keine Chance. Er weiß auch, dass du gerade von der Polizei kommst. Tut mir Leid."

Mit den Worten: „Ich denke, falls Sie Neuigkeiten haben, können Sie die auch direkt uns beiden erzählen. Ich krieg es ja sowieso raus", forderte er Uli mit einer Handbewegung auf, sich hinzusetzen und zu erzählen.

Uli gab sich geschlagen. Als sie ihren Bericht beendet hatte, verließ Herr Fröhlich mit den Worten: „Ich lasse die Damen jetzt mal alleine spekulieren, schließlich muss ja einer in diesem Laden arbeiten", das Büro.

Beide Frauen warteten, bis ihr Chef außer Hörweite war, und steckten sofort ihre Köpfe zusammen.

„Ich hab gestern noch so einen komischen Anruf bekommen", sagte Uli. „Du weißt schon, so einen, wo sich keiner meldet und man nur jemanden atmen hört. Mir war ganz unheimlich, aber jetzt glaube ich, dass mir meine Phantasie einen Streich gespielt hat."

„Also, wenn du dem keine Bedeutung zugestehen würdest, würdest du es jetzt auch gar nicht erwähnen, meinst du nicht?"

„Ich weiß nicht." Nachdenklich fing Uli an, sich um ihre Arbeit zu kümmern.

Abends, als Felix im Bett war, telefonierte Uli lange mit Richard, erwähnte aber mit keinem Wort, was alles passiert war. Sie hörte ihm zu, was er alles erlebt hatte, und freute sich mit ihm, über seine gelungenen Funde in Griechenland. Richard schaffte, ohne es zu wissen, Uli von ihren Gedanken abzulenken. Als das Gespräch beendet war, malte sie sich aus, was sie alles mit ihm anstellen würde, wenn er von seinem Griechenlandtrip wieder zurück war. Sie schweifte ab und ihre Gedanken blieben an ihrem letzten gemeinsamen Wochenende hängen. Richard war als erster aufgestanden und hatte Uli gefragt, ob sie gerne einen Kaffee ans Bett gebracht bekäme. Natürlich sagte sie ja. Genüsslich dachte sie daran, was danach geschah und wo Richard überall mit seinen Fingern war und was sie danach mit ihm angestellt hatte. Gerade als sie sich wohlig auf dem Sofa ausstreckte, klingelte das Telefon. Uli zuckte zusammen und nahm schlecht gelaunt ab. Nichts war zu hören, außer das ihr bereits bekannte Atmen. So ein Idiot, dachte sie und knallte den Hörer auf die Gabel. Als sie sich wieder auf das Sofa gesetzt hatte, kamen ihre Gedanken an den Kellerfund zurück. Wütend beschloss sie, nach Hinweisen auf das Alter des Schuttes zu suchen. Diesmal war sie kein bisschen verunsichert.

Sie machte sich nicht einmal die Mühe, Einweghandschuhe überzustreifen, außerdem sagte sie sich, mussten sowieso überall ihre Fingerabdrücke im Keller sein, schließlich wohnte sie ja hier. Mit einer Taschenlampe zum Ausleuchten der Wandöffnung stapfte sie in den Keller. Als sie durch das Loch in der Wand ging, stellte sie fest, dass nicht mehr viel Schutt übrig geblieben war. Die Polizei hatte gründliche Arbeit geleistet und alles mitgenommen. Lediglich kleine Häufchen, die kaum erwähnenswert waren, fand sie vor. Lustlos stocherte sie in einem Häufchen herum. Eins war klar, hier würde sie nichts mehr finden. Was für ein Abend, seufzte sie innerlich und starrte auf eine alte zerbrochene Fliese. Plötzlich war ihr so, als würde jemand die Kellertreppe herunterkommen. Das konnte doch gar nicht sein. Ihre Phantasie spielte ihr bestimmt einen Streich. Jetzt kam ihr auch wieder dieser Anruf in den Sinn und sie fühlte, wie sich langsam ein flaues Gefühl in ihrem Magen breit machte. Vorsichtig wich sie weiter in den Hohlraum zurück, knipste ihre Taschenlampe aus und lauschte. Im Keller war das Licht an, welches allerdings nur schwach in die Wandöffnung einfiel, so dass sie in der plötzlichen Dunkelheit nicht viel erkennen konnte. Ihre Augen mussten sich erst an die Dämmerung gewöhnen. Ulis Herz raste. Sie war sich ganz sicher, etwas gehört zu haben. Da war es wieder. Es klang als würde sich jemand anschleichen. Uli saß in der Falle, das wurde ihr schlagartig klar. Sie konnte nur durch die Wandöffnung nach draußen gelangen. Langsam kroch die Angst ihren Körper hoch.

Ihre Beine fühlten sich an, als ob sie aus Gummi wären. Das war alles ein irrer Albtraum. Jetzt nur nicht durchdrehen, dachte sie, konzentrier dich. Sie musste nach draußen gelangen und sich zur Not dem Stellen, was sie dort vorfand. Langsam bewegten sich ihre Beine, ihr Kopf dröhnte. Sie kam sich vor wie eine Marionette, die an unsichtbaren Fäden hing und sich ganz langsam vorwärts bewegte. Ihr Verstand sagte ihr, dass sie nur einige Minuten, wenn nicht sogar nur einige Sekunden, gebraucht hatte, um zur Kelleröffnung zu gelangen. Da waren sie wieder, diese Schritte, diesmal schon sehr nahe. Sie hob ihre Taschenlampe vor ihre Brust und knipste sie in Richtung Kellergang an, in der Hoffnung den unbekannten Eindringling zu blenden. In diesem Augenblick wurde sie selber geblendet. Vor Schreck ließ sie die Taschenlampe fallen und schrie. Es schien ihr, als würde ihr Schrei von den Kellerwänden widerhallen. Sie zwang sich, ruhig zu werden und da merkte sie, dass tatsächlich jemand schrie. Erschrocken starrte sie in ein angsterfülltes Gesicht. Es war ihr Sohn, der ebenfalls neugierig, wie er war, den Keller erkunden wollte.

Mittwoch, 06. Juni

Trudi sah Uli belustigt an. „Das kommt davon, wenn man nicht auf die Polizei hört."

„Hör bloß auf, ich kann mich nicht erinnern, dass mir jemals so unheimlich war."

„Dein armer Sohn, du hast ihm einen tierischen Schreck eingejagt."

„Und er mir. Er war gar nicht mehr zu beruhigen und hat heute Nacht bei mir mit im Bett geschlafen."

„Ich glaube, da schläft er jetzt noch ein paar Nächte länger."

„Ja, das glaube ich auch", bestätigte Uli die Befürchtungen ihrer Freundin.

„Wie geht's denn jetzt weiter? Ich meine, du wirst keine Hinweise auf das Alter des Schutts finden und die Polizei wird dir nichts sagen", kam Trudi wieder auf das eigentliche Thema zu sprechen.

„Ja, genauso ist es. Ich habe beschlossen, meine Überlegungen darauf aufzubauen, dass der Schutt von den alten Steins ist. Sonst komme ich nicht weiter."

„Aha, und welche Überlegungen hast du so angestellt?"

„Der erste Besitzer des Hauses ist eine Genossenschaft, die kann nichts mit der Sache zu tun haben, da der Umbau erst viel später stattfand. Die jungen Eheleute Stein haben bestätigt, dass der Umbau von den alten Steins gemacht wurde und das glaube ich jetzt erst mal. Außerdem schließe ich sie auch aus, weil ich mir nicht vorstellen kann, dass sie ein Haus verkaufen und in der Nähe wohnen bleiben, von dem sie wissen, dass im Keller irgendwelche Knochen liegen. Den deutschen Fremdarbeiter, Herrn Poch, schließe ich ebenfalls aus, weil er ebenfalls in der Straße wohnen geblieben ist. Bleiben also noch vier Fremdarbeiter, die entweder Opfer oder Täter sein können. Einen habe ich vielleicht ausfindig gemacht, oder seine Familie."

„Du hast die alten Steins vergessen."

„Stimmt, wobei da auch schon einer tot ist."

„Und was ist mit diesen komischen Anrufen?"

„Gar nichts, das ist Zufall. So etwas hat man doch schon mal."

„Nee, so etwas hatte ich noch nie!"

„Na ja, über die mache ich mir erst einmal auch keine Gedanken. Sonst verliere ich den Überblick. Ich meine, wenn der Anrufer etwas mit dieser Geschichte zu tun hat, wie passt er dann in alles rein?"

„Da fällt mir auch nichts zu ein. Die alte Frau Stein wird Dich ja wohl nicht aus Spanien anrufen."

„Und wenn doch, dann ist sie weit weg und kann mir nichts tun. Vielleicht gehe ich noch einmal zu den jungen Steins."

„Glaubst du etwa, dass sie ihre Meinung geändert haben und dir plötzlich mehr Informationen geben?"

„Nein, aber vielleicht kann ich sie überzeugen, ihre Meinung zu ändern. Ich brauche nur ein gutes Argument."

„Die beiden Frauen stehen sich doch sehr nahe, vielleicht setzt du da an."

„Ja, aber wie? Die junge Frau Stein wird ihre Schwiegermutter schützen wollen, wenn sie etwas mit der Geschichte zu tun hat."

„Ja, aber ich denke, sie glaubt nicht, dass sie etwas damit zu tun hat."

„Das ist ein guter Ansatz", Uli war begeistert. „Ich muss sie irgendwie überzeugen, dass es von Vorteil wäre, herauszubekommen, was passiert ist, damit sie ihre Schwiegermutter schützen kann, und zwar bevor die Polizei lästig wird."

„Die Idee ist nicht schlecht", stimmte Trudi zu. „Vielleicht solltest du so argumentieren, dass, wenn die Geschichte um die Knochen aufgeklärt ist, die arme alte Frau nicht mehr belästigt werden muss."

„Ja, das ist super. Ich werde versuchen Frau Stein mit ins Boot zu holen."

„Erzählst du ihr auch alles?"

„Keine Ahnung, ich weiß ja selber nichts."

„Doch, ein bisschen schon."

„Was denn?"

„Zum Beispiel, dass noch mehr Knochen gefunden wurden."

„Mmh, nee, das behalte ich für mich. Das verunsichert sie bestimmt nur und ein oder fünf Knochen, das spielt doch keine Rolle. So ein Mensch hat ja ziemlich viele."

Hans kam abends vorbei und fragte, ob sie schon die neuesten Neuigkeiten wüsste.

„Nö, was gibt's denn?"

„Komm, lass uns eine Flasche Wein aufmachen, und ich erzähl es dir."

Als Hans den Wein entkorkt hatte und sie beide ein Glas vor sich stehen hatten, sah Uli ihn auffordernd an.

„Frau Poch ist mit einem Oberschenkelhalsbruch im Krankenhaus."

„Was? Wie ist denn das passiert?"

„Sie ist in ihrem Haus gestürzt. Es war ein Unfall, kein Verbrechen", grinste Hans.

„Das ist nicht witzig."

„Stell Dich nicht so an."

„Irgendwie habe ich den Eindruck, dass das noch nicht die ganze Neuigkeit war", hakte Uli nach.

„Stimmt, soweit ich weiß, war die Polizei noch nicht bei ihr, um sie nach deinen Knochen zu befragen."

„Was soll das heißen, die Polizei war noch nicht bei ihr? Bei wem war sie denn?"

„Bei fast allen, sie gehen von Tür zu Tür und machen eine Befragung."

„Davon habe ich gar nichts mitbekommen. Waren sie

schon bei dir?"

„Ich glaube, bei mir waren sie als erstes. Sie waren wohl schon am Sonntag da, aber da war ich nicht da. Schließlich haben sie mich aber vorgestern erwischt."

„Und das erzählst du mir erst jetzt? Ich fass es nicht." Uli blickte Hans entrüstet an.

„Du warst ja irgendwie die ganze Zeit unterwegs oder beschäftigt, sonst wärst du bestimmt mal vorbei gekommen. Hättest dir ja denken können, dass die Polizei 'ne Befragung durchführt."

„Ja, ja, jetzt schmoll nicht gleich. Sonntag, also. Die Polizei schläft also nicht. Wie auch immer, was hast du ihnen denn erzählt? Weißt du irgendetwas Neues?"

„Nee, ich weiß nichts Neues. Ich habe ihnen auch nicht gesagt, dass Frau Poch vielleicht Informationen für sie hat."

„Echt? Wieso nicht?" Uli sah Hans verblüfft an.

„Weil ich nicht wollte und außerdem hast du dadurch einen Vorsprung. Du weißt mehr als sie. Du bist ihnen quasi einen Schritt voraus." Uli fand die Antwort von Hans irgendwie merkwürdig. Andererseits passte sie auch irgendwie zu ihm. Sie entgegnete ihm: „Vielleicht, vielleicht aber auch nicht. Übrigens, sie haben in dem Schutt noch mehr Knochen gefunden."

„Woher weißt du das?" Jetzt war Hans an der Reihe Uli verblüfft anzusehen.

„Also, so ganz genau weiß ich das gar nicht. Die Polizei hat mir nur gesagt, als ich das Protokoll unterschrieben habe, dass sie noch weitere Überreste gefunden haben. Ich gehe einfach mal davon aus, dass es sich um Knochen handelt. Mehr haben sie leider nicht verraten," fügte Uli enttäuscht hinzu.

„Vielleicht wissen sie einfach nicht mehr."

„Vielleicht. Wieso hast du der Polizei nichts von Frau Poch erzählt?", versuchte Uli Hans auf den Zahn zu fühlen.

„Ich will einfach nichts mit der Polizei zu tun haben.

Das finden die schon selber raus. Wahrscheinlich wird einer der anderen Nachbarn es ihnen sagen."

„Ja, das ist mehr als nur wahrscheinlich", antwortete sie nachdenklich. Irgendwie fand sie das Verhalten von Hans merkwürdig.

Donnerstag, 07. Juni

Uli hatte sich überlegt, unangemeldet bei Familie Stein vorbei zu gehen. Sie hoffte, dass der Überraschungseffekt Frau Stein überrumpeln würde, und sie so die Chance bekam, etwas in Erfahrung bringen zu können. Nervös trat sie von einem Bein auf das andere. Als sie Schritte hörte, zwang sie sich, nicht so herumzuhampeln. Die Tür öffnete sich und Frau Stein sah sie etwas unsicher an. Uli hatte gehofft, dass sie und nicht ihr Mann die Türe öffnete und sagte schnell, „ich habe viel über das nachgedacht, was Sie mir gesagt haben und ich würde Ihnen gerne einen Vorschlag machen."

„Kommen Sie doch erst einmal herein."

„Vielen Dank." Uli folgte ihr in die Küche. Frau Stein bot ihr zunächst etwas zu Trinken an. Der Empfang war schon mal freundlich, das machte Uli Mut.

Als sich beide Frauen mit einer Tasse Tee gegenüber saßen, sah Frau Stein Uli auffordernd an.

„Äh, also wissen Sie, ich dachte, wir beiden könnten schon mal im Vorfeld in dieser Geschichte die ein oder andere Nachforschung anstellen", fiel sie mit der Tür ins Haus. Alle Worte, die sie sich so schön zu Recht gelegt hatte, waren irgendwo in ihrem Kopf verloren gegangen. „Also, was ich eigentlich sagen wollte", stotterte sie, „wenn wir klären könnten oder zumindest ansatzweise herausfinden könnten, wie die Knochen in den Keller gekommen sind. So könnten wir der Polizei einen Schritt voraus sein und sie vor vollendete Tatsachen stellen. Dann kann ihre Schwiegermutter in Ruhe die Sonne Spaniens genießen und wird nicht mehr behelligt", strahlte Uli.
Frau Stein sah Uli mit großen Augen an und schüttelte langsam den Kopf.

„Wissen Sie, ich dachte", fing Uli noch einmal an, „Ihre Schwiegermutter ist ja in Spanien und das wird sicher einige

Zeit dauern, bis sie dort vor Ort befragt wird und vielleicht können wir in der Zwischenzeit etwas erreichen, das diese Befragung unnötig macht." Uli sah Frau Stein erwartungsvoll an.

„Ich finde die Idee gar nicht so schlecht", hörte sie eine männliche Stimme im Hintergrund sagen. Herr Stein war, ohne dass die Frauen es mitbekommen hatten, zu ihnen in die Küche gekommen. „Meine Mutter ist so durcheinander, dass es vielleicht wirklich hilft, wenn wir hier die Polizei so gut es geht unterstützen." Frau Stein sah ihren Mann sprachlos an.

„Wissen Sie", sagte Herr Stein, nachdem er sich zu den Frauen an den Küchentisch gesetzt hatte, „meine Eltern haben mir und meiner Schwester nie viel über die Vermietung des Zimmers erzählt. Der erste Mieter war ein Pole, zu dessen Familie meine Mutter immer noch einen sehr guten und meine Frau und ich einen regelmäßigen Kontakt pflegen. Er ist ein sehr stiller Mann, der nicht gerne über sich spricht. Verstehen sie mich nicht falsch, er ist wirklich sympathisch, aber sehr zurückhaltend, sobald es um seine persönlichen Dinge geht. Sein Name ist Jan Patowski. Später heiratete er seine jetzige Frau Kinga. Sie wohnen immer noch in Deutschland. Danach zog ein Deutscher ein, eine schrecklicher Mensch. Er hat nur kurz bei meinen Eltern gewohnt und heiratete dann ein Mädchen aus der Straße. Beide sind gemeinsam in ein anderes Haus in der Straße gezogen, so dass er mich während meiner gesamten Kindheit begleitet hat, besser gesagt terrorisiert hat. Ich habe ihn als hinterlistigen Menschen kennengelernt. Immer musste er alles wissen. Er spionierte alles aus und man konnte ihm nichts recht machen. Außerdem waren wir in seinen Augen sowieso gottlos. Er hat ewig Reden über das Ende der Welt und was weiß ich alles gehalten. Schrecklich. Sein Verhalten hat die Familie viele Jahre isoliert. Keiner wollte mit ihm etwas zu tun haben. Für die Kinder der Familie war das wahrscheinlich am Schlimmsten. Aber ich schweife ab, das ist ja gar nicht unser Thema. Als nächstes ist ein Spanier bei uns eingezogen. Er war mehr oder weniger nur zum Schlafen da. Ich weiß gar nicht, ob er in Deutschland geblieben oder wieder in seine Heimat zurückgegangen ist. Er hieß Gomez Martín, meine ich. Ich hatte mit ihm nicht viel zu tun, aber meine Mutter hat ihm geholfen, Deutsch zu lernen. Sein Vorname war Fernando. Nach ihm zog ein türkischer Mann ein. Sein Name war Burhan Yilmaz. Meine Eltern hatten eine Weile Kontakt zu ihm und seiner Familie. Mittlerweile ist der Kontakt aber abgebrochen. Er war ein sehr freundlicher und hilfsbereiter Mann. Wenn er zu Hause war, hat er es nie zugelassen, dass meine Mutter schwere Sachen tragen musste. Er war sehr aufmerksam, auch zu uns Kindern. Ich habe ihn sehr gemocht. Der letzte Mieter war ein Italiener. Sein Name war Fabio Di Lauro. Als seine Frau aus Italien kam, ist er zu ihr gezogen. Sie war schwanger. Viel mehr weiß ich auch nicht. Zu ihm habe ich keinen rechten Kontakt aufbauen können. Vielleicht lag es auch daran, dass ich mich nicht mehr auf neue Menschen einlassen wollte. Ich weiß es nicht. Herr Yilmaz war sehr aufgeschlossen uns gegenüber, mehr als man erwarten würden. Vielleicht lag es auch daran, dass ich ihn immer mit Herrn Di Lauro verglichen habe. Kinder können manchmal sehr ungerecht sein. Wie auch immer, das waren alle Informationen, die ich Ihnen geben konnte. Was wollen Sie jetzt machen?"

„Mmh, ich weiß auch nicht so genau. Vielleicht versuche ich, den Spanier ausfindig zu machen. Über ihn wissen wir am wenigsten. Ich meine, wenn er gar nicht mehr in Köln ist, wird es sowieso sehr schwierig sein, ihn zu finden, aber einen Versuch ist es auf jeden Fall wert."

„Als erstes rufe ich mal Herrn Patowski an", überlegte

Herr Stein laut. „Ich frage ihn, ob der Keller erweitert wurde, als er noch bei meinen Eltern wohnte. Das mache ich sofort, schließlich schläft die Polizei nicht und es ist nur eine Frage der Zeit, bis sie uns über die Fremdarbeiter befragen. Ich suche gleich mal die Telefonnummer raus."

„Das ist eine gute Idee", schaltete sich Frau Stein in das Gespräch ein, „aber wir laden ihn und seine Frau lieber zum Essen ein. Du kennst ihn doch. Er ist sehr verschlossen. Vielleicht kommt dann Frau Winterstein zufällig dazu und wir lenken das Gespräch unauffällig auf das Haus."

„Das ist eine gute Idee, so machen wir es. Du bist ja eine richtige Spionin, mein Schatz", sagte er und sah seine Frau liebevoll an.

„Sobald die Einladung steht, sagen wir Ihnen Bescheid", wandte er sich wieder an Uli. Diese war total verblüfft über die plötzliche Kooperation und nickte.

„Ich denke, ich sollte auch die Recherchen über Herrn Gomez Martín übernehmen. Wissen Sie, ich arbeite bei Ford. Dort arbeiten viele Spanier. Ich werde mal versuchen, ob ich irgendwo Informationen finden kann."

„OK, dann versuche ich Herrn Di Lauro zu finden. Er soll ja nach Bergheim oder Umgebung gezogen sein", sagte Uli, die ihre Sprache wiedergefunden hatte.

„Sehr gut", sagte Herr Stein. „Jetzt haben wir alle eine Aufgabe." Er lachte.

„Nun muss ich mich dank Ihnen den ganzen Tag nicht mehr langweilen." Uli lachte ebenfalls. „Sobald ich etwas in Erfahrung bringe, sage ich Ihnen natürlich sofort Bescheid. Ihre Nummer haben wir ja. Außerdem wissen wir ja wo Sie wohnen", sagte er belustigt.

Frau Stein mischte sich ein und meinte, „jetzt wo wir alle unter einer Decke stecken, können wir uns auch duzen. Ich bin Mechthild und das ist Emil."

„Wie ich heiße, wissen Sie, ich meine, wisst ihr ja", lachte Uli.

Freitag, 08. Juni

Kaum war Herr Stein bei seiner Arbeitsstelle angekommen, machte er sich auf den Weg in die Personalabteilung. Dort arbeitete Dorothea Oeder. Sie hatte mit ihm die Ausbildung begonnen und sie hatten zusammen die Einführungsveranstaltung besucht. Er hatte eine Ausbildung als Mechaniker angefangen und sie als Bürokauffrau. Die Einführungsveranstaltung war aber für alle neuen Auszubildenden gleich. An diesem Tag waren sie sich zum ersten Mal begegnet. Aus einer leidenschaftlichen Liebesbeziehung war nichts Dauerhaftes geworden, aber sie hatten sich nie aus den Augen verloren. Beide pflegten ein vertrautes und freundschaftliches Verhältnis miteinander. Mittlerweile seit fünfunddreißig Jahren. Von ihr erfuhr er, dass Herr Fernando Gomez Martín Ende 1961 bei Ford angefangen hatte. Er war zuerst als Arbeiter in der Produktion tätig gewesen und hatte sich dann unter anderem mit Hilfe von innerbetrieblichen Fortbildungen langsam hochgearbeitet. Er wurde 1936 geboren worden und mit vierundsechzig Jahren hatte er sich im Jahre 2000 pensionieren lassen. Ob er noch in Köln lebte oder zurück nach Spanien gegangen war, konnte Dorothea auch nicht sagen, aber sie gab ihm die letzte Adresse, die in der Personalakte vermerkt war.

Samstag, 09. Juni

Uli war auf dem Weg in die Merheimer Straße. Dort befand sich das St. Vinzenz-Krankenhaus, in dem Frau Poch lag. Nach langem Suchen fand sie einen Parkplatz. Allerdings musste sie noch ein ganzes Stück laufen, bis sie ihr Ziel erreicht hatte. Es regnete und sie hatte natürlich ihren Schirm vergessen. Uli verfluchte den deutschen Sommer und versuchte den knöcheltiefen Pfützen auszuweichen, die aussahen, als würden sie nur darauf warten, besiedelt zu werden. Endlich angekommen, ging sie in die helle, freundliche Eingangshalle. Sie fragte an der Information, wo sie Frau Poch finden könne. Nachdem sie die gewünschte Auskunft erhalten hatte, machte sie sich, nass wie sie war, auf den Weg zu ihr. Sie klopfte leise an ihre Tür und trat vorsichtig ein. Frau Poch lag in ihrem Bett. Als Uli eintrat wurde sie aus müden Augen freundlich angeblickt. Frau Poch war alleine. Das Nachbarbett war nicht belegt.

„Das ist aber schön, dass sie mich besuchen kommen. Nehmen Sie sich einen Stuhl und setzen Sie sich doch zu mir."

Uli nahm einen Besucherstuhl, der an der Wand stand und stellte ihn an das Kopfende von Frau Pochs Bett. „Ich dachte, ich schau mal, wie es Ihnen so geht."

„Mir geht es ganz gut. Ich sehe zwar schrecklich aus, aber das wird schon."

„Och, so schlimm ist es nun wirklich nicht", log Uli. „Wie lange müssen Sie denn noch hier drin bleiben?"

„So genau weiß ich das nicht, aber es kann nicht mehr lange dauern. Ich muss ja auch schon Gehübungen machen. Ich glaube, die wollen mich loswerden", sagte sie mit einem Augenzwinkern.

„Das hört sich doch gut an. Dann ist die Operation also gut verlaufen."

„Ja, obwohl der Oberarzt noch ganz grün hinter den

Ohren ist, versteht er scheinbar sein Handwerk. Ich werde wohl nicht mehr lange hier sein. Die Gehübungen kann ich auch zu Hause machen. Ich muss zum Glück in keine Reha-Klinik. Darüber bin ich wirklich froh. Da sind mir zu viele alte Leute. Aber jetzt möchte ich etwas über Ihre Kellergeschichte erfahren. Haben Sie etwas herausgefunden?"

„Nicht viel, ich versuche gerade mit den Fremdarbeitern, die in meinem Haus gewohnt haben, Kontakt aufzunehmen."

„Was sagt denn die Polizei dazu?"

„Nichts, die wissen das gar nicht."

„Aha, gut, dass Sie mir das sagen, dann verrate ich Ihnen auch nicht, dass ich Ihnen von den Fremdarbeitern erzählt habe."

„Das ist wirklich nett. Im Moment befragen sie alle Bewohner der Straße. Ich denke, wenn Sie entlassen werden, dann kommen sie auch zu Ihnen."

„Ja, sollen sie nur. Ich werde ihnen genau das Gleiche erzählen wie Ihnen und mehr nicht."

Es klopfte und eine Schwester trat ein. Uli verabschiedete sich diskret und machte sich auf den Heimweg. Es regnete immer noch, so dass sie vollends durchweicht an ihrem Auto ankam.

Sonntag, 10. Juni

Es regnete schon den ganzen Morgen und es sah nicht danach aus, als ob es noch einmal aufhören würde. Uli war gereizt, weil sie eigentlich einen Waldspaziergang mit Felix geplant hatte. Dieser Sommer machte wirklich keinen Spaß. Felix maulte die ganze Zeit herum, weil sein bester Freund keine Zeit für ihn hatte. Er hatte Besuch von seiner Oma. Uli beschloss, mit ihrem Sohn ins Kino zu gehen. Den ganzen Tag zu Hause würden sie, ohne schlechte Laune zu bekommen, nicht überstehen. Uli guckte im Internet, welche Filme zurzeit liefen. Gerade war eine weitere Fortsetzung von Ice Age angelaufen. Der Kinostart war bereits vor eineinhalb Wochen gewesen. Vielleicht, so hoffte Uli, war das Kino dann nicht so voll. Als sie nachmittags mit Felix aus dem Parkhaus beim Cinedom kam und auf dem Platz im Zentrum des Mediaparks stand, stellte sie fest, dass sie sich geirrt hatte. Tapfer stellte sie sich in die Reihe. Felix hüpfte vor Freude, während Uli versuchte, ihre schlechte Laune zu verbergen. Sie hatte das Kino noch nie leiden können. Es war ihr zu groß und viel zu unpersönlich. Absolut kein Vergleich zu ihrem Lieblingskino in der Herbrandstraße. Nur leider lief der Film dort nicht. Ihrer Meinung nach wurde man im Cinedom nur durchgeschleust und abgefertigt. Dies konnte auch die großartige Technik des Multiplex-Kinos nicht wiedergutmachen. Während sie in der Schlange stand, beschloss sie, abends mit ihrem Sohn in die gemütliche Trattoria Mamma Mia in der Subbelrather Straße essen zu gehen. Kaum hatte sie diesen Entschluss gefasst, besserte sich auch ihre Laune wieder. Das Restaurant war sehr klein und besaß nur acht Tische, die eng beieinander standen. Uli wollte sich Pasta und natürlich einen leckeren Rotwein bestellen. Felix würde mit Sicherheit eine Pizza bestellen, die er nicht schaffen würde und den ganzen Abend mit dem

Kellner quatschen. Das waren doch erfreuliche Aussichten.

Montag, 11. Juni

Hans stand bei Uli vor der Tür als diese gerade mit Felix nach Hause kam. Sie schloss die Haustüre auf und nachdem Felix ins Haus geflitzt war, fragte sie: „Hast du auf mich gewartet?"

„Nö, ich war gerade zufällig in der Gegend", grinste Hans. „Ich wollte dir den neusten Straßentratsch berichten, falls du ihn nicht schon weißt."

„Ich weiß von nix. Was ist denn los?"

„Kann ich vielleicht erst mal mit reinkommen, oder willst du mich hier im Regen stehen lassen?", murmelte Hans.

„Ja klar, lass uns in die Küche gehen. Ich hol uns 'ne Flasche Wein."

„Du hast Wein im Haus, sehr löblich, aber mir ist nicht nach Wein. Hast du auch Kaffee?"

„Was ist denn los? Wieso bist du so ernst?"

„Frau Poch ist tot."

„Was? Wie kann das denn sein? Ich habe sie am Samstag im Krankenhaus besucht. Da ging es ihr noch gut. Sie war zwar angeschlagen, aber sie machte einen guten Eindruck. Sie hat auch davon gesprochen, dass sie bald nach Hause gehen kann und dass sie nicht in die Reha-Klinik muss. Das ist doch gerade erst zwei Tage her!" Uli war entsetzt.

"Vielleicht war sie auch auf dem Weg der Besserung, aber zu dem Oberschenkelhalsbruch ist noch eine Lungenentzündung hinzugekommen."

„Konnte die Polizei vorher noch mit ihr sprechen?"

„Das weiß ich nicht so genau. Aber ich denke, falls Frau Poch mit ihnen geredet hat, hat sie bestimmt erwähnt, dass sie bereits mit dir gesprochen hat. Wenn dem so ist, dauert es bestimmt nicht lange und die Polizei steht bei dir vor der Tür. Die machen dich mit Sicherheit einen Kopf kürzer."

„Das glaube ich nicht, ehrlich gesagt."

„Was glaubst du nicht? Dass du Ärger mit der Polizei bekommst, oder dass Frau Poch mit ihnen geredet hat?"

„Dass Frau Poch erzählt hat, dass ich bereits über die Fremdarbeiter Bescheid weiß. Als ich sie besucht habe, hat sie mir erzählt, dass die Polizei noch nicht mit ihr gesprochen hat und dass sie denen nichts erzählen wird. Also ich meine, dass sie nicht sagen wird, dass ich über irgendetwas Bescheid weiß." Uli war ganz durcheinander.

„Warten wir es ab. Etwas anders können wir sowieso nicht tun", antwortete Hans und nippte an seinem Kaffee.

„Findest du es nicht merkwürdig, dass Frau Poch im Krankenhaus stirbt, obwohl sich ihr Gesundheitszustand schon wieder gebessert hat?"

„Wie meinst du das?"

„Ich weiß es nicht so genau, aber es ist schon komisch, oder?"

„So komisch nun auch wieder nicht. Alte Menschen sterben nun mal. Würdest du es ohne diese Knochengeschichte auch komisch finden?"

„Wahrscheinlich nicht, aber ich hatte letztens zwei seltsame Anrufe, bei denen sich keiner gemeldet hat. Normalerweise wäre mir das auch egal, aber wie du so schön sagst, mit dieser Knochengeschichte haben sich die Dinge geändert."

„Das ist ein ungeheurer Verdacht, den du da hast."

„Ja, ich weiß." Uli lief ein Schauer über den Rücken.

„Dann müsste der Täter noch hier in der Nähe sein, sonst hätte er von der Geschichte doch gar nichts mitbekommen können."

„Meinst du, diese komischen Anrufe haben etwas mit der Sache zu tun?"

„Also wenn du annimmst, dass an dem Tod von Frau Poch irgendetwas merkwürdig ist, dann haben die Anrufe bestimmt auch eine Bedeutung. Wenn du allerdings davon ausgehst, dass alles mit rechten Dingen zugegangen ist, würden mich die Anrufe nicht weiter beunruhigen", resümierte Hans. „Du hast gesagt, sie war auf dem Weg der Besserung. Ist das denn sicher oder ist das nur deine medizinische Facheinschätzung?"

„Es ist natürlich nur meine Einschätzung", gab Uli zu.

„Körperlich war sie vielleicht auf dem Weg der Besserung, aber sie hat ja ihren Mann letztes Jahr verloren und das hat ihr doch sehr zu schaffen gemacht. Ich denke, seelisch ging es ihr nicht gut und vielleicht hat das zusammen mit der Lungenentzündung gereicht", gab Hans zu Bedenken.

„Mir kam sie gar nicht so unfit und leidend vor."

„Das kann schon sein, aber wer weiß schon, wie es innerlich in ihr aussah."

„Ja, wer weiß", stimmte Uli ihm zu.

„Aber auch an deinem Verdacht kann etwas dran sein. Ich würde dir auf jeden Fall raten, in Zukunft etwas vorsichtiger in der Weltgeschichte herum zu laufen und die Augen offen zu halten."

„Machst du dir tatsächlich Sorgen um mich?" Uli fühlte sich geschmeichelt.

„Natürlich nicht, aber es wäre doch für Felix schade, wenn er seine Mutter an einen anonymen Anrufer verlieren würde."

„Du bist und bleibst ein Blödmann."

„Nein, Spaß beiseite, pass ein bisschen auf, wenn du Detektiv spielst."

Dienstag, 12. Juni

Trudi sah Uli mit großen Augen an. „Das sind ja keine schönen Neuigkeiten. Glaubst du wirklich, beim Tod von Frau Poch hat einer nachgeholfen?"

„Ich glaube gar nichts. Es sind nur diese Anrufe, die mich beunruhigen."

„Bekommst du die denn immer noch?"

„Nein, nur diese beide Male."

„Mmh, dann liegt es also an der Kombination, dass du beunruhigt bist? Ein anonymer Anrufer und plötzlich stirbt Frau Poch."

„Ich hab sie am Samstag ja noch gesehen, da ging es ihr eigentlich ganz gut."

„Ich denke, du bist aufgrund der Gesamtsituation angespannt. Es ist gar nicht so ungewöhnlich, dass ältere Menschen mit einem Oberschenkelhalsbruch ins Krankenhaus kommen und dann aufgrund einer dort erworbenen Infektion sterben. Das hört man immer wieder. Im Krankenhaus kannst du dir die schlimmsten Bakterien und Viren einfangen. Vielleicht sah es ja nur so aus, als ob es Frau Poch gesundheitlich schon wieder besser ging", versuchte Trudi ihre Freundin zu beruhigen.

„Ich fand schon, dass sie schlecht aussah. Sie war sehr blass", räumte Uli ein.

„Wenn es tatsächlich einen begründeten Verdacht gibt, dann wird sich die Polizei schon darum kümmern."

„Vielleicht sollte ich mit der Polizei sprechen und ihnen sagen, dass Frau Poch mir vorher von den Fremdarbeitern erzählt hat. Warum sollten sie von sich aus Verdacht schöpfen. Sie war eine alte Dame, die gestorben ist. Da schöpft man keinen Verdacht. Du sagst ja selber, dass von außen betrachtet, alles ganz normal aussieht."

„Tja, dann musst du dich jetzt entscheiden, ob du mit der Polizei reden möchtest oder nicht. Die beiden Herren waren dir doch so sympathisch."

„Sehr witzig. Vielleicht sollte ich mich noch einmal mit Hans beraten. Ich meine sie ist tot und auf einen Tag mehr oder weniger kommt es jetzt ja auch nicht an. Ich geh heute Abend mal bei ihm vorbei."

„Wie wär's, wenn du Richard einweihst und dir seine Meinung anhörst?"

„Ich überleg es mir."

Trudi sah ihre Freundin kopfschüttelnd an.

Als Uli abends bei Hans vorbeiging, war dieser nicht zu Hause.

Mittwoch, 13. Juni

„Und, hast du dich entschieden, ob du zur Polizei gehst oder nicht? Was sagt denn Richard?", fragte Trudi als Uli zur Tür herein kam und auf ihren Schreibtisch zusteuerte.

„Öh, den hab ich noch nicht eingeweiht", gestand Uli.

„Aha! Und was sagt Hans?"

„Hans war nicht da, keine Ahnung wo der steckt. Ich weiß nicht, was ich machen soll."

„Mmh, willst du mit allem abwarten?"

„Mit allem? Wie meinst du das?"

„Ich meine, forschst du auf eigene Faust weiter oder wartest du erst mal ab?"

„Irgendwie kann ich mich nicht entscheiden."

„Ich wüsste, wer dir helfen könnte, Richard!"

„Jetzt hör auf, mir ein schlechtes Gewissen zu machen", entgegnete Uli. „Mir wächst das gerade alles über den Kopf. Am Anfang war alles irgendwie aufregend, aber jetzt wo Frau Poch tot ist."

„Na gut." Trudi sah ihre Freundin aufmerksam an, bevor sie fortfuhr. „Mit Herrn Stein hast du ausgemacht, dass du nach dem Italiener suchst und er nach dem Spanier, richtig?"

„Richtig!" Uli war froh, dass Trudi nicht mehr auf Richard zu sprechen kam.

„Und was ist mit dem Türken?"

„Oh, denn hab ich vor lauter Chaos total vergessen."

„Findest du es nicht merkwürdig, dass Familie Stein ihn kennt, aber nicht mit weiteren Informationen herausrückt."

„Jetzt, wo du das sagst. Obwohl, vielleicht wollte Herr Stein erst einmal, dass ich den Polen, also Herrn Patowski, kennenlerne, weil er am einfachsten zu erreichen ist. Um an Informationen über den Spanier zu gelangen, wollte er sich in seiner Firma umhören. Drei Leute auf einmal ausfindig zu machen, ist vielleicht ein bisschen viel."

„Du vergisst, dass er Herrn Patowski nicht ausfindig machen muss, er weiß, wo er wohnt. Vielleicht solltest du dich erst einmal um den Türken kümmern. Hast du seinen Namen?"

„Ja, hab ich. Er heißt Burhan Yilmaz. Er hatte noch eine Weile Kontakt zur Familie Stein, der ist dann aber irgendwann eingeschlafen."

„Vielleicht aus einem bestimmten Grund."

„Wie meinst du das?"

„Keine Ahnung, manchmal laufen Kontakte einfach so aus und manchmal gibt es einen Grund, warum man einen Kontakt nicht mehr aufrechterhält."

„Und du meinst, es könnte einen Grund geben?"

„Wäre doch möglich."

„Da ist etwas dran. Ich guck mal im Internet", sagte Uli und tippte auf den Tasten ihres Computers herum, um auf die Seite des örtlichen Telefonbuchs zu gelangen.

„Und", fragte Trudi, „etwas gefunden?"

„Warte, das gibt's nicht! Hier sind über einhundert Einträge unter dem Namen Yilmaz!"

„Und mit Vornamen Burhan?"

„Wahrscheinlich auch hundert, warte… , das gibt's doch nicht!"

„Du wiederholst Dich", stellte Trudi fest.

„Nur einer!"

„Unglaublich, dann ruf ihn direkt an", drängte Trudi.

„Mach ich, aber was soll ich denn sagen?"

„Keine Ahnung, ruf einfach an und frag, ob er die Familie Stein kennt. Und wenn ja, dann sagst du, du wohnst jetzt in deren Haus und dich interessieren die Geschichten der früheren Bewohner."

„Das ist eine gute Idee, ich rufe an."

Nach kurzem Klingeln meldet sich eine weibliche Stimme. „Safija Yilmaz."

„Guten Tag, mein Name ist Uli Winterstein. Wohnt bei Ihnen vielleicht ein Burhan Yilmaz?"

„Ja, das ist mein Mann, was wollen Sie denn von ihm?", klang es misstrauisch am Ende der Leitung.

„Es ist so, ich kenne Ihren Mann eigentlich gar nicht. Ähm, ich glaube er hat, als er nach Deutschland gekommen ist, in dem Haus gewohnt, in dem ich jetzt wohne."

„Ich verstehe nicht, was Sie wollen."

„Äh ja, also, ich interessiere mich für die Geschichten der Bewohner meines Hauses. Ich weiß nicht, wie ich es erklären soll."

„Das scheint mir auch so", unterbrach Frau Yilmaz Uli.

„Es ist vielleicht etwas ungewöhnlich, aber würden Sie Ihrem Mann bitte meine Telefonnummer geben und wenn er bereit ist, mit mir zu reden, kann er mich sehr gerne anrufen", versuchte Uli es weiter.

„Wollen Sie sich mit ihm treffen?"

„Wenn er mag, und natürlich nur wenn Sie nichts dagegen haben, aber ich würde mich auch sehr über einen Anruf freuen."

„Na gut, ich werde meinen Mann fragen, wie ist denn Ihre Nummer?"

Uli gab sie ihr und entschuldigte sich vorsorglich wegen eventueller Umstände, dann war das Gespräch beendet.

„Und?", fragte Trudi, die eigentlich alles mitangehört hatte.

„Puh, ich glaube, das war seine Frau. Die schien nicht sehr begeistert zu sein, dass eine unbekannte Frau ihren Mann sprechen wollte."

„Na ja, wer weiß, was sie für einen Ehemann hat", lachte Trudi.

Abends stand Uli wieder vor Hans Tür. Komisch, dachte sie, wo um alles in der Welt kann er denn schon wieder sein? Als sie gerade nach Hause gehen wollte, kam er um die Ecke und grinste sie freundlich an.

„Na, wolltest du zu mir?"

„Ja, ich war zufällig in der Gegend. Wo warst du?"

„Sag ich dir nicht."

„Und wo kommst du jetzt her?"

„Sag ich dir auch nicht."

„Wie, sagst du mir nicht? Wieso nicht?"

„Weil ich nicht will! Sei nicht immer so neugierig. Schließlich habe ich auch ein Privatleben."

„Wie meinst du das - Privatleben?"

„Na, ein Leben außerhalb dieser Straße halt. Aber deshalb bist du wahrscheinlich nicht hier. Komm doch erst einmal mit rein und dann sag mir, was du so Dringendes von mir wolltest." Uli folgte ihm in sein Wohnzimmer und sagte: „Ich wollte mir bei dir einen Rat holen."

„Von mir? Zuviel der Ehre. Worum geht es denn?"

„Sei nicht immer so blöd, es geht um Frau Poch. Ich weiß nicht, ob ich zur Polizei gehen soll oder nicht." Uli ließ sich auf sein altes dunkelrotes Cordsofa fallen.

„Glaubst du, die lachen dich aus?" fragte Hans und stellte zwei Gläser auf einen vom Holzwurm durchlöcherten alten Couchtisch.

„Nee, und selbst wenn, das ist mir egal."

„Tja, dann weiß ich auch nicht weiter."

„Und jetzt?"

„Jetzt trinkst du erst einmal den Wein, den ich dir eingeschenkt habe."

„Alkohol ist auch keine Lösung."

„Du sollst dich ja nicht besaufen."

„Was soll ich denn jetzt machen?"

„Also wenn ich in so einer Situation bin, dann schlafe ich erst einmal drüber. Wenn ich am nächsten Tag immer noch das Gefühl habe, dass ich etwas unternehmen sollte, dann mach ich es."

„Ich hab schon eine Nacht darüber geschlafen."

„Tja, dann weißt du ja Bescheid."

„Du meinst, ich sollte zur Polizei gehen?"

„Ich meine gar nichts. Ich habe nur gesagt, wie ich diese Situation angehen würde. Was du machst, musst du selber wissen."

„Findest du am Tod von Frau Poch nichts merkwürdig?"

„Tja, als wir das erste Mal darüber gesprochen haben, irgendwie schon, aber nur wegen deiner merkwürdigen Anrufe glaube ich. Jetzt, mit ein bisschen Abstand, ehrlich gesagt nein."

Donnerstag, 14. Juni

Uli versuchte unter den Augen von Trudi, Uwe Zimmermann zu erreichen, doch wie beim letzten Mal meldete sich Kai Flatten.

„Guten Tag, hier spricht Uli Winterstein."

„Ja?"

„Äh, ich rufe wegen Frau Poch an."

„Ja?"

„Also, sie ist ja gestorben und ich habe gehört, dass sie eigentlich auf dem Weg der Besserung war. Also ich weiß nicht, ob das stimmt, aber wenn es stimmt, finde ich es merkwürdig, dass sie trotzdem gestorben ist. Also ich meine in Anbetracht der Situation."

„Welcher Situation?"

„Ja, also wegen der Knochenfunde und weil sie ja etwas über die Fremdarbeiter wusste."

„So, was wusste sie denn?"

Mist, dachte Uli, „äh ich weiß nicht so genau, aber sie wusste, dass Fremdarbeiter bei mir im Haus gewohnt haben."

„Und Sie haben mit ihr darüber gesprochen, bevor sie gestorben ist?"

„Nicht richtig", log Uli, die mittlerweile unsicher geworden war.

„Was soll das heißen?"

„Sie hat es irgendwann einmal erwähnt und das habe ich Ihnen auch erzählt."

„Und Sie sind sicher, dass Sie nicht zufällig etwas vergessen haben?"

Boah, der redet als wäre ich ein kleines Kind, dachte Uli und erwiderte: „Ja da bin ich mir sicher, warum fragen Sie?"

„Weil Sie sich plötzlich so sehr für Frau Poch interessieren."

„Sie war meine Nachbarin, da interessiert man sich eben

und ich habe gedacht, ich soll mich melden, wenn mir irgendetwas auffällt und das habe ich jetzt gemacht. Ich wollte auch nur sagen, dass ich es merkwürdig finde, dass jemand, der auf dem Weg der Besserung ist, dann doch stirbt. Was Sie daraus machen, ist Ihre Sache." Uli kam sich auf einmal total lächerlich vor.

„Entschuldigung, wenn Sie sich nicht ernst genommen fühlen. Das war nicht meine Absicht. Es ist sehr gut, dass Sie sich mit Ihrem Verdacht an uns wenden. Wir Polizisten sind von Natur aus misstrauisch."

Ohne auf die letzte Bemerkung einzugehen, fragte Uli: „Und was passiert jetzt?"

„Nichts, Frau Poch ist bereits eingeäschert worden."

„Was! Wann denn?"

„Gestern."

„Aha", mehr brachte sie nicht heraus.

„Ich hätte da noch eine Frage."

„Ja?" Uli war von der Einäscherung geschockt.

„Als sie hier waren, haben Sie gar nicht erwähnt, dass Frau Poch über die Fremdarbeiter Bescheid wusste, obwohl ich sie danach gefragt habe. Warum?"

„Das tut mir leid. Ich habe es einfach nur vergessen", antworte Uli, die sich schneller gefasst hatte, als es Flatten lieb war.

„Was ist?" fragte Trudi. „Du siehst ja ganz blass aus."

„Frau Poch ist eingeäschert worden, gestern. Wenn ich doch nur nicht so lange gezögert hätte."

„Jetzt mach Dich deswegen nicht verrückt. Vielleicht hätte die Polizei, wenn du dich rechtzeitig gemeldet hättest, auch keine weitere Untersuchung angeordnet. Außerdem weißt du doch gar nicht, ob an deinem Verdacht etwas dran ist. Ich meine, die Ärzte im Krankenhaus werden Frau Poch schon richtig untersucht haben."

„Meinst du?"

„Ich bin ganz sicher."

„Mmh, ich nicht."

„Grüble jetzt nicht darüber nach. Überleg lieber, was du jetzt machen willst."

„Wieso, was kann ich denn jetzt noch machen?"

„Ich meine, entweder recherchierst du auf eigene Faust oder du lässt es. Wenn du es lässt, musst du, auch wenn es dir nicht passt, der Polizei die Namen der Fremdarbeiter geben. Dann musst du alle Karten offen auf den Tisch legen."

„Das geht nicht. Ich habe es der Familie Stein versprochen."

„Na, dann ist ja alles klar."

Freitag, 15. Juni

Uli war zu Hause und überlegte, wie sie am besten mit der Familie Di Lauro Kontakt aufnehmen sollte. Da ihre früheren Anrufe bereits fehlgeschlagen waren, wollte sie nach Bergheim fahren und unangemeldet erscheinen. Diese Taktik hatte sich ja schon bei den Steins bewährt. Das wollte sie nächstes Wochenende in Angriff nehmen. Dieses Wochenende war bereits total verplant. Sie hatte für Samstag versprochen, einer Freundin beim Kindergeburtstag ihres Sohnes zu helfen. Felix war auch eingeladen. Am Sonntag feierte eine Nachbarin mit einem Brunch ihren Geburtstag. Sie wusste jetzt schon, dass sich dieser Brunch bis in den Abend hineinziehen würde. Nach Bergheim zu fahren und die Di Lauros zu suchen, kam also nicht in Frage.

Mittlerweile beunruhigte sie der Tod von Frau Poch nicht mehr so sehr. Trudi hatte schon Recht, Frau Poch war im Krankenhaus gestorben und dort war sie mit Sicherheit gut untersucht worden. Wahrscheinlich wussten die Ärzte dort auch, dass die Polizei mit ihr sprechen wollte, sagte sich Uli. Da werden sie auf jeden Fall besonders genau hingesehen haben. Mitten in ihre Gedanken klingelte das Telefon, gut gelaunt und entspannt nahm sie ab und meldete sich. Nichts!

„Wer ist da?"

Keine Antwort.

„Jetzt melden Sie sich doch verdammt noch mal, das ist nicht witzig!"

Außer einem Rauschen war nichts zu hören.

Uli legte auf.

Nach zehn Minuten klingelte es erneut. Uli nahm genervt ab und fauchte: „Was wollen Sie überhaupt? Lassen Sie mich gefälligst in Ruhe!"

„Entschuldigung, ich habe die Nummer von meiner

Frau bekommen. Sie hat gesagt, dass Sie mich sprechen wollten, aber vielleicht habe ich mich auch verwählt."

„Oh, äh Herr Yilmaz, sind Sie es?"

„Ja."

„Entschuldigen Sie bitte meinen unfreundlichen Ton. Ich hatte gerade einen anonymen Anruf und dachte, das würde sich wiederholen. Es tut mir leid."

„Da bin ich aber froh, dass Sie nicht wütend auf mich sind", lachte Herr Yilmaz ins Telefon. „Meine Frau hat mir erzählt, dass Sie in einem Haus wohnen, in dem ich früher auch einmal gewohnt habe."

„Ja, das stimmt. Es klingt vielleicht verrückt, aber ich interessiere mich für die ehemaligen Bewohner dieses Hauses und ihre Geschichten. Das Haus ist ja auch ein paar Mal umgebaut worden und ich wollte wissen, wie das alles zeitlich zusammen passt."

„In welchem Haus wohnen Sie denn?"

„Oh, Entschuldigung, ich wohne in Bickendorf im Holunderweg."

„Ah, ich erinnere mich. Natürlich. Dort habe ich bei Familie Stein zur Untermiete gewohnt. Sehr nette Leute. Geht es den beiden gut?"

„Äh, Herr Stein ist tot."

„Oh, das tut mir leid. Wir hatten noch eine Zeitlang Kontakt, müssen Sie wissen. Irgendwann ist er dann abgebrochen. Sie wissen bestimmt wie das ist."

„Ja natürlich, wenn einen der Alltag einholt, ist es oft schwer seine Kontakte zu pflegen. Wenn dann auch noch Kinder dazu kommen, wird es immer schwieriger."

„Ich sehe, Sie verstehen, was ich meine. Wie geht es denn Frau Stein?"

„Soweit ich weiß gut. Sie ist mit ihrem Mann nach Spanien ausgewandert. Nachdem er gestorben war, ist sie alleine in Spanien geblieben."

„Ja, ich erinnere mich, das deutsche Wetter hat ihr nie

wirklich gefallen. Heute hat es ja auch wieder viel geregnet. Ich hoffe, wir bekommen noch einen schönen Sommer. Es ist schön zu hören, dass es ihr gut geht. Aber jetzt zu Ihrem Anliegen, Sie wollten doch von mir Informationen haben, nicht wahr? Fragen Sie."

„Vielleicht fangen Sie ganz von vorne an. Wie war es eigentlich, als Sie nach Deutschland gekommen sind?"

„Ich bin 1964 nach Deutschland gekommen. Eigentlich wollte ich nur kurz hier bleiben, um Geld für meine Familie zu verdienen, aber dann ist alles anders gekommen."

„Zu dieser Zeit sind viele Menschen gekommen, um in Deutschland zu arbeiten, nicht wahr?"

„Oh ja. Wussten Sie, dass 1964 der einmillionste Gastarbeiter in der Bundesrepublik am Bahnhof Köln-Deutz angekommen ist?"

„Nein, das wusste ich nicht. Waren Sie das?"

„Nein, nein, das war ich nicht. Ich glaube, es war ein Portugiese."

„Was musste man denn für Qualifikationen haben, um nach Deutschland zu kommen?"

„Nicht viele. Man musste eigentlich nur gesund sein."

„Musste man denn nicht irgendeine Ausbildung nachweisen?"

„Nein, nein, wo denken Sie hin? Es wurden Arbeiter für sehr einfache Arbeiten gesucht. Viele von uns konnten weder lesen noch schreiben."

„Das wusste ich gar nicht. Wie ging das denn vonstatten? Ich meine, musste man sich nicht irgendwo bewerben?"

„Bewerben ist vielleicht der falsche Ausdruck. Man musste sich melden. In Istanbul wurden wir von einem Arzt untersucht, sogar die Zähne", lachte Herr Yilmaz. „War man gesund, durfte man nach Deutschland. Eigentlich sollten wir nur zwei Jahre bleiben und dann wieder zurück. Und ganz ehrlich, ich glaube nicht, dass viele von uns geplant hatten, länger zu bleiben."

„Aha, und wie ging es dann weiter. Ich meine, warum mussten Sie nicht nach zwei Jahren wieder zurück?!

„Ich bin ja erst 1964 gekommen, da gab es diese Regelung nicht mehr. Das lag daran, dass die Arbeitgeber nicht ständig neue Arbeiter haben wollten. Das war ihnen zu aufwendig. Schließlich mussten ja jeder eingearbeitet werden. Sie übten Druck auf die Regierung aus und in dem Jahr, in dem ich ankam, wurde die Frist abgeschafft. Später habe ich dann meine Frau und meine Kinder aus der Türkei nachgeholt. Seitdem wohnen wir in Köln."

„Wo haben Sie denn damals gearbeitet?"

„Erst bei Ford, aber nur kurz. Danach bei unterschiedlichen Handwerkern. Ich habe dabei festgestellt, dass ich Talent habe, Fenster einzubauen, und habe mich darauf spezialisiert. 1980 habe ich mich als Fensterbauer selbständig gemacht. Mittlerweile hat mein Sohn den Betrieb übernommen. Er hat das natürlich richtig gelernt und sogar seinen Meister gemacht."

„Das hört sich großartig an."

„Ja, nach Deutschland zu kommen, war wirklich ein Glücksgriff für uns."

„Wissen Sie noch, wann und wie lange Sie im Holunderweg gewohnt haben?"

„Aber sicher. Ich bin dort 1964 eingezogen. Es gab auch Unterkünfte auf dem Betriebsgelände von Ford, aber dort wollte ich nicht wohnen. Ich wollte deutsche Menschen kennenlernen und deshalb habe ich mir eine Unterkunft außerhalb des Betriebsgeländes gesucht."

„Wäre es denn schwer gewesen, deutsche Kontakte zu knüpfen und auf dem Betriebsgelände zu wohnen?"

„Ja, das wäre viel schwerer gewesen, man wäre einfach unter sich geblieben. Vielen meiner Landsleute ist das passiert. Ich wollte die Chance nutzen und eine neue Sprache lernen, allerdings war das schwerer, als ich gedacht habe."

„Wie lange haben Sie denn im Holunderweg gewohnt?"

„Sechs Jahre. In dieser Zeit hat mir wirklich Frau Stein sehr beim Erlernen der deutschen Sprache geholfen. Am Anfang haben wir uns mit einer Art Zeichensprache und Zeichnungen unterhalten. Allerdings und das hören Sie bestimmt auch, ist mein Deutsch Kölsch eingefärbt. Ich selber merke das nicht, aber wenn ich aus dem Rheinland wegfahre, werde ich sehr oft darauf angesprochen. Ich habe also einen türkischen und einen kölschen Akzent."

„Ja, das stimmt", pflichte Uli ihm bei.

„Ich bin umgezogen, als meine Frau mit unseren drei Kindern nach Deutschland kam. Das war 1970. Meine Frau hat sich mit der deutschen Sprache sehr schwer getan. Lange Zeit konnte sie kein Wort."

„Aber sie sprach ganz gut, ich habe doch mit ihr telefoniert, oder?"

„Ja, haben Sie, ich habe sie mehr oder weniger gezwungen und jetzt kann sie es wirklich sehr gut."

„Etwas anderes: Können Sie sich noch daran erinnern, wie der Keller aufgebaut war? Also ich meine, welche Räume es dort gab?"

„Ja sicher, da gibt es nicht viel zu berichten. Es gab einen Kohlenkeller und einen Waschraum, der gleichzeitig auch als Werkstatt genutzt wurde."

„Mehr nicht?"

„Nein, mehr nicht. Warum fragen Sie?"

„Irgendwann ist der Keller erweitert worden und ich würde gerne wissen, wann das war."

„Das muss nach meiner Zeit gewesen sein."

„Darf ich Sie etwas Persönliches fragen?"

„Sicher, wenn ich nicht antworten möchte, sage ich es schon. Wie Sie sicherlich schon gemerkt haben, rede ich aber eigentlich ganz gerne, also keine Angst."

„Ja, das habe ich gemerkt", lachte Uli. „Wie ist es denn

für Sie, wenn Sie in der Türkei sind? Ich meine, sind Sie innerlich eher Türke oder Deutscher, jetzt wo Sie fast ihr ganzes Leben in Deutschland verbracht haben?"

„Ich habe erkannt, dass ich in Deutschland der Türke und in der Türkei der Deutsche bin. Früher wollte ich immer dazu gehören und habe vieles gemacht, um anerkannt zu werden. Mittlerweile muss ich das nicht mehr und ich fühle mich in der Türkei tatsächlich als Deutscher und in Deutschland als Türke. Das hat sehr viele Vorteile. Man kann über Eigenheiten seiner Landsleute, die man nicht mag, hinwegsehen, indem man so tut, als ob man zu den anderen gehört. Leider habe ich für diese Erkenntnis sehr lange gebraucht. Mittlerweile ist es in weiten Teilen Deutschlands ja auch kein Problem mehr so wie es Bayern und Rheinländer gibt, gibt es nun auch Deutschtürken und Deutschafrikaner. Deutschland ist, wie nennt man das, ein Multikultiland geworden."

„Ja, sehr lange Zeit hat sich Deutschland gesträubt, als Einwanderungsland zu gelten, doch das ist Vergangenheit", stimmte Uli ihm zu.

Montag, 17. Juni

„Guten Morgen, rate mal, mit wem ich telefoniert habe", wurde Trudi von Uli begrüßt.

„Mit Kai Flatten und ihr habt gemerkt, dass ihr euch eigentlich total sympathisch findet."

„Du bist und bleibst ein verrücktes Huhn. Ich hab mit Herrn Yilmaz telefoniert."

„Du hast mit ihm gesprochen?"

„Ja, sag ich doch, er hat mich angerufen. Viel zu meinem Haus hat er allerdings nicht gesagt, eigentlich nur, dass er 1964 dort eingezogen ist und als seine Frau mit seinen Kindern aus der Türkei gekommen ist, ist er wieder ausgezogen."

„Und wann war das?"

„1970 und der Keller wurde in dieser Zeit nicht umgebaut.

Glaubst du ihm?"

„Wieso nicht? Wenn er etwas zu verbergen hätte, hätte er doch nicht angerufen, oder?"

„Hallo, die Damen", platze Herr Fröhlich ins Büro. „Wie ist der Stand der Dinge? Darf ich um eine Zusammenfassung bitten?"

„Was wissen Sie denn schon?"

„Das was Sie mir erzählt haben, also nicht viel."

„Und was haben Sie noch so erlauscht?", fragte Uli frech.

„Ich darf doch sehr bitten. Ich weiß nur, dass bei Ihnen im Keller Knochen gefunden wurden und die Polizei Ihnen nichts Spannendes erzählen möchte."

„Also gut, meine Nachbarin hat mir erzählt, dass fünf nicht gemeldete Fremdarbeiter bei mir gewohnt haben. Diese Nachbarin ist mit einem Oberschenkelhalsbruch ins Krankenhaus gekommen und mittlerweile verstorben. Ansonsten hat nur der Familie Stein das Haus gehört, die es an ihren Sohn weitergeben haben. Der hat es an mich verkauft. Einen Fremdarbeiter habe ich ausfindig gemacht und wir haben gestern miteinander telefoniert. Viel rausgekommen ist aber nicht. Nur, dass der Umbau im Keller wahrscheinlich gemacht wurde, nachdem er ausgezogen war."

„Wieso wahrscheinlich?"

„Na ja, er kann ja auch lügen."

„Was macht er denn für einen Eindruck? Glauben Sie ihm?"

„Ja, ich glaube, er sagt die Wahrheit."

„Gehörte das Haus denn immer irgendwelchen Privatpersonen?"

„Nein, es gehörte lange Zeit einer Genossenschaft, die es an Arbeiterfamilien vermietet hat. Im Jahre 1979 wurde es an die Familie Stein verkauft, die dort schon zur Miete wohnte."

„Also könnten irgendwelche Leute vor der Zeit von Familie Stein mit den Knochen zu tun gehabt haben?"

„Das glaube ich nicht. Ich denke, die Knochen sind mit dem Umbau in den Keller gekommen."

„Also, sie wurden quasi entsorgt?"

„Wenn Sie so wollen."

„Außerdem", schaltete sich Trudi ein, „hat Uli bereits zwei anonyme Anrufe bekommen, das weist doch darauf hin, dass es jemand gewesen sein muss, der noch lebt."

„Drei Anrufe", unterbrach Uli. „Gestern bin ich wieder angerufen worden."

„Ja, ich stimme den Damen zu. Sehr gut kombiniert. Wenn die Anrufe etwas damit zu tun haben sollten, dann muss die gesuchte Person zwingend noch leben oder es handelt sich um Anrufe aus der Zwischenwelt, huhu." Herr Fröhlich grinste über das ganze Gesicht. Endlich war mal etwas los in seinem Büro.

„Sehr witzig. Und wenn die Anrufe nichts damit zu tun

haben", fragte Uli.

„Dann lebt die Person wahrscheinlich auch noch, weil die Knochen während des Kellerumbaus in Ulis Keller gekommen sind", folgerte Trudi.

„Mindestens eine Person, die am Umbau beteiligt war, weiß etwas", orakelte Herr Fröhlich.

„Genau, und deshalb versuche ich herauszubekommen, wann der Umbau überhaupt gemacht wurde. Als nächstes muss ich also den Italiener ausfindig machen. Ich habe auch schon eine Idee wo er oder seine Familie wohnt."

„Der Italiener, ich gehe mal davon aus, das ist einer der Fremdarbeiter."

„Ja genau, sehr gut kombiniert", konterte Uli.

„Jetzt wird es spannend, Frau Winterstein trifft den unheimlichen Unbekannten. Was wird passieren?"

„Hat Ihnen schon einmal jemand gesagt, dass Sie total nerven."

„Ja, meine Frau, was glauben Sie warum ich so viele Überstunden mache", und mit diesen Worten war er auch schon aus der Tür.

„Was hat der denn heute Morgen eingeschmissen", fragte Uli

„Keine Ahnung, einfach nicht beachten", grinste Trudi.

***

Den Rest der Woche kam Uli nicht dazu, weitere Nachforschungen anzustellen. Tagsüber arbeitete sie im Büro und danach war sie für ihren Sohn da.

Samstag, 23 Juni

Uli befand sich in Bergheim auf dem Berliner Ring. Sie stand vor drei grauen Hochhäusern, die ineinander übergingen. Trotz des Sonnenscheins war die Atmosphäre bedrückend. Von einer Ecke aus wurde sie von einer Gruppe Teenager nicht aus den Augen gelassen. Ihr war nicht wohl zumute, so beobachtet zu werden, aber jetzt war sie nun einmal hier, und würde auch nicht kneifen. Als sie den richtigen Wohnblock gefunden hatte, studierte sie die Klingelschilder. Die meisten waren kaputt und die wenigen, die noch ganz waren, waren nur teilweise beschriftet. Ein Schild mit dem Familiennamen Di Lauro konnte, sie nicht finden. Sie überlegte, was sie als nächstes tun konnte und schaute sich in der Gegend um. Dabei sah sie die Gruppe Jugendlicher von vorhin wieder. Sie waren ihr offensichtlich gefolgt und beobachteten sie argwöhnisch. Uli hatte den Eindruck, dass die Gruppe sich vergrößert hatte. Sie war nervös, hoffte aber, dass man es ihr nicht anmerkte. Mit aufrechtem Gang und möglichst cool schritt sie auf die Jugendlichen zu und fragte: „Weiß einer von Euch wo eine Familie Di Lauro wohnt?“

„Wer will das wissen?“, fragte ein circa Achtzehnjähriger mit zurückgelegten Haaren und Markenklamotten.

„Ich, hast du doch gehört. Weißt du es, oder willst du dich nur wichtigmachen?“

„Vielleicht weiß ich es, vielleicht auch nicht.“

„Wenn du es mir nicht sagen kannst oder einer deiner Freunde, frag ich halt die Polizei, die werden das schon wissen“, schoss Uli ins Blaue, doch keiner rührte sich. Wütend über sich selber ging sie zurück. So hatte sie sich das nicht vorgestellt. Kurz vor ihrem Auto wurde sie gerufen.

„Wie Polizei? Die können hier sowieso nix machen.“

„Die sollen auch nix machen. Ich möchte nur ein paar

Informationen loswerden, die für die Familie Di Lauro vielleicht wichtig wären."

„Soso, Informationen loswerden. Was sind das denn für Informationen?"

„Sag ich dir nicht. Ich weiß ja noch nicht einmal wie du heißt."

„Pascal und du? Wer bist du?"

„Uli, und sagst du mir jetzt, wo ich die Familie Di Lauro finden kann?"

„Komm mit."

Pascal ging vor, und Uli folgte ihm. Mit einigem Abstand folgten die anderen Jugendlichen. Als Pascal stehenblieb, sah Uli, dass sie zumindest den richtigen Häuserblock gefunden hatte. Er stand so dicht vor den Klingelschildern, dass Uli nicht sehen konnte, auf welche Klingel er drückte. Die Gegensprechanlage knackte und Pascal fragte, „ist Pedro zu Hause?"

„Nein", klang eine weibliche Stimme aus der Gegensprechanlage.

„Wann kommt er denn wieder?"

„Woher soll ich das wissen?"

„Wo ist er denn?"

„Keine Ahnung."

„Na dann."

Pascal drehte sich um und sah Uli an. „Da kann man nix machen. Ich kann ihm ja etwas ausrichten."

„Nee, danke, dann komm ich noch einmal wieder. Kannst du mir sagen, wo genau ich klingeln muss?"

„Ja, aber das wird dir nix nützen."

„Wieso nicht?"

„Die Mutter lässt keinen rein und die Oma auch nicht. Wann ihr Alter wiederkommt, weiß man nie."

„Und Pedro, wann kann man ihn normalerweise antreffen?"

„Keine Ahnung."

„Seid ihr Freunde?"

„Kann schon sein."

„Du hast doch bestimmt seine Handy-Nummer. Es wäre nett, wenn du ihn anrufen würdest und ihn fragen könntest, ob er sich mit mir treffen möchte."

„Das geht nicht."

„Warum nicht?"

„Weil es nicht geht."

Uli seufzte. „OK, ich gebe dir meine Handy-Nummer und wenn er etwas über einen Verwandten erfahren möchte, kann er mich ja anrufen. Uli fing an, in ihrer Tasche nach einem Stift und Zettel zu kramen.

„Du weißt etwas über den Opa von Pedro?" Plötzlich wurde Pascal aufmerksam.

„Vielleicht, vielleicht auch nicht."

Uli reichte ihm einen Zettel mit ihrer Handy-Nummer und wandte sich zum Gehen.

„Warte mal."

Pascal ging etwas weiter weg und tippte eine Nummer in sein Handy. Uli konnte das Gespräch nicht mithören, lediglich ein paar Gesprächsfetzen erreichten sie.

„Nee, ich glaub nicht. Sieht nicht wie ein Bulle aus. Weiß nicht. OK."

„Pedro kommt gleich", verkündete Pascal. Also wartete Uli.

„Ist das die Frau?", fragte ein vielleicht Dreiundzwanzigjähriger und zeigte auf Uli.

„Ja, bin ich, und du bist Pedro Di Lauro?"

„Mmh."

„Wie wäre es wenn wir uns in ein Café setzen und ich erzähl dir was ich weiß und du sagst mir, ob deine Familie überhaupt die ist, die ich suche?"

„Café? Gibt's hier nicht. Ich kann mit einem marokkanischen Teehaus dienen, da können wir hingehen."

Auf dem Weg, sah sich Uli Pedro unauffällig von der Seite an. Er wirkte unsicher auf sie, war stark übergewichtig und klein, höchstens ein Meter siebzig. Wahrscheinlich hat er es schwer bei den Frauen dachte Uli. Pedros Handy klingelte.

„Pronto. Nee ich kann jetzt nicht! Was Wichtiges? Hör auf damit, ich komm wenn ich Zeit hab. Mach nicht immer so 'ne Welle."

Er legte genervt auf.

„Meine Freundin", erklärte er, „sie ist total eifersüchtig, glaubt, ich hätte nix anderes im Kopf, als ihr fremd zu gehen."

Er lächelte Uli entschuldigend an. Das zum Thema „Schwierigkeiten mit Frauen" dachte Uli. So konnte man sich irren.

Sie erreichten das Teehaus und Pedro hielt Uli galant die Tür auf. Als sie eintraten, wurde Uli von allen argwöhnisch beobachtet. Sie registrierte, dass sie die einzige Frau war. Na, das kann ja heiter werden, dachte sie und setzte sich mit dem Rücken zu so vielen Männern wie nur möglich. Pedro setzte sich ihr gegenüber und bestellte für beide Tee. Das Café war mit Plastiktischen und alten Klappstühlen ausgestattet. Die kahlen Wände waren einmal weiß gewesen. Auf dem Boden lag allerhand Unrat herum.

Als beide ihren Tee bekommen hatten, sagte er: „Na dann, erzählen Sie mal." Plötzlich siezte er Uli.

„War die Polizei schon bei Ihnen", fragte Uli und siezte ihn ebenfalls.

„Nee, wieso?"

„Echt nicht, das kann doch gar nicht sein?"

„Wieso nicht? Meine Oma oder meine Mutter ist immer da. Es ist immer einer zu Hause. Wenn die Polizei da gewesen wäre, wüsste ich davon. Jetzt rücken Sie aber raus mit der Sprache. Was wissen Sie über meinen Opa?"

Uli wusste nicht so genau, was sie sagen sollte,

schließlich wusste sie ja noch nicht einmal, ob es sich um die richtige Familie handelte. Wenn die Polizei noch nicht hier war, war sie ihnen tatsächlich einen Schritt voraus oder aber sie befand sich gerade in einer Sackgasse.

„Ich weiß ehrlich gesagt nicht genau, ob es sich bei dem Mann, den ich suche, wirklich um ihren Opa handelt. Hat er mal in Köln gearbeitet und dort ein Zimmer angemietet?"

„Ja, das hat meine Oma erzählt. Er muss ein wunderbarer Mann gewesen sein."

Schon wieder ein wunderbarer Mann, dachte Uli. Der Mann von Frau Poch sollte doch angeblich auch ganz wunderbar gewesen sein.

„Es war ihr erster Mann", unterbrach Pedro ihre Gedanken. „Ich hab ihn nicht kennengelernt. Irgendeine Tussi hat ihn ihr ausgespannt. Er ist mit der anderen durchgebrannt und hat meine Oma mit ihrem Sohn, also meinem Vater sitzenlassen. Meine Oma sagt, diese andere Frau sei Schuld an allem. Die war wohl immer hinter meinem Opa her und er war ja schließlich ein Mann."

Tolle Sichtweise, dachte Uli, sagte aber nichts, stattdessen fragt sie: „Sind Sie sicher?"

„Ja klar, bin ich sicher. Was soll diese Frage?"

„Das sind ja ganz neue Informationen für mich."

„Wieso? Wissen Sie, wo mein Opa sich befindet?"

„Ich dachte, er wäre tot." Uli improvisierte.

„Kann ja auch sein, er war zehn Jahre älter als meine Oma. Wenn er noch lebt, wäre er heute so ungefähr siebzig Jahre alt."

„Na so alt ist das auch wieder nicht", antwortete Uli. „Hatte er einen Goldzahn?"

„Woher soll ich das denn wissen? Jetzt erzählen Sie mir mal, was Sie wissen, sonst sag ich gar nix mehr."

„In Ordnung. Also bei mir im Keller sind menschliche Überreste gefunden worden unter anderem ein Goldzahn. Ich hab bei mir in der Nachbarschaft rumgeforscht, wer denn im Laufe der Zeit so alles in meinem Haus gewohnt hat, und da bin ich auf die Familie Di Lauro gestoßen. Gemeldet war ihr Opa nicht, aber eine Nachbarin konnte sich erinnern, dass seine Familie irgendwo auf dem Land in der Nähe von Bergheim gewohnt hat. Ich habe im Telefonbuch gesucht und bin auf diese Adresse hier gestoßen."

„Das ist aber nicht in der Nähe von Bergheim, sondern quasi in der Mitte."

„Ja, deshalb bin ich mir ja auch nicht so sicher, ob Ihre Familie die richtige ist. Aber ich habe mir gedacht, es könnte doch gut sein, dass im Laufe der Zeit ein weiterer Umzug stattgefunden hat."

„Na ja, wir haben tatsächlich erst in Quadrath-Ichendorf und dann in Ahe gewohnt, bevor wir nach Bergheim umgezogen sind. Wie kann ich sicher gehen, dass ich Ihnen trauen kann. Schließlich ist die Geschichte, die Sie da erzählen, schon merkwürdig."

„Ach, hör schon auf." Uli merkte gar nicht, dass sie wieder zum "du" übergegangen war. „Ich dachte es ging hier um deinen Opa und du wolltest etwas über seine Geschichte erfahren? Was soll ich denn sein, ein Spion vom Geheimdienst?"

„Ist ja schon gut, war ja nicht so gemeint."

„Als er mit der anderen Frau durchgebrannt ist, hatte er da noch Kontakt zu deiner Oma?"

„Nee, er war von heute auf morgen verschwunden."

„Weißt du wie diese Frau heißt?"

„Nee, das war so 'ne Polin. Die Tochter von einem älteren Arbeitskollegen. Mein Opa war dreißig und die war erst achtzehn. So ein Flittchen, die es mit jedem treibt."

„Sagt deine Oma?"

„Ja, wer denn sonst? Ich war ja noch nicht auf der Welt."

„Hat deine Oma eigentlich danach noch einmal

geheiratet?"

„Ja klar, war ja auch echt 'ne Schande. Allein mit 'nem Kind. Da hat sie den ersten geheiratet, den sie kriegen konnte. Große Auswahl hatte sie ja auch nicht mehr."

„Wieso?" Uli war verblüfft.

„Ich meine, 'ne Frau wird ja nicht einfach so sitzengelassen. Da gibt es ja Gründe. Also, bei meiner Oma war das anders, aber normalerweise gibt man sich doch nicht mir 'ner Frau ab, die ein anderer nicht mehr haben wollte und dann auch noch mit 'nem Kind."

Uli konnte nicht fassen, was sie da hörte. Da sie ebenfalls nicht verheiratet und ein Kind hatte, mit dessen Vater sie nicht zusammenlebte, verletzten sie seine Worte. Dies behielt sie aber wohlweislich für sich.

„Auf jeden Fall hat ihr zweiter Mann sie geschlagen und gesoffen hat er auch", fuhr Pedro fort. „Meinen Vater hat er auch geschlagen. Er war viel älter als meine Oma. Achtzehn Jahre oder so und außerdem total fett. Hat einen Herzinfarkt bekommen. Mein Vater hat sich immer um meine Oma gekümmert, und nach dem Tod von seinem Stiefvater sowieso. Heute kümmert er sich natürlich immer noch."

Uli hörte fassungslos zu, sagte aber nichts. Beide tranken von ihrem Tee. Nach einer Weile fragte sie: „Können wir nicht zu deiner Oma gehen und sie fragen, was sie von damals noch weiß? Vielleicht ist dein Opa ja gar nicht mit einer anderen Frau durchgebrannt, sondern verschwunden, weil er gestorben ist."

„Sie meinen, er ist ermordet worden?"

„Nein, das meine ich nicht. Es gibt wahrscheinlich tausend Möglichkeiten, wie seine Knochen in meinen Keller gekommen sind." Nur dass mir gerade kein einziger einfällt, dachte Uli. „Vielleicht ist er es ja auch gar nicht."

„Wie, er ist es gar nicht?"

„Es kann doch auch sein, dass die Knochen gar nicht zu

deinem Opa gehören?"

„Wie kann man das herausfinden?"

Uli war froh, dass er nicht weiter das Thema Mord ansprach und sagte: „Durch eine DNA-Analyse."

„Wie soll das denn gehen?"

„Man braucht DNA von der Person, die man identifizieren möchte, also von deinem Opa. Die kann man aus den Überresten der Knochen oder Zähne bekommen, also glaub ich auf jeden Fall. Dann braucht man noch Vergleichsmaterial. Zum Beispiel von deinem Vater. Wenn er das leibliche Kind ist, dann...". Weiter kam Uli nicht.

„Was soll das heißen? Meine Oma ist nicht fremdgegangen. Das würde sie nie tun. Sie ist eine anständige Frau", regte sich Pedro auf.

„Ist ja schon gut", unterbrach Uli ihn. „Also, wenn man die Proben miteinander vergleicht, kann man feststellen, ob die dazugehörigen Personen miteinander verwandt sind, oder nicht."

„Ich weiß zwar nicht was Sie mit DNA meinen, aber das funktioniert so, wie bei einem Vaterschaftstest, was?"

„Genau, und dann kann man Rückschlüsse darauf ziehen, wem die gefundenen Knochen gehören, oder man kann jemanden ausschließen."

„Können Sie so etwas machen?"

„Nee, ich kann das nicht."

„Wenn Sie das nicht machen können, warum sollen wir dann zu meiner Oma gehen und sie aufregen? Nee, auf gar keinen Fall. Mein Vater wäre auch nicht begeistert."

„Ich kann auch zur Polizei gehen und ihnen meinen Verdacht mitteilen, dann müssen sie handeln und veranlassen eine Untersuchung. Da kann dein Vater dann auch nichts mehr machen!" Anstelle von Nervosität und Angespanntheit war Uli mittlerweile genervt. Die Verurteilung Pedros von alleinstehenden Frauen mit Kind machte sie wütend.

„Polizei, auf gar keinen Fall. Schlagen Sie sich das aus dem Kopf. Ich such die Polenschlampe, die meiner Oma den Mann weggenommen hat. Dann werden wir ja sehen. Die wird schon mit der Wahrheit rausrücken, dafür sorge ich."

„Ich kann mir schon ungefähr denken, was du vorhast. Was ist denn, wenn die Wahrheit nicht so ist, wie du sie gerne hättest? Außerdem kann ich mir vorstellen, dass du bereits versucht hast, die Geliebte deines Opas zu finden. Du wolltest doch bestimmt deine geliebte Oma rächen!"

„Und wenn schon?"

„Du hast sie nicht gefunden, stimmt's?"

„Was nicht ist, kann ja noch werden."

„Ach hör schon auf. Hilfst du mir nun, Informationen zu bekommen, oder nicht?"

„Ich denke, eher nicht."

„Ohne mich wüsstest du gar nichts und die Polizei macht mir die Hölle heiß, wenn die merken, dass ich zu dir gegangen bin und nicht zu ihnen", regte sich Uli auf.

„Das ist dein Problem", jetzt war Pedro auch beim "du" angekommen.

„Gut, dann geh ich wirklich zur Polizei und dann wird es auch dein Problem. Mal sehen, was dein Vater sagt, wenn die Bullen auftauchen und von eurer Familie Gewebeproben nehmen. Dann wird die ganze Familienschande wieder aufgerollt." Uli hoffte, damit seinen wunden Punkt getroffen zu haben.

„Willst du mir etwa drohen? Die Bullen können gar nichts machen. Wie wollen die denn jemanden zwingen, Gewebeproben abzugeben? Vergiss es, meine Oma und mein Vater sind schneller in Italien, als du bis Zehn zählen kannst."

Aha, dachte Uli, tatsächlich wenn es um die Familie geht, dann versteht er keinen Spaß mehr. Sie kam so richtig in Fahrt.

„Auf einmal. Eben wolltest du nichts von der Polizei wissen und plötzlich sind sie dir egal. Ich kann auch die Presse einschalten. Dann kann jeder lesen, dass deine Oma sitzengelassen wurde, der zweite Mann ein Schläger und Säufer war und die stochern dann solange rum, bis sie noch andere Sachen finden." Uli hatte sich richtig in Fahrt geredet.

„Sprich nicht so laut! Ich warne Dich, wehe, du ziehst meine Familie in den Dreck. Ich mach Dich fertig!"

„Das liegt ganz bei dir und noch was, unterschätz mich nicht. Du hast meine Handy-Nummer und wenn du was rauskriegst, sag mir Bescheid. Und noch etwas, hör auf mir zu drohen, das kann ich nicht leiden und außerdem kommst du damit nicht weit." Uli hatte nicht vor, sich unterkriegen zu lassen.

„Ist ja gut, ich hör mich mal um."

„Etwas würde mich noch interessieren. Was ist eigentlich mit deiner Mutter, will sie nichts aus der Vergangenheit wissen?"

„Lass meine Mutter aus dem Spiel."

„Wie jetzt?"

„Das ist eine Sache in der Familie meines Vaters, nicht in der meiner Mutter."

„Ich dachte, ihr seid eine Familie."

„Das verstehst du nicht und jetzt muss ich auch weiter, hab noch einige Dinge zu erledigen. Der Tee geht auf mich."

„Danke und vergiss nicht, Dich bei mir zu melden", sagte Uli zum Abschied. Auf dem Weg zu ihrem Auto fragte sie sich, warum er seine Mutter nicht einweihen wollte. Darauf konnte sie sich keinen Reim machen.

Uli fuhr nach Hause und dachte über das Erlebte nach. Wenn dieser Opa gar keine andere Frau hatte, sondern aus irgendeinem Grund in ihrem Keller zu Tode gekommen war, stellte sich nur noch die Frage, ob es ein Unfall oder ein Mord gewesen war. Selbstmord kommt auch in Frage, spekulierte Uli. Vielleicht gab es gar keine andere Frau und seine Frau war so eifersüchtig, dass er es nicht mehr ausgehalten hatte. Uli musste an das Telefonat von Pedro mit seiner Freundin denken. Sie hatte nicht den Eindruck, dass sie einen Grund hatte, eifersüchtig zu sein, aber so etwas konnte man natürlich nie wirklich wissen. Wenn es Selbstmord war, hatte er sich bestimmt nicht selbst eingemauert. Von der Leiche waren nur noch Knochen übrig, also musste sie verwest sein und das stank unglaublich. So etwas konnte von den Nachbarn nicht unbemerkt geblieben sein. Jemand wäre auf den Gestank aufmerksam geworden. Die Knochen mussten also schon von Gewebe befreit gewesen sein, als sie in den Keller gebracht wurde. Vielleicht sollte sie doch mit diesem Kai Flatten sprechen. Es war ja wohl klar, dass er noch nicht auf die Familie Di Lauro gestoßen war. Nach einigen Überlegungen entschied sie sich dagegen. Sie wollte sich seine Vorwürfe nicht anhören, und belehren lassen, wollte sie sich schon mal gar nicht. Außerdem kam er schon noch von selber darauf und dann würde leider auch herauskommen, dass sie bereits eigenmächtig gehandelt hatte. Bei dem Gedanken musste sie grinsen. Er würde stinksauer sein. Sie beschloss, Pedro ein paar Tage Zeit zu geben. Falls er nicht anrufen würde, müsste sie noch einmal nach Bergheim fahren und versuchen, mit der Oma oder der Mutter zu sprechen. Vielleicht, so überlegte sie, könnte sie auch an seinen Vater herankommen.

Montag, 24 Juni

Uli fuhr zur Arbeit, aber sehr produktiv war sie nicht. Mit Trudi besprach sie alle Neuigkeiten.

„Wenn ich Dich richtig verstehe, vermutest du, dass Di Lauro in deinem Keller liegt oder besser gesagt lag", fasste Trudi zusammen.

„Genau."

„Glaubst du es war ein Unfall oder Mord?"

„Ich hoffe, es war ein Unfall."

„Das ist aber unwahrscheinlich, warum sollte denn dann jemand die Leiche verstecken?"

„Er war doch nicht gemeldet, vielleicht deswegen."

„Also, das glaube ich nun wirklich nicht. Finde dich damit ab, dass ein Verbrechen stattgefunden hat!"

„Das ist natürlich möglich, aber ich möchte mich nicht an den Gedanken gewöhnen, dass jemand in meinem Keller umgebracht worden ist", entgegnete Uli zögernd.

„Muss ja nicht in deinem Keller passiert sein. Der Mord kann ganz woanders passiert sein und dann hat jemand die Leiche in deinen Keller gebracht und eingemauert", versuchte Trudi etwas unbeholfen Uli zu beruhigen.

„Na. Das ist ja viel besser. Du meinst also, jemand hat ihn verschwinden lassen, der wusste, dass er nicht gemeldet war und dass es deshalb nicht auffallen würde, wenn er weg ist?"

„So in der Art."

„Vielleicht sind die Umbauarbeiten in Auftrag gegeben worden und derjenige, der den Auftrag angenommen hat, hat dann gleichzeitig eine Leiche entsorgt, oder besser gesagt, nur die Knochen."

„Das ist aber alles sehr spekulativ", zweifelte Trudi.

„Jemand, der einen Auftrag erhalten hat, nutzt diesen, um sein dunkles Geheimnis zu entsorgen. Also wirklich Uli, wir sind hier doch nicht in Hollywood!"

„Na ja, man muss natürlich erst einmal eine These aufstellen und dann gucken, ob man sie beweisen kann, wenn nicht, suchen wir uns eine neue Theorie", hielt Uli an ihren Überlegungen fest.

„Dann würde ich vorschlagen, deine These dahingehend abzuändern, dass derjenige, der den Umbau gemacht hat, auch die Knochen entsorgt hat. Ich denke, es wurde kein Unternehmen beauftragt. Sonst wäre auch der alte Treppenaufgang abgeschlagen worden. Stimmt's?"

„Mann Trudi, du bist immer so realistisch." Uli musste ihr Recht geben.

„Einer muss ja den Überblick behalten", lachte sie.

„Ich habe den Eindruck, dass dir die Sache mittlerweile richtig Spaß macht."

„Dir etwa nicht? Endlich passiert mal etwas Aufregendes."

„Ich weiß nicht, ich bin da hin- und hergerissen, aber ja, irgendwie schon", musste Uli zugeben.

„Hattest du eigentlich noch mehr merkwürdige Anrufe?"

„Nein, bis jetzt nicht mehr."

„Na, dann hoffen wir mal, dass es so bleibt. Vielleicht hat aber auch ein anderer Fremdarbeiter etwas damit zu tun", spekulierte Trudi weiter.

„Ja, kann sein. Halte ich aber für unwahrscheinlich."

„Warum?"

„Wenn einer ausgezogen ist, sind sie ja entweder mit ihren Familien irgendwo anders hingezogen oder sie sind wieder zurück in ihre Heimat gegangen. Ich glaube nicht, dass sie sich untereinander kennengelernt haben", erwiderte Uli.

„Das hört sich plausibel an, wahrscheinlich hast du Recht."

Dienstag, 25 Juni

Uli und Trudi saßen in der Mittagspause wieder im Salon Schmitz. Mittlerweile waren Uli Zweifel gekommen, ob es sich bei den Knochen tatsächlich um den gesuchten Di Lauro handeln könnte.

Trudi fasste die Erkenntnisse kurz zusammen: „Der Italiener ist spurlos verschwunden und auf den ersten Blick sieht es so aus, als wären es seine Knochen. Beweisen kannst du es allerdings nicht."

„Natürlich kann ich das nicht beweisen. Aber er hatte doch sicher Verwandte in Italien, die ihn gesucht hätten. Ich weiß nicht, ich glaube nicht, dass jemand einfach so verschwinden kann. Mir kommt mittlerweile die Geschichte mit der Geliebten glaubhaft vor."

„Tja, wenn du meinst. Aber hast du dir schon mal überlegt, dass das vielleicht nur ein Gerücht ist, um eine Erklärung für sein Verschwinden zu haben. Frau Poch hat doch erzählt, dass er gerne geflirtet hat. Von daher wird wohl auch keiner misstrauisch geworden sein. Die Leute werden genug damit zu tun gehabt haben, sich das Maul über ihn zu zerreißen, als er weg war."

„Das ist ein gutes Argument", musste Uli zugeben.

„Wir haben also fünf Männer, die illegal bei dir gewohnt haben und drei Familien, die vor dir das Haus besaßen. Den ersten Vorbesitzer schließt du aus, weil der Umbau später stattfand. Den zweiten Vorbesitzer schließt du auch aus. Äh, warum eigentlich? Ich meine, sie sind ausgewandert. Vielleicht hatte das einen ganz anderen Grund, als den, dass sie ihren Lebensabend in wärmeren Gefilden verbringen wollten", sagte Trudi.

„Nee, das glaube ich nicht. Sie würden doch nicht ihren Kindern ein Haus mit 'ner Leiche überlassen."

„Wieso nicht?"

„Jetzt hör aber auf, so etwas tut man doch seinen

Kindern nicht an und außerdem wussten sie doch bestimmt, dass der Sohn das Haus verkaufen wollte. Spätestens dann hätten sie ihn doch ins Vertrauen gezogen", argumentierte Uli.

„Vielleicht wusste die Mutter nichts davon, der Vater ist ja bereits tot. Sein Tod und der Hausverkauf liegen zeitlich auseinander, oder etwa nicht?"

„Das ist aber mal wieder alles sehr spekulativ."

„Aber es ist auch logisch, oder?"

„Ja, schon! Also halten wir fest, dass der alte Herr Stein als Täter in Frage kommen kann, seine Frau aber nichts davon wusste. Wenn die Telefonanrufe aber doch kein Zufall waren, kann es der alte Stein nicht gewesen sein, weil er ja schon tot ist."

„Du musst Dich schon entscheiden, ob du die Anrufe in Zusammenhang mit den Knochenfunden bringst oder nicht", wandte Trudi ein.

„OK behalten wir den alten Stein als möglichen Täter mal im Auge und vergessen die Anrufe."

„Bei den jungen Steins gebe ich dir Recht. Sie wären nicht in der Nähe des Hauses geblieben, hätten sie etwas mit der Sache zu tun. Wer verkauft schon ein Haus mit einem dunklen Geheimnis und bleibt in der Nähe, um darauf zu warten, dass die Bombe platzt", folgerte Trudi.
"Sehr dramatisch erklärt, aber richtig. Bleiben noch die fünf Fremdarbeiter."

„Ja, einer ist bereits tot, aber da auch er in der Nähe wohnen geblieben ist, kann man ihn ebenfalls ausschließen", setzte Uli ihre Überlegungen fort.

„Wobei wir ja eigentlich davon ausgehen, dass die Fremdarbeiter nichts mit der Sache zu tun haben. Also nicht als Täter in Frage kommen, höchstens als Opfer", erinnerte Trudi ihre Freundin.

Uli ließ sich nicht von Trudi beirren und überlegte laut. „Geht man davon aus, dass Herr Yilmaz die Wahrheit gesagt hat und der Umbau erst später stattgefunden hat, dann kommt er auch nicht in Frage."

„Uli, mir kommt da gerade ein Gedanke. Kannst du vielleicht herausfinden, ob die Leiche eine Frau oder ein Mann war? Wenn es ein Mann war, ist es wahrscheinlich einer der Fremdarbeiter, und ich würde auf jeden Fall auf den Italiener tippen. Wenn es eine Frau war, dann weiß ich auch nicht. Auf jeden Fall ist es dann ziemlich kompliziert."

„Mann Trudi, ich finde es jetzt schon kompliziert. Meinst du, es könnte auch die Geliebte unseres verschollenen Italieners sein?"

„Ja klar, wieso nicht? Also falls er überhaupt eine hatte."

„Das wird ja immer komplizierter. Wenn er keine hatte, wer kann es dann sein? Vielleicht sollten wir erst einmal der Spur des alten Steins nachgehen. Ich meine, was war er für ein Mann. Wenn ich noch andere Fremdarbeiter finde und befragen könnte, kann ich mir ein Bild über den alten Stein und gleichzeitig auch über die Fremdarbeiter machen."

„Die Idee gefällt mir", stimmte Trudi zu, gab aber zu bedenken, „Was ist mit der Geliebtentheorie? Auch wenn wir sie im Moment für unwahrscheinlich halten, müssen wir diese Theorie im Auge behalten."

„Mmh, ich weiß nicht. Ganz ehrlich, kannst du dir 'ne Geliebte mit 'nem Goldzahn vorstellen? Ich glaube, das ist doch sehr weit hergeholt. Lass uns mal bei dem alten Stein und den Fremdarbeitern bleiben. Wenn das eine Sackgasse ist, suchen wir nach der Geliebten. Ich glaube aber fast, das ist Quatsch."

„Du hast Recht, fang mal lieber mit den Fremdarbeitern an, da weißt du wenigstens, wo du suchen musst. Es sind ja nur noch drei übrig geblieben."

„Ja, ich werde mich erst einmal darauf konzentrieren. Wir übersehen bestimmt etwas, ganz ehrlich. Ich glaube nicht, dass der alte Stein etwas mit der Sache zu tun hat."

Abends rief Herr Stein an und gab Uli die Kontaktdaten von Herrn Gomez. Uli wiederum erzählte, dass sie eine Familie Di Lauro in Bergheim ausfindig gemacht hatte, sich aber nicht sicher war, ob es sich um die richtige Familie handeln würde. Die Geschichte über die Geliebte behielt sie für sich.

Nachdem sie alle Informationen ausgetauscht hatten, wollte Uli wissen, ob die Polizei schon da gewesen war. Emil bejahte.

„Aber die Familie Di Lauro ist noch nicht befragt worden", stellte Uli fest.

„Ja", antwortet Emil. „Ich habe der Polizei gesagt, dass drei Fremdarbeiter bei uns gewohnt haben und ich mich nicht richtig an ihre Namen erinnern kann. Ich habe angeboten, meine Mutter zu fragen und ihnen dann die Informationen zukommen zu lassen. So haben wir noch etwas Zeit gewonnen."

Uli war nicht entgangen, dass Emil zwei Personen unterschlagen hatte. Was sollte das?

„Wird die Polizei nicht deine Mutter anrufen?", entgegnete Uli.

„Keine Sorge, ich habe gesagt, dass sie zur Zeit in Urlaub ist und erst in drei Wochen wieder erreichbar sein wird."

„Und damit hat sich die Polizei zufrieden gegeben?", fragte Uli ungläubig.

„Ja, ich war auch verwundert. Ich werde mich in drei Wochen bei ihnen melden und dann die Informationen, die ich habe, weitergeben. Vielleicht reichen uns ja drei Wochen?"

„Ja, vielleicht", antwortete Uli verblüfft.

Mittwoch, 27. Juni

„Hast du Neuigkeiten?", begrüßte Trudi ihre Kollegin, als diese ins Büro kam.

„Ja, du wirst staunen."

„Oh, das war eigentlich ein Scherz. Schieß los."

„Herr Stein hat mich angerufen. Er hat etwas über den Spanier herausgefunden. Beide haben für die gleiche Firma gearbeitet. Toller Zufall, findest du nicht?"

„Es gibt Leute, die behaupten, dass es keine Zufälle gibt."

„Doch gibt es. Herr Stein hat gesagt, dass der Spanier in Deutschland geblieben ist. Zumindest bis zu seiner Pensionierung. Er hat mir auch seine Adresse gegeben und wenn er nicht zurück nach Spanien gegangen ist, ist es doch sehr wahrscheinlich, dass er noch immer da wohnt."

„Woher hat er denn so schnell diese ganzen Informationen bekommen?"

„Er kennt jemanden aus der Personalabteilung."

„Aha, der berühmte kölsche Klüngel hat mal wieder zugeschlagen."

„Sei nicht so negativ. Ich wollte gleich mal im Telefonbuch nachsehen, ob es einen Eintrag gibt."

„Wie, das hast du noch nicht gemacht? Ich glaub es ja nicht."

„Felix war lange wach und danach war ich einfach zu müde."

„Dann aber los und ruf direkt an. Ich bin schon ganz neugierig. Wo wohnt er denn?"

„In Ehrenfeld in der Senefelder Straße."

Uli sah gebannt auf ihren Bildschirm.

„Und tadadada, er hat einen Eintrag im Telefonbuch."

„Na dann, worauf wartest du noch? Mach es nicht so spannend!"

„Ist ja schon gut. Ich ruf direkt an."

Nach kurzem Klingeln meldete sich eine männliche Stimme.

„Hallo."

„Guten Tag, spreche ich mit Herrn Gomez?"

„Ja, wer ist denn da?"

„Oh, Entschuldigung. Mein Name ist Uli Winterstein. Ich wohne in Bickendorf. In dem Haus, in dem sie früher einmal gewohnt haben, als sie nach Deutschland gekommen sind. Ich schreibe die Geschichte über dieses Haus und seine Bewohner auf. Dabei bin ich auf Sie gestoßen. Hätten Sie vielleicht Lust, sich mit mir zu treffen und ein paar Fragen zu beantworten?"

„Äh, jetzt bin ich aber überrascht. Von welchem Haus sprechen Sie denn? Am Anfang, als ich nach Köln kam, bin ich mehrmals umgezogen."

„Von dem Haus in Bickendorf, im Holunderweg."

„Ah, ich erinnere mich. Holunderweg, das sagt mir etwas, aber viel kann ich Ihnen nicht erzählen."

„Das macht nichts. Hätten Sie denn Lust mich zu treffen? Zu einem Abendessen vielleicht, also verstehen Sie mich jetzt nicht falsch. Ich möchte sehr gerne wissen, wie es damals so war".

„Nein, nein machen Sie sich keine Sorgen. Ich verstehe Sie nicht falsch. Kennen Sie das Kääzmans, das liegt für uns beide ungefähr auf halber Strecke."

„Ja klar, kenne ich das. Es ist direkt gegenüber meiner Lieblingsbuchhandlung Klinger. Wann hätten Sie denn Zeit?"

„Wie wäre es übermorgen Abend?"

„Alles klar. Ich werde da sein. So gegen zwanzig Uhr?", fragte Uli.

„Ja, zwanzig Uhr passt mir sehr gut."

„Ok, dann bedanke ich mich schon einmal und bestelle einen Tisch für uns. Sie sind natürlich eingeladen. Ich freue mich schon auf unser Treffen."

Nachdem Herr Gomez sich für die Einladung bedankt hatte, verabschiedeten sie sich und Uli legte auf.

„Was macht er für einen Eindruck?", fragte Trudi sofort.

„Ich fand ihn sehr sympathisch und offen. Ich habe nicht den Eindruck, als hätte er etwas zu verbergen."

„Abwarten, sag ich da nur."

Freitag, 29. Juni

Uli war ganz aufgeregt, als sie sich auf den Weg machte, um Herrn Gomez zu treffen. Sie hatte sich einen Fragenkatalog zusammengestellt. Auf dem Weg traf sie wieder auf den älteren Herrn, der joggte. Sie nickte ihm zu, doch es hatte den Anschein, als bemerkte er sie nicht. Dabei war Uli sicher, dass er sie gesehen hatte.

Als sie in das Kääzmanns kam, begrüßte sie ein Mann, der an der Theke stand und ein Bier vor sich stehen hatte.

„Oh, ich bin zu spät", stammelte Uli.

„Nein, nein, ich bin zu früh", lachte sie Herr Gomez an. „Eine meiner deutschen Eigenschaften."

Beide gingen zu ihrem reservierten Tisch und ließen sich die Speisekarte geben. Die urige Brauhausatmosphäre hatte sich die Gaststätte erhalten ohne auf ein Kneipenniveau abzufallen. Ebenso unterschied es sich von den großen, auf Massenbetrieb ausgerichteten Brauhäusern der Kölner Altstadt. Der Innenraum war sehr gemütlich eingerichtet und wurde durch eine Treppe mit wenigen Stufen unterteilt. Auf diese Weise konnte man auch auf einer Empore einen Tisch haben. Die Gäste, die unterhalb saßen, wurden dadurch nicht gestört. Der Tisch von Uli und Herrn Gomez befand sich in diesem unteren Teil.

Herr Gomez bestellte sich eine Brauhausschnitte. Dies war ein knuspriges Schweineschnitzel auf Krustenbrot mit Spiegelei, gebratenem Bauchspeck und Salat. Uli konnte sich nicht zwischen dem Elsäßer Flammkuchen und einem großen Salat mit Ziegenkäse im Brickteig entscheiden. Schließlich wählte sie den Flammkuchen. Dazu tranken sie Kölsch.

„Na, dann schießen Sie mal los. Was möchten Sie alles wissen?", fing Herr Gomez das eigentliche Gespräch an.

„Vielleicht erzählen Sie mir einfach, wie das damals so war."

„Wissen Sie ich komme aus einem kleinen Dorf bei Burgos. Das liegt im Norden von Spanien. Mein Vater hat im spanischen Bürgerkrieg auf der Seite der Republikaner gekämpft."

Als er Ulis fragenden Blick sah, unterbrach er sich und erklärte, „Sie können die deutschen Republikaner nicht mit den damaligen spanischen vergleichen. Es handelt sich um zwei völlig unterschiedliche Gruppierungen. Mein Vater war liberal und sozialistisch eingestellt." Herr Gomez machte eine kurze Pause, bevor er weitersprach.

„Wussten Sie, dass die Republikaner auch von Ernest Hemingway unterstützt wurden?"

Uli schüttelte den Kopf.

„Die Republikaner waren linksorientiert, nicht wie die Republikaner hier in Deutschland. "

Uli nickte.

„Er lehnte sich gegen Franco und seine Diktatur auf, in der er leben musste und aus diesem Grund war er drei Jahre im Gefängnis und anschließend fand er keine Arbeit. Arbeit fanden damals nur diejenigen, die auf der Seite von Franco standen. Er schlug sich und seine Familie mit Gelegenheitsjobs durch. Es war eine schwere Zeit und wir Kinder halfen, so gut es eben ging. Wir hatten oft Hunger, alles war rationiert und Strom gab es in unserer Wohnung nicht. Ich habe es geschafft, eine Ausbildung als Automechaniker zu machen. Ich habe bis zur Krise 1959 in diesem Beruf gearbeitet. Dann wurde ich entlassen, weil ich meinem Arbeitgeber gegenüber zu kritisch war. Eine neue Arbeit fand ich nicht. Es war aussichtslos. Ein Freund, der bereits in Deutschland war, versprach mir zu helfen. Ich fuhr dann Ende des Jahres 1960 mit dem Zug nach Deutschland. Zum damaligen Zeitpunkt hatte ich keine Ahnung, was auf mich zukam. Ich konnte kein Deutsch und ich konnte mir auch nicht wirklich vorstellen, dass es in Deutschland Arbeit für mich gab. Doch als ich ankam, überschlugen sich die Ereignisse. Mein Freund hatte sich bereits für mich erkundigt, wo ich ein Zimmer bekommen könnte und bereits vier Tage nach meiner Ankunft fing ich bei Ford in Köln-Niehl an. Mein Freund arbeitete auch dort und so bin ich auch hier gelandet."

„War ihre erste Wohnung, die im Holunderweg?"

„Nein und Wohnung konnte man meine erste Unterkunft, dieses Loch auch nicht nennen. Ich bin sehr schnell umgezogen, und im ersten Jahr ziemlich oft. Ich habe bei Freunden gewohnt, aber irgendwann wollte ich etwas für mich haben. Mitte 1961 bin ich dann in den Holunderweg gezogen. An das genaue Datum kann ich mich allerdings nicht mehr erinnern."

„Das macht nichts. Wie waren denn ihre Vermieter?"

„Es waren sehr nette Leute. Ich hatte nicht sehr viel mit ihnen zu tun, müssen Sie wissen. Das lag daran, dass ich zu dieser Zeit sehr viel gearbeitet habe und wenn ich nach Hause kam, habe ich fast nur geschlafen. Ich wollte unbedingt meine Frau davon überzeugen, dass sie auch nach Deutschland kommt. Sie hing sehr an ihrer Heimat und ich dachte, wenn nicht mit Worten, so könnte ich sie mit Resultaten, in meinem Fall mit Geld, überzeugen."

„Und hat es geklappt?"

„Erst einmal nicht, sie wollte, dass ich wieder zurückkomme. Sie war der Meinung, die anderen aus unserem Dorf würden sich auch irgendwie durchschlagen. Wenn wir zusammen wären, würden wir gemeinsam eine Lösung finden. Sie wollte nicht in Deutschland leben. Aber ich wusste, was mir in Spanien für ein Leben bevorstand. Mein Vater hatte sich sein Leben lang durchschlagen müssen und uns mangelte es immer an irgendetwas. Das wollte ich nicht, nicht, wenn ich die Chance hatte, einen anderen Weg zu finden. Meine Frau kannte dieses Leben nicht und deshalb konnte sie meine Einstellung nicht wirklich nachvollziehen."

„Ist sie denn nach Deutschland gekommen?"

„Ja, aber erst als ihr klar wurde, dass ich wirklich nicht mehr zurückkommen wollte. Sie ist erst einmal nur auf Probe hierhergekommen. Aber eigentlich stand für sie immer fest, dass sie zurückgehen wird."

„Was hat ihre Meinung geändert?"

„Das war 1973, als es in Deutschland zum Anwerbestopp kam. Irgendwie, ich kann es nicht genau beschreiben, war jetzt der Zeitpunkt gekommen, sich zu entscheiden. Ich wäre zu diesem Zeitpunkt wahrscheinlich doch, meiner Frau zuliebe, zurückgegangen, aber plötzlich wollte sie nicht mehr in ihr altes Dorf zurück. Es war eigenartig. Vor die Entscheidung gestellt, stellte sie fest, dass sie sich verändert hatte und damit auch einen Teil ihrer alten Einstellung aufgegeben hatte. Wir sind immer, wenn es irgendwie ging, nach Spanien zurückgekehrt und haben unsere Familie und unsere alten Freunde besucht. Sie hatte festgestellt, dass sie sich weiterentwickelt hatte, aber ihre alten Freundinnen aus dem Dorf sind engstirnig geblieben. Die Frauenbewegung hatte sie gestärkt und sie hatte mehr Selbstbewusstsein bekommen. Es ist so, dass in unserm Dorf die Frauen nicht viel zu sagen hatten und wenn eine Frau ihre Meinung vertrat, wurde sie nur belächelt. Jetzt sagt sie, dass es für sie schwer wäre nach Spanien zurück zu gehen, da sich ihre Mentalität geändert hat."

„Es war aber doch nicht immer einfach, oder?"

„Nein, natürlich nicht, aber wir Exilspanier hatten untereinander einen starken Zusammenhalt. Wir haben uns immer selbst organisiert und Netzwerke gegründet. Das war bei uns sehr stark ausgeprägt. Deshalb sind unsere Kinder, also die zweite Generation, vergleichsweise hoch gebildet, gegenüber den anderen Migrantengruppen. Das lag daran, dass wir nicht unter uns geblieben sind. Viele haben einen deutschen Ehepartner. Prozentual gesehen waren die Spanier die Immigrantengruppe, die die meisten Mischehen aufweisen konnte."

„Ach, das wusste ich ja gar nicht."

„Wir sind ja unter anderem wegen des autoritären Regimes in Spanien nach Deutschland gekommen. Als wir hier ankamen, stellten wir fest, dass man seine Meinung frei äußern konnte. Dies führte dazu, dass wir diese Freiheit natürlich auch nutzten. Viele von uns engagierten sich zum Beispiel in Gewerkschaften. Natürlich nicht alle, manche haben hier nur gearbeitet und gespart. Ich meine, der ursprüngliche Plan war, nach Deutschland zu gehen, um Geld zu verdienen. Später wollten wir wieder nach Spanien zurückkehren. Ein Teil ist nachdem Franco nicht mehr an der Macht war, zurückgegangen. Ein anderer Teil ist ganz in Deutschland geblieben und ein dritter Teil pendelt zwischen beiden Ländern hin und her. Rückblickend kann ich sagen, dass es eine harte Zeit war. Wenn ich heute hierher kommen würde, würde ich natürlich einiges anders machen, aber das kann ich nur aufgrund meiner Erfahrung sagen, mache Sachen weiß man immer erst hinterher."

„Ja, das stimmt", pflichte Uli ihm bei.

„Der Bürgerkrieg hat Spanien zerrissen", fuhr Herr Gomez fort.

„Es war grausam. Man kann es natürlich nicht wirklich vergleichen, aber es gibt einige Parallelen zu Deutschland. Die Geschichte wurde innerhalb der Familien totgeschwiegen. Vieles wurde verheimlicht. In unserer Region wurden von 1939 bis 1943 über vierzigtausend Menschen umgebracht. Das wissen viele nicht, weil keiner darüber spricht. Die Offiziere von Franco kamen nachts mit Listen auf denen die Namen der Regierungsgegner vermerkt waren. Viele sind in die Berge geflüchtet und haben sich dort versteckt gehalten. Die Winter sind in dieser Region sehr kalt, so dass viele Menschen erfroren sind. Diese Ereignisse haben tiefe Narben bei mir hinterlassen. Was ich aber eigentlich damit sagen möchte, ist, dass nach dem Zweiten Weltkrieg in Deutschland auch keiner reden wollte. Niemand kannte einen Nazi oder wollte etwas von der Judenverfolgung gewusst haben. Aber ganz im Gegenteil zu Spanien gibt es eine Aufarbeitung und die Kinder hören von diesen Geschichten in der Schule. Man redet heute darüber. Das ist in Spanien anders, da wird bis heute versucht alles totzuschweigen."

„Wissen Sie, viele Deutsche laufen mit einem permanenten Schuldgefühl herum. Wenn jemand sagt, dass er gerne Deutscher ist oder in diesem Zusammenhang das Wort stolz in den Mund nimmt, ist er direkt ein Nazi. Das ist auch nicht schön", warf Uli ein.

„Ja, da haben Sie Recht, aber glauben Sie mir, besser so, als wenn man alles totschweigt."

Uli sagte nichts. Alles hatte seine zwei Seiten.

„Entschuldigen Sie bitte, ich bin völlig von unserem Thema abgekommen. Wir wollten doch eigentlich über ihr Haus sprechen. Was möchten Sie denn eigentlich genau wissen?"

„Ach, ähm, meine Fragen kommen mir jetzt so trivial vor. Nach dem, was Sie mir alles erzählt haben."

„Wissen Sie, ich rede gerne, meine Frau meint das wäre die spanische Seite an mir und ich könnte von Glück sagen, dass wir in Köln gelandet sind, weil hier die Leute auch gerne reden. Da würde ich nicht so auffallen."

Uli grinste. „Ja, also ich würde gerne wissen, ob Sie sich noch an den Aufbau des Kellers erinnern. Er ist irgendwann umgebaut worden und ich wüsste gerne wann?"

„Soweit ich mich erinnere, war es ein ganz gewöhnlicher Keller. Wenn man runter kam, war links der Kohlenkeller. Ich habe oft die Kohlen für die Vermieterin raufgeholt und geradeaus war die Waschküche, die auch als Abstellraum genutzt wurde. Das war schon alles. Ich glaube von der Waschküche konnte man in den Garten gehen. Da bin ich mir aber nicht mehr ganz sicher."

„Dann ist er zu einem späteren Zeitpunkt umgebaut worden", sagte Uli und hoffte auf eine weitere Bestätigung.

„Ja, als ich dort gewohnt habe, gab es nur diese beiden Kellerräume."

„Wie haben Sie eigentlich gewohnt? Ich meine, Sie hatten ja nur ein Zimmer. Haben Sie das Badezimmer gemeinsam mit ihren Vermietern genutzt?"

„Nein, da hatte ich echt Glück, neben meinem Zimmer gab es noch ein kleines Badezimmer, welches ich alleine nutzen durfte. Eine Küche brauchte ich nicht, ich hatte zwar eine Kochplatte, aber Frau, äh, ich komme nicht mehr auf den Namen."

„Frau Stein."

„Ja genau, Frau Stein. Sie hat immer etwas für mich mitgekocht und ich habe mir das Essen nur aufgewärmt. Sie war sowieso sehr freundlich. Morgens hat sie mir und ihrem Mann immer ein Lunchpaket gemacht. Sie konnte sich nie merken, welche Schichten ich hatte, deshalb hat sie es auf die Treppe gelegt und ich habe es mir dann genommen, wenn ich zur Arbeit ging."

„Wie war ihr Mann denn so?"

„Der war auch nett. Aber wie gesagt, wir hatten leider nicht viel Kontakt zueinander. Das lag aber eher an mir, ich war zu sehr mit meinem Leben und meiner Arbeit beschäftigt. Im Nachhinein habe ich den Eindruck, dass sich die Familie auch nicht aufdrängen wollte. Das ist eine Sache, die ich heute anders machen würde. Ich kann nur sagen, dass sie eine ganz normale Familie waren. Der Mann arbeitete und die Frau ist zu Hause mit ihrem Kind geblieben und hat sich um den Haushalt gekümmert."

„Warum sind Sie ausgezogen?"

„Weil meine Frau kam. Das Zimmer war zu klein für uns beide und die Familie Stein hatte nur dieses eine Zimmer zur Verfügung. Eigentlich schade."

Bei Herrn Yilmaz war es genauso, dachte Uli, und er hat

auch bei Ford angefangen, als er hier ankam. Sie sagte aber nichts.

Montag, 02. Juli

„Und, wie war dein Abend mit Herrn Gomez?", fragte Trudi als Uli zur Tür herein kam.

„Was denn für ein Abend?", fragte Herr Fröhlich, der gerade seinen Kopf aus seinem Büro streckte.

„Hatten Sie ein Date? Ich dachte immer, Sie hätten einen Freund. Ist mir da etwas entgangen?"

„Kann ich mich vielleicht erst einmal hinsetzen, bevor ich hier überfallen werde?", entgegnete Uli, „und überhaupt, kann ich mir nicht vorstellen, dass Ihnen jemals irgendetwas entgehen würde."

„Und?", fragte Fröhlich völlig unbeeindruckt als Uli saß.

„Nichts und, ich war mit einer Freundin essen und ja Sie haben Recht, ich habe einen Freund."

„Ich glaube Ihnen kein Wort. Also wenn es sich um kein Date handelt, dann hat es sicher etwas mit den Knochen aus Ihrem Keller zu tun. Erzählen Sie doch mal, ich kann schweigen wie ein Grab."

„Ja, aber nerven wie zehn kläffende Hunde."

„Was ist denn das für ein Spruch, den habe ich ja noch nie gehört! Ich muss schon sagen, Sie schätzen mich total falsch ein. Sie müssen das mal so sehen, ich bin immer um das Wohl meiner Mitarbeiterinnen besorgt, und deshalb interessiere ich mich dafür, was in deren Leben passiert."

„Ok, Sie geben ja doch keine Ruhe. Also setzen Sie sich in Gottes Namen hin und ich erzähle."

„Ihr Wunsch ist mir Befehl!", sagte Fröhlich und ließ sich auf den Besucherstuhl fallen.

„Also, ich bin gerade dabei, die Fremdarbeiter ausfindig zu machen und über mein Haus zu befragen, aber das wissen Sie ja schon. Auf diese Weise versuche ich herauszubekommen, was sich eventuell damals abgespielt hat."

„Aha, und hat es bereits funktioniert?"

„Ich habe gesagt, Sie können zuhören. Ich habe nicht gesagt, dass ich unterbrochen werden möchte", moserte Uli, allerdings nicht ganz ernst gemeint.

„Ist ja schon gut, ich bin ja schon still." Fröhlich presste die Lippen aufeinander und sah Uli gespannt an.

„Also eigentlich habe ich nur herausbekommen, dass der Umbau nicht zu der Zeit in der Herr Gomez dort gewohnt hat, stattgefunden hat. Mechthild und Emil haben also die Wahrheit gesagt. Er hat auch bestätigt, dass die alte Frau Stein eine sehr sympathische und fürsorgliche Frau war. Er fand die Familie sowieso sehr sympathisch und wäre gerne länger dort wohnen geblieben. Als seine Frau aus Spanien nachkam, musste er umziehen, weil das Zimmer für beide zu klein war."

„Aha, und Sie gehen davon aus, dass er die Wahrheit sagt?"

„Ja, gehe ich."

„Dann können Sie ja jetzt bereits zwei Verdächtige ausschließen", stellte er fest.

„Genau."

„Gut, dann lasse ich die Damen mal wieder alleine." Als Fröhlich durch die Tür war fragte Trudi: „War das wirklich alles?"

„Was unseren Fall angeht ja, aber er hat mir noch sehr viel mehr erzählt. Über sein Leben und über Gott und die Welt. Es war sehr interessant. Ich glaube, ich muss mal mein Wissen, was andere Länder angeht, aufbessern."

„Wieso?"

Anstelle einer Erklärung erzählte Uli, was Herr Gomez alles über Spanien, den Bürgerkrieg und seine Familie berichtet hatte.

Dienstag, 03. Juli

Uli mähte gerade den Rasen, als ihr Sohn mit dem Telefon in der Hand, angerannt kam.

Es war Emil. Er erzählte, dass die Patowskis am Sonntagmittag um dreizehn Uhr zum Essen kommen wollten. Uli sagte, dass sie sich einen Vorwand für ihren Besuch überlegen würde.

Emil meinte, dass fünfzehn Uhr eine gute Zeit wäre, um unauffällig vorbeizukommen.

Mittwoch, 04. Juli

Am nächsten Morgen erzählte Uli ganz aufgeregt, dass sie bald Herrn Patowski kennenlernen würde. Trudi sah sie mit hochgezogenen Brauen an und meinte: „Irgendwie kommt mir die Sache komisch vor. Erst wollten die Steins dir überhaupt keine Auskünfte geben und dann sind sie plötzlich Feuer und Flamme. Da stimmt doch etwas nicht."

„Wie meinst du das?", fragte sie leicht verunsichert und musste daran denken, wie Emil die Polizei an der Nase herum geführt hatte.

„Ich an deiner Stelle würde etwas misstrauischer sein. Außerdem wirst du sowieso nichts Neues erfahren, weil der Pole vor dem Spanier in deinem Haus gewohnt hat und der Umbau ja wohl kaum während eines Zeitsprungs entstanden ist."

„Ja, da hast du Recht, aber trotzdem kann ich mir ein Bild von ihm machen. Frau Poch fand ihn unheimlich."

„Vielleicht hat Frau Poch auch nur von ihrem eigenen unheimlichen Ehemann ablenken wollen."

„Och Trudi, was ist denn heute los mit dir, du kannst doch nicht alle verdächtigen."

„Doch kann ich, bis nicht das Gegenteil bewiesen ist, sind alle verdächtigt. Auch deine gesamte ach so sympathische Familie Stein, ob tot oder lebendig. Man sollte sowieso viel misstrauischer sein."

„Ok, was ist passiert?"

„Nur das Übliche."

„Aha und was ist das Übliche?"

„Das Übliche halt."

„Muss man dir alles aus der Nase ziehen?"

„Ich lass mich scheiden!"

„Was? Wieso? Also ich meine, was ist passiert?"

„Sag ich doch, nur das Übliche."

„Ok, wenn du nicht willst, musst du nichts sagen."

„Doch will ich, aber ich fang direkt an zu heulen und wenn der Fröhlich das mitkriegt, dann hab ich überhaupt keine Ruhe mehr." Uli sah ihre Freundin an, die damit kämpfte ihre Tränen zu unterdrücken.

„Willst du heute Abend bei mir vorbeikommen? Richard ist sowieso nicht da. Da haben wir unsere Ruhe, also wenn Felix im Bett ist."

„Ja, kann ich auch bei dir schlafen?"

„Was für eine Frage, natürlich."

**

Trudi saß bei Uli auf dem Sofa. Beide tranken Rotwein und aßen dazu Chips und Schokolade. Trudi starrte auf Ulis Pflanzen, von denen es eine Menge in ihrem Wohnzimmer gab. Man konnte dieses Zimmer als eine Mischung aus Wintergarten und Wohnzimmer beschreiben. Der Boden war mit mediterranen Fliesen ausgelegt. Diese waren dezent bunt und einzelne hatten kleine Muster. Uli hatte sie während eines Italienurlaubes entdeckt und sich nach Deutschland schicken lassen. In der Ecke stand ein offener Kamin, ohne den Uli die deutschen Winter kaum überstehen würde. Es gab ein großes Bücherregal und ein gemütliches altes dunkelgrünes Ecksofa, mit zwei dazu passenden Sesseln. Als Tisch verwendete sie eine alte Truhe aus dunklem Eichenholz, in der ihre geheimen Alkoholvorräte schlummerten.

**

„Ich habe ihm als Überraschung ein Lunchpaket gemacht, und wollte ihm das in seine Aktentasche stecken, da hab ich dann den Brief gesehen. Ich weiß auch nicht warum, aber irgendwie habe ich ihn herausgezogen. Das hab ich noch nie gemacht. Ehrlich! Und dann hab ich ihn auch noch geöffnet. Es war ein Brief an eine andere Frau. Mir hat er noch nie einen Brief geschrieben. Er hatte ein Verhältnis, und sie hat Schluss gemacht, und er schreibt ihr einen Brief, dass er ohne sie nicht leben kann und dass er möchte, dass sie es noch einmal versuchen."

„Ach scheiße, das tut mir echt leid." Uli nahm Trudi in den Arm.

„Ja, aber weißt du was das Schlimmste war? Er hat geschrieben, dass er noch nie so glücklich bei einer Frau war, und dass er noch nie in seinem Leben so tollen Sex gehabt hätte."

OK, das saß. So ein Idiot, dachte Uli und versuchte mit den Worten „Das meint der doch nur", ihre Freundin zu trösten. „Ihr seid schon so lange zusammen, da ist Sex halt nicht mehr so spannend. Jetzt findet er plötzlich jemanden toll und sein Verstand ist in seiner Hose verschwunden."

„Ich will ihn nie wiedersehen", heulte Trudi.

„Was hast du denn gemacht, als du den Brief gefunden hast?" „Ich bin mit dem Brief und meinem blöden Lunchpaket zu ihm ins Badezimmer gegangen und habe ihm alles ins Gesicht geschmissen."

„Hat er sich verdient", grinste Uli.

„Er hat mich angebrüllt, ob ich verrückt geworden wäre, und ich habe zurückgebrüllt und dann hat er gar nichts mehr gesagt und nur blöd geguckt. Ja, und dann hab ich gesagt, dass ich die Scheidung will, und dass er sofort ausziehen soll. Beschimpft habe ich ihn auch, und dann hab ich nichts mehr gesagt, und bin gegangen."

„Weißt du, wer die andere ist? Ich meine kennst du sie?"

„Ich weiß nicht genau, ich glaube, ja."

„Auch das noch."

„Also ich kenne sie nicht persönlich. Er hat den Brief an eine liebe Andrea geschrieben."

„Andrea?"

„Ja, ich glaube, also nein ich weiß, dass eine seiner

Arbeitskolleginnen Andrea heißt. Er hat schon mal von ihr erzählt.“

„Das muss aber nicht diese Andrea sein, oder?“

„Nein, aber ich glaube schon, dass es diese Andrea ist.

Er hat mir von ihr erzählt, als sie neu angefangen hat. Das sind aber schon eine Zeitlang her, zwei oder drei Jahre, keine Ahnung. Ist ja auch egal. Er hat immer mal wieder von ihr gesprochen und ich blöde Kuh, hab mir natürlich nichts dabei gedacht.“

„Ach, jetzt hör aber auf, was hättest du dir auch dabei denken sollen?“

„Aber ich hab nichts gemerkt, das kann doch nicht sein?“

„Und im Nahhinein, würdest du sagen, dass da vielleicht etwas war und du es nur nicht richtig mitbekommen hast?“

„Nein, ich hab wirklich nichts gemerkt, ich hab gedacht wir führen eine harmonische Ehe. Also ich würde sogar sagen, dass unsere Freunde uns für ein Traumpaar halten würden.“

„Na ja, ich hab deinen Mann …“

„Meinen Ex-Mann!“, unterbrach Trudi.

„OK, deinen Ex-Mann, ich hab ihn auf jeden Fall gar nicht so gut kennengelernt. Ich fand ihn immer ziemlich ruhig. Er hat halt alle unsere Blödeleien mitgemacht, aber richtig eingebracht hat er sich nicht.“

„Ist mir egal, er will seine Geliebte zurückhaben. Was soll das heißen? Wollte er mich verlassen, oder will er noch eine Zweitfrau haben?“

„Vielleicht ist es ja nur etwas Sexuelles.“

„Was Sexuelles ist es ganz bestimmt!“ Trudi schrie fast.

„Du weißt was ich meine. Manche Männer haben eine zweite geheime stark sexuelle orientierte Seite, die sie aus Rücksicht auf ihre Ehefrau nicht ausleben.“

„Was willst du damit sagen? Ich bin doch keine Nonne. Er kann seine Phantasien doch mit mir ausleben.“

„Ich meine ja nur, manche Phantasien möchte man nicht unbedingt mit seinem Partner ausleben."

„Kannst du mir das bitteschön erklären!", fauchte Trudi.

„Ich erinnere mich da an meine eigene Singlezeit, da hatte ich so eine Phase. Die habe ich mit einem Liebhaber ausgelebt, der allerdings als Partner niemals in Frage kam. Mit ihm habe ich meine Sexphantasien ausleben können. Ich denke manchmal an diese Zeit zurück, aber mit Richard würde ich das nicht machen."

„Wieso nicht? Vielleicht hat er ja Spaß dran?"

„Nein, das glaube ich nicht und so wichtig ist das jetzt auch nicht mehr."

„Aha, mit Richard hast du also nur langweiligen Sex!"

„Bist du verrückt, das wollte ich damit nicht sagen. Diese Zeit ist nun vorbei. Das heißt nicht, dass der Sex mit Richard nicht auch schön wäre. Er ist halt nur anders, aber trotzdem toll. Die Art Sex auszuleben, hat sich bei mir mit der Zeit geändert. Die Art von Sex, die ich früher hatte, möchte ich definitiv nicht mit Richard haben. Mittlerweile möchte ich sie allerdings auch mit keinem anderen mehr. Mir fehlt nichts. Mal ganz abgesehen davon, finde ich Sexphantasien nicht schlimm, es ist ja nur ein kleiner Teil von einem Menschen."

„Aha, und du bist der Ansicht, dass mein Superehemann nur einen kleinen Teil von sich ausgelebt hat. Oder was? Es ist eine Sache Phantasien zu haben und eine andere, sie mit irgendwem auszuleben. Wenn er sie schon ausleben muss, dann kann er wenigstens versuchen, dass mit mir zu machen. Wieso nimmst du ihn jetzt auch noch in Schutz? Was redest du da?"

„Ach Trudi, ich will damit auf keinen Fall sein Verhalten entschuldigen. Ich versuche nur einen Grund für den ganzen Mist zu finden. Ich meine, dass diese andere Frau vielleicht nur seine sexuellen Phantasien erfüllt hat und er aber eigentlich Dich liebt. Vielleicht hat sie das ja auch irgendwie gemerkt und deshalb Schluss gemacht. Und dein vertrottelter Ehemann verwechselt jetzt Lust mit Liebe und deshalb hat er diesen unsäglichen Brief geschrieben."

„Im Gegensatz zu dir, liebe Uli, würde ich mir gerne die sexuellen Phantasien meines Ehemanns anhören und bestimmt auch sehr gerne mit ihm ausleben, aber dafür hätte er sie mir mitteilen müssen. Stattdessen vertraut er irgendeiner dahergelaufenen Tussi seine innigsten intimsten Wünsche an und oh Wunder, er wurde erhört. Du spinnst, wenn du glaubst, dafür hätte ich Verständnis."

„Ich wollte doch nur sagen, dass es wahrscheinlich nur um Sex geht."

„Es geht nie nur um Sex! Von mir aus hauptsächlich, aber nicht nur, sonst hätte seine Bettgespielin ja nicht Schluss gemacht."

„Wahrscheinlich ging es bei ihr nicht nur um Sex. Ich meine, du hast nichts gemerkt, das deutet darauf hin, dass er in eurer Ehe nichts vermisst hat."

„Bis auf tollen Sex!"

„Nein, bis auf anderen Sex. Wir haben alle sexuelle Wünsche, das gehört zu unserer Natur. Vielleicht redet er nicht mit dir darüber, weil ihr euch so nah seid und er Angst hat, du könntest ihn für seine heimlichen Wünsche verurteilen oder ihn auslachen, was weiß denn ich?"

„Du vergisst, dass er sie zurück will. Er will sie zurück!!!! Er hat geschrieben, dass er sie vermisst und dass es ihm ohne sie ganz schlecht geht. Hört sich das für dich nur nach Sex an. Und überhaupt, was soll das eigentlich heißen, vielleicht ging es nur um Sex? Das macht die Sache auch nicht besser."

„Nein, da hast du Recht. Aber er hat auch nicht geschrieben, dass er dich verlassen will. Er hat wahrscheinlich noch nicht einmal ansatzweise darüber nachgedacht dich zu verlassen."

„Pech für ihn, jetzt werde ich ihn verlassen."

„Wie lange ging das denn mit den beiden?"

„Weiß ich nicht, ist mir auch egal."

„Ich denke, ihr solltet noch einmal in Ruhe reden. Du hast jetzt beschlossen, ihn zu verlassen. Das ist OK, aber schließlich hast du einen Teil deines Lebens mit ihm verbracht und das kannst du jetzt nicht einfach wegwischen. Ich weiß für dich ist gerade eine Welt zusammen gebrochen, aber das kannst du so nicht stehen lassen. Rede mit ihm. Schieb es nicht auf, du machst dich sonst nur selber fertig."

„Ich will nicht mit ihm reden. Ich will ihn einfach nie mehr wiedersehen. Vor einer Woche habe ich noch gedacht, ich lebe in einer heilen Welt und jetzt ist alles kaputt. Ich hab ihm heute Morgen gesagt, er soll ausziehen. Ich hoffe, er ist nicht mehr da, wenn ich nach Hause komme."

Sonntag, 08. Juli

Uli stand pünktlich um fünfzehn Uhr vor der Tür der Steins und klingelte. Mechthild machte ihr auf und grinste sie verschwörerisch an.

„Ich hab die Pläne vom Haus mitgebracht", sagte Uli. „Der Keller ist gar nicht richtig eingezeichnet. Ich dachte, ich könnte sagen, ich hätte dazu eine Frage und vielleicht komme ich dann mit den Eheleuten Patowski ins Gespräch."

Mechthild nickte und beide gingen in die Küche, wo die Eheleute Patowski und Emil mittlerweile beim Kaffee angekommen waren. Mechthild stellte Uli vor und sagte, dass sie die neue Besitzerin des Hauses im Holunderweg sei und ein paar Fragen zu dem Haus hat. Da habe sie sich gedacht, das trifft sich ja gut, schließlich hat Herr Patowski ja auch in dem Haus gewohnt. Vielleicht weiß er noch Einzelheiten, die ihr oder ihrem Mann nicht bekannt sind. Außerdem würde sie sich für die Bewohner des Hauses interessieren, da träfe es sich ja doppelt gut.

Als Uli sich an den Tisch gesetzt hatte, ergriff Frau Patowski das Wort.

„Was möchten Sie denn wissen?"

„Äh, mir ist aufgefallen, dass die Pläne, die ich von den Kellerräumen habe, nicht mit dem tatsächlichen Keller übereinstimmen. Irgendwann hat ein Umbau stattgefunden und ich würde gerne wissen, wann?"

„Darf ich die Pläne einmal sehen?", fragte Herr Patowski.

„Selbstverständlich!", Uli reichte sie ihm.

„Zu meiner Zeit sah der Keller genauso aus, wie hier auf den Plänen. Der Umbau muss also später stattgefunden haben", brummte er.

„Wie lange haben Sie denn im Holunderweg gewohnt?"

„Neun Jahre von 1950 bis 1959."

„Das ist eine ziemlich lange Zeit. Wären Sie bereit, mir aus dieser Zeit zu erzählen?"

„Seien Sie mir nicht böse, aber ich möchte die Vergangenheit lieber ruhen lassen. Ich erzähle nicht gerne darüber."

„Oh, ich wollte Ihnen nicht zu nahe treten. Entschuldigung."

„Nein, nein, das ist es nicht. Wissen Sie, ich habe nie viel darüber geredet. Es kam einfach nicht dazu und mein Schicksal ist auch nicht außergewöhnlich. Ich konnte mich nur lange nicht richtig damit anfreunden. Irgendwann habe ich meine Vergangenheit so empfunden, als ob sie nicht zu mir gehört. Mittlerweile ist das anders, aber da ich nie darüber gesprochen habe, ist es jetzt, wo ich dazu bereit wäre, irgendwie nicht richtig. Es fühlt sich einfach falsch an. Verstehen Sie das?"

„Nicht wirklich", gab Uli zu, „aber ich respektiere natürlich, dass Sie nicht über Ihre Vergangenheit sprechen wollen." Was sollte sie auch sonst sagen.

„Wissen Sie?", schaltete sich Frau Patowski ein. „Er versteht selber nicht mehr, warum er nicht reden möchte. Nach so langer Zeit. Er behauptet, er sei ein verschlossener Mensch, aber ich behaupte, er hat nur Angst, dass andere seine Geschichten langweilig finden könnten oder er kein guter Erzähler ist. Wenn wir alleine sind, erzählt er nämlich sehr wohl."

„Ach, jetzt hör aber auf", brummte Herr Patowski. „Die Geschichten von früher sind ja auch langweilig für Menschen, die diese Zeit gar nicht kennen. Sie können sich gar nicht in die damaligen Situationen hineinversetzen."

„Du bist ein alter Brummbär. Frau Winterstein ist bestimmt nicht gelangweilt, sonst hätte sie ja gar nicht gefragt. Sie ist an der Geschichte ihres Hauses interessiert und du bist ein Teil dieser Geschichte. Es ist wirklich kein Wunder, dass Leute, die dich nicht kennen, sagen du seist seltsam."

Herr Patowski schwieg zu den Ausführungen seiner Frau.

„Also lass dich nicht so bitten, sonst erzähle ich."

„Was soll ich sagen?", lenkte Herr Patowski ein. „Ich habe neun Jahre in diesem Haus gewohnt und dann haben wir geheiratet und ich bin ausgezogen und mit dir in ein anderes Haus gezogen."

„Sie müssen wissen", sagte Frau Patowski und sah dabei ihren Mann kopfschüttelnd an. „Mein Mann ist nicht freiwillig nach Deutschland gekommen."

„Aber das hat doch gar nichts mit dem Haus zu tun", mischte sich Herr Patowski in die Erzählungen seiner Frau ein.

„Entweder erzählst du oder du lässt mich erzählen", entgegnete Frau Patowski ihrem Mann.

„Meinetwegen, dann erzähl du, aber schmück nicht immer alles so aus", knurrte er.

„Also noch einmal von vorne", begann seine Frau. „Mein Mann wurde bei dem Überfall der Deutschen auf Polen am 1. September 1939 gefangen genommen und verschleppt. Damals war er erst fünfzehn Jahre alt. Er hat fünf Jahre auf einem Bauernhof in der Rochusstraße als Zwangsarbeiter gearbeitet. Nach dem Krieg hat er dort weiter gearbeitete und ist vom Hof in das Haus gezogen, in dem Sie jetzt wohnen."

„Und er war erst fünfzehn Jahre."

„Ja, er wurde von Wehrmachtssoldaten auf der Straße festgenommen. Die haben ihn dann zum Arbeitsamt gebracht, wo seine Personalien aufgenommen und überprüft wurden. Zu diesem Zeitpunkt bekam er auch seinen Haftbefehl. Man sagte ihm, dass er sich in zwei Tagen am Bahnhof einfinden sollte, wenn er abtauchen würde, so würde dass seine Familie zu spüren bekommen. Was sollte er also machen? Er ging zwei Tage später zum

Bahnhof und nach mehreren Etappen kam er in Köln an. Dort wurden die Zwangsarbeiter auf die Höfe verteilt. Diese Verteilung fand in einem Lager statt. Es gab damals viele solcher Lager in Köln. Wer nicht bei einem Bauern unterkam, blieb dort und arbeitete in irgendeinem Industriebetrieb. Mein Mann hatte Glück, er wurde von dem Bauern Küch genommen."

„Wieso hat er denn Glück gehabt?" Uli empfand das Gehörte entsetzlich. Wie konnte man da von Glück reden.

„Die Zwangsarbeiter, die in der Landwirtschaft unterkamen wurden meistens, nicht immer, aber meistens relativ gut behandelt. Wir Polen mussten auf der rechten Brustseite jedes Kleidungsstückes ein aufgenähtes „P" tragen. Somit war für jedermann erkennbar, dass es sich bei uns, um wie sie damals zu sagen pflegten, minderwertige Menschen handelte."

„Was! Das wusste ich ja gar nicht. Ich dachte die Juden hätte den Judenstern tragen müssen, aber mir war gar nicht klar, dass dies auch mit anderen Gruppen gemacht wurde." Uli fing an zu begreifen, warum Herr Patowski nicht über seine Vergangenheit reden wollte.

„Oh ja, wir hatten keine Rechte. Das Verlassen unseres Einsatzortes war verboten, wir durften nicht ins Kino und eigentlich durften wir überhaupt keine Veranstaltungen besuchen. Auch in die Kirche durften wir nicht. Es ging sogar soweit, dass, wie soll ich mich ausdrücken? Also wenn man sich mit einem Deutschen eingelassen hat, dann stand darauf die Todesstrafe."

„Das kann man sich heute gar nicht mehr vorstellen, dabei ist es noch gar nicht so lange her", sagte Uli fassungslos.

„Sag ich doch, das versteht heute keiner mehr", brummte Herr Patowski, wurde aber von seiner Frau unterbrochen, die nicht weiter auf ihren nörgelnden Ehemann einging.

„Es war so, dass die Industriearbeiter schlecht ernährt wurden. Eine medizinische Versorgung gab es kaum. Durch deutsche Mitarbeiter und Vorgesetzte kam es immer wieder zu Diffamierungen und Misshandlungen. Schlimm war wirklich die unzureichende Ernährung. Deshalb haben viele versucht Lebensmittel außerhalb des Lagers zu beschaffen. Diejenigen, die dabei erwischt wurden, kamen in ein Arbeitserziehungslager oder in ein Konzentrationslager. Die Unterbringung in Privathaushalten war meistens besser. Dies betraf vor allem die Versorgung mit Nahrungsmitteln. Der Kontakt zu Deutschen sollte so gering wie möglich sein, deshalb war es verboten, dass zusammen gegessen wurde. Dieses Verbot wurde in landwirtschaftlichen Betrieben aber kaum beachtet. Es wäre auch organisatorisch schwierig gewesen, die Mahlzeiten getrennt einzunehmen. Außerdem war es für Zwangsarbeiter aus dem Osten verboten bei einem Angriff Schutzräume aufzusuchen. Auf dem Hof Küch hatte man einen Erdbunker als Schutzraum ausgehoben. Entgegen aller Vorschriften wurde dieser bei einem Fliegeralarm aber von allen Bewohnern, die auf dem Hof lebten, aufgesucht.“

Uli wusste nicht, was sie dazu sagen sollte.

„Meine Liebe“, schaltete sich Herr Patowski erneut ein, „Du tust gerade so, als wäre ich in eine heile Welt gekommen. Ich hatte schreckliches Heimweh, schließlich wurde ich verschleppt. Ich war nicht freiwillig in Deutschland und es sind auch sehr schlimme Dinge passiert. Du hast Recht, wenn du sagst, dass ich Glück gehabt habe und es mich viel Schlimmer hätte treffen können. Aber das hilft mir nicht und auch das Schicksal von anderen Zwangsarbeitern ist nicht spurlos an mir vorbei gegangen. Die Lebensbedingungen waren aufgrund der Einstellung in Deutschland für Zwangsarbeiter aus osteuropäischen Ländern einfach sehr schlecht. In der rassistischen Ideologie der Nazis standen wir auf der untersten Stufe. Das bedeutete, maximale Ausbeutung ihrer Arbeitskraft bei geringstmöglicher Ernährung. Demzufolge war die Behandlung sehr schlecht und auf geringste Vergehen stand die Todesstrafe. Viele haben diese Zeit nicht überlebt. Ich erinnere mich an einen jungen Mann auf einem der Nachbarhöfe. Er musste, also ich meine, er und die anderen Zwangsarbeiter auf diesem Hof, mussten von fünf Uhr morgens bis zwanzig Uhr abends arbeiten. Sie bekamen wenig zu Essen und viele bekamen gesundheitliche Probleme. So auch der junge Mann von dem ich gerade erzählt habe. Er hatte immer Rückenschmerzen und geschwollene und wunde Füße gehabt. Nach der Arbeit musste er auf sein Zimmer und durfte dies nicht mehr verlassen. Er hatte keine Kontakte außerhalb des Hofes. Heute leidet er noch immer an den gesundheitlichen Folgen der schweren Feldarbeit. Bevor sie fragen, woher ich das weiß: Die Höfe liehen sich untereinander die Zwangsarbeiter bei der Ernte aus, so habe ich Einblicke in das Leben auf anderen Höfen erhalten."

„Ich bestreite ja gar nicht, dass es eine schlimme Zeit war. Ich wollte nur sagen, dass du Glück gehabt hast. Du warst, obwohl verboten, in die Familie Küch integriert", entgegnete ihm seine Frau.

„Ja, du hast Recht, ich wollte ja nur zum Ausdruck bringen, dass wir nicht freiwillig in Deutschland waren. Wir sind aus unserer Heimat und unseren Familien gerissen worden, viele waren wie ich noch minderjährig. Wir wurden deportiert. Es gab auch Bauern, die Nazis waren und ihre rassistische Ideologie an ihren Gefangenen auslebten, sie ließen sie bis zur Erschöpfung arbeiten, schlugen sie und ließen sie hungern."

„Aber in den Fabriken war es viel schlimmer. Dort starben Zwangsarbeiter oft nach einigen Monaten an Hunger, Krankheit, nach Misshandlungen oder einfach nur an Erschöpfung. Sie wurden dann ersetzt", versuchte Frau

Patowski ihrem Mann vor Augen zu führen.

„Aber Gott sei Dank ist das nicht deine Geschichte und Frau Winterstein wollte ja etwas aus deinem Leben erfahren."

„Ist ja schon gut, ich bin ja schon still", brummte Herr Patowski.

„Also wie gesagt, mein Mann hat es ganz gut angetroffen auf dem Hof Küch. Er hat dort neun Jahre gewohnt und wurde in dieser Zeit voll in die Familie integriert. Bei der Befreiung 1945 wurde der Hof fast vollständig zerstört und nahezu das gesamte Vieh wurde beschlagnahmt. Zu diesem Zeitpunkt hätte mein Mann theoretisch wieder in seine Heimat zurückkehren können, aber die Rückführung der Gefangenen in ihre Heimat dauerte viel länger als gedacht. Als erstes kehrten die westlichen Ausländer zurück. Für den Rücktransport der Osteuropäer standen nicht genügend Transportmittel zur Verfügung. So warteten sie Monate auf ihre Rückkehr. Durch diese Umstände und weil in seiner Heimat alles zerstört war und die meisten seiner Angehörigen tot oder verschollen waren, blieb mein Mann bis 1950 auf dem Hof Küch. Sie müssen wissen, dass die Mutter meines Mannes während des Krieges an Krankheit starb. Sein Vater wurde während des Krieges ebenfalls deportiert und war seitdem verschollen. Bis heute wissen wir nicht, was passiert ist. Er hat noch einen Bruder, der nach Hamburg verschleppt wurde. Dort lebt er heute noch."

„Du schweifst ab und außerdem hat das überhaupt nichts mit dem Haus von Frau Winterstein zu tun", unterbrach Herr Patowski seine Frau.

„Dann erzähl du weiter."

„Weißt du, Frau Winterstein hat nach meinem Leben in der Holunderstraße gefragt und bis jetzt bin ich nach deinen Erzählungen noch nicht einmal dort eingezogen. Außerdem ist es bereits achtzehn Uhr und langsam würde ich gerne nach Hause gehen und Frau Winterstein hat bestimmt auch noch etwas anderes zu tun, als alte Geschichten anzuhören."

„Das ist nicht dein Ernst", versuchte Frau Patowski ihren Mann am Aufstehen zu hindern.

„Doch natürlich."

Frau Patowski sah Uli hilfesuchend an. Mechthild und Emil blickten betreten zu Seite.

„Wir können uns ja wieder treffen und dann höre ich mir sehr gerne an, wie es weitergeht", versuchte Uli die Situation zu retten.

„Vielleicht können sich ja die Frauen alleine treffen, und Tratsch aus vergangenen Zeiten auszutauschen. Ich hab das ja erlebt, da muss ich ja nicht dabei sein."

„Du bist sehr unhöflich Jan Patowski."

„Ich bin nur ehrlich."

„Wie du meinst!", antwortete sie ihrem Mann und zu Uli gewandt sagte sie: „Ich würde Sie gerne wiedersehen und mich mit Ihnen unterhalten. Vielleicht können Sie mir dann ihr Haus zeigen, wie es jetzt aussieht. Ich kenne es nur aus früherer Zeit, wissen Sie?"

„Selbstverständlich sehr gerne", sagte Uli und dachte, auweia, hoffentlich sind dann alle Spuren, die die Polizei hinterlassen hat verschwunden.

„Nächstes Wochenende kann ich leider nicht, da besuchen wir Verwandte, aber wie wäre es mit übernächstem Wochenende?"

„Sehr gerne", beeilte Uli sich zu sagen. „Wie wäre es am Sonntag gegen fünfzehn Uhr zu Kaffee und Kuchen?"

„Ich werde da sein."

„So haben die Damen alles erledigt? Können wir jetzt langsam nach Hause fahren?", meldete sich Herr Patowski und stand auf. Uli erhob sich ebenfalls, um sich zu verabschieden, genauso wie der Rest der Runde. Herr Patowski hatte es eilig zu seinem Auto zu gelangen und als die Eheleute Patowski außer Hörweite waren fragte Uli die Eheleute Stein, ob sie nicht auch vorbeikommen wollten, wenn Frau Patowski sie besuchen würde. Emil überlegte, dann sagte er: „Besser nicht. Ich habe den Eindruck, als wäre es Herrn Patowski nicht ganz recht, dass über seine Vergangenheit berichtet wird und ich will ihm da nicht in den Rücken fallen. Ich bin sowieso sehr erstaunt, was ich da alles gehört habe. In unserem Beisein sind diese Geschichte bisher noch nie zur Sprache gekommen, also ich meine nicht so ausführlich. Wir wussten nur, dass er als Zwangsarbeiter auf einem Bauernhof gelebt hat und sich dem Bauern und seiner Frau sehr verbunden gefühlt hat. Später hat er dann seine Frau kennengelernt, die ebenfalls als Zwangsarbeiterin nach Deutschland gekommen war, und das ist auch schon alles. Einzelheiten haben wir nie erfahren. Ich nehme aber schon an, dass er darüber gesprochen hat, allerdings mit meinen Eltern."

Montag, 09. Juli

Bevor Uli ihre Freundin Trudi begrüßen konnte, fiel diese bereits mit der Tür ins Haus.

„Er ist ausgezogen und es ging nicht nur um Sex!"

„Hat er das gesagt?"

„Nein, wir haben nicht miteinander gesprochen. Als ich nach Hause kam, war er weg. Er hat nicht viel mitgenommen, mir aber einen Zettel geschrieben und mir mitgeteilt, dass er sich eine Wohnung sucht und dann seine Sachen holt. Im Moment wohnt er bei einem Freund. Er hat all seine Sachen in sein Arbeitszimmer gestellt. Alles was mich an ihn erinnert, habe ich dazugestellt und dabei bin ich gegen diesen blöden Schreibtisch gelaufen und habe mir meine Hüfte angeschlagen. Ich war so verletzt und wütend, dass ich gegen den Schreibtisch getreten habe. Dabei ist eine Schublade aufgegangen und da waren ganz viele Briefe drin. Von ihr!"

Uli sah sie mit offenem Mund an.

„Ich weiß, was du sagen willst, aber ich habe sie gelesen. Alle! Jetzt weiß ich, dass er ein Verhältnis hatte, das schon zwei Jahre ging. Stell dir das mal vor und ich habe nichts gemerkt. Wie kann man nur so blind sein. Sie hat ihm einen ganzen Stapel Briefe geschrieben. Es ist völlig klar, dass sie eine richtige Beziehung hatten und nicht nur Sex. Sie haben viel zusammen unternommen, sie schreibt über Filme, die sie zusammen gesehen haben. Über Bücher, von denen sie glaubt, dass er sich dafür interessieren könnte. Sie schreibt über alles Mögliche und immer wieder über Sex. Ich weiß nicht, wie er das alles vor mir verheimlichen konnte. Es ging nicht nur um Sex, sonst hätte sie ihm nie solche Briefe geschrieben. Da war viel mehr. Er hat ihr gesagt, dass er sie liebt. Ich glaube nicht, dass ich weiter mit ihm zusammen sein kann. Vielleicht haben wir uns zu wenig gestritten. Wir haben eine sehr harmonische Ehe geführt. Er war immer so aufmerksam und hat mir kleine Geschenke mitgebracht. Alles eine große Lüge. Ich habe mir die ganze Zeit etwas vorgemacht." Trudi schluckte schwer. „Nachdem ich das alles gelesen habe, bin ich total fertig. Jetzt weiß ich zumindest Bescheid. Du hast Recht, ich muss mit ihm reden. Nie hätte ich gedacht, dass ich mich so in einem Menschen täuschen kann. Du kannst dir gar nicht vorstellen, wie hintergangen ich mich fühle und wie verletzt ich bin."

Uli nahm ihre schluchzende Freundin wortlos in den Arm und wiegte sie wie ein Baby hin und her.

Abends brachte Uli ihren Sohn zu seinem Freund Lukas, wo er auch übernachten konnte. Am nächsten Morgen würde er mit ihm zusammen in die Ferienbetreuung gehen, danach fuhr Uli mit einer Ladung Chips, Schokolade und Eis zu ihrer Freundin Trudi, um ihr zuzuhören und sie zu trösten.

Dienstag, 10. Juli

Uli hatte bei Trudi übernachtet. Beim Frühstück versuchte sie ihre Freundin zu überreden, sich krank zu melden und zu Hause zu bleiben.

„Du siehst schrecklich aus und der Fröhlich wird dich sofort fragen, was passiert ist. Außerdem kannst du dich sowieso nicht auf die Arbeit konzentrieren."

„Hier fällt mir aber die Decke auf den Kopf", entgegnete sie

„Nimm dir eine Auszeit und fahr weg. Heute melde ich dich krank, aber vielleicht nimmst du dir Urlaub und kriechst irgendwo unter."

„Ja, ich glaube, das mach ich. Woanders sein, nur nicht hier. Ich denke, ich nehme mir den Rest der Woche frei und fahre zu meiner Schwester."

„Zu deiner Schwester? Bist du sicher? Ich meine deine Schwester ist schon OK, aber du kannst ihren Mann doch nicht ausstehen."

„Ja, genau deshalb. Ich könnte jetzt kein glückliches Pärchen, um mich herum ertragen."

„Du bist eindeutig total verrückt." Sie drückte ihre Freundin und machte sich auf den Weg zur Arbeit.

Trudi saß noch nicht auf ihrem Schreibtischstuhl, da stand bereits ihr Chef in der Tür.

„Sie sind zu spät", stellte er fest.

„Gut beobachtet", entgegnete sie patzig.

„Wo ist denn Frau Wiedemann?"

„Sie ist krank, wenn Sie mich nicht so überfallen hätten, dann hätte ich es Ihnen in den nächsten fünf Minuten mitgeteilt."

„Soso, krank. Was hat Sie denn?"

„Weiß ich nicht."

„Hier ist doch etwas faul. Sie sind Freundinnen, als

wenn Sie nicht wüssten, was Frau Wiedemann hat."

„OK, ich weiß was sie hat, aber ich sage es Ihnen nicht. Das kann sie Ihnen selber sagen, wenn sie wieder da ist."

„Sie beiden sollten sich besser absprechen. Frau Wiedemann hat mich eben angerufen und spontan Urlaub genommen", mit diesen Worten rauschte er aus der Tür und ließ eine ziemlich verdattert dreinschauende Uli zurück. In dem Moment klingelte ihr Handy. Trudi war dran und teilte ihr mit, dass Uli bitte nicht krankmelden soll, da sie bereits Urlaub beantragt hätte.

„Das weiß ich schon, hättest du nicht fünf Minuten früher anrufen können?"

„Wie, das weißt du schon?"

„Unser über alles geschätzter Chef hat es mir gerade mitgeteilt, nachdem ich ihm erklärt habe, dass du krank bist. Überleg dir schon mal, was du sagen willst, wenn du wieder da bist. Er wird dich total löchern und solange er dich nicht in die Finger kriegt, löchert er mich."

„Oh, so ein Mist. Das tut mir leid."

„Ach, ist egal, mach dir keine Gedanken. Mit dem Fröhlich werde ich schon fertig. Sieh zu, dass es dir besser geht."

Mittwoch, 11. Juli

Uli holte Richard vom Flughafen ab und bereits auf der Rückfahrt erzählte sie ihm aufgeregt eine Zusammenfassung von den Dingen, die in der letzten Zeit passiert waren. Richard hörte mit offenem Mund zu und fragte, als sie endlich fertig war: „Warum hast du mir am Telefon nichts davon erzählt?"

„Ich wollte Dich nicht beunruhigen, und ich wollte Dich ja eigentlich mit dem Arbeitszimmer überraschen, aber jetzt ist es eh nicht fertig."

Verunsichert versuchte sie das Thema zu wechseln.

„Etwas anderes, wo möchtest du eigentlich hin?"

„Wie, wo möchte ich eigentlich hin?"

„Zu mir oder zu dir?"

„Zu dir natürlich oder glaubst du, ich möchte mir einen echten Tatort und dazu noch bei dir zu Hause entgehen lassen."

„Seit wann bist du denn so sensationslüstern?"

„Bin ich gar nicht, ich bin nur interessiert. Ist die Polizei denn mit ihren Untersuchungen in deinem Keller fertig oder hast du Kellerverbot?"

„Sie haben ihn noch nicht wirklich wieder freigegeben, also nicht offiziell". Uli versuchte sich um eine klare Antwort zu drücken.

„Was heißt das?" Richard sah seine Freundin forschend an.

„Na ja, das Absperrband ist noch da, aber sie sind weg."

Also könnte es sein, dass sie eventuell wiederkommen und dir erklären, was du alles falsch gemacht hast."

„Was meinst du damit?"

„Du willst mir doch nicht erzählen, dass du es geschafft hast, nicht noch einmal in den Keller zu gehen, um zu gucken, ob du nicht noch etwas Brauchbares finden kannst?"

„Ja schon, aber das merken die gar nicht."

Richard grinste. „Ich glaube, wenn dieser Kommissar erfährt, dass du hinter seinem Rücken Untersuchungen anstellst, wird er nicht begeistert sein."

„Ist mir egal, außerdem weiß ich ja auch gar nicht viel."

„Wo ist eigentlich Felix?", unterbrach Richard sie.

„Bei seinem Freund Lukas. Da übernachtet er auch und geht von dort direkt in die Ferienbetreuung. Du kannst ihn frühestens morgen sehen."

„Na toll, der scheint mich also nicht zu vermissen."

Uli war überrascht, mit so einer Bemerkung hatte sie nicht gerechnet. Schnell sagte sie: „Doch, aber er weiß auch einen Männerabend ohne weibliche Kontrolle zu schätzen."

„Na gut."

„Du kannst heute Abend mit ihm telefonieren und morgen seht ihr euch ja wieder."

„Um nochmal auf deinen Kellerfund zu sprechen zu kommen. Ganz ehrlich, mir ist nicht ganz wohl bei der Sache, wenn du hinter dem Rücken von diesem Kommissar herumschnüffelst."

Das war mir klar, dachte Uli.

„Ich schnüffele nicht herum, ich erkundige mich nur, wer hier gewohnt hat, weil ich die Geschichte von diesem Haus erfahren möchte."

„Um Ausreden warst du noch nie verlegen."

„Hilfst du mir bei meinen Nachforschungen?"

„Natürlich, ich helfe dir immer, wenn du mich darum bittest. Ich wollte nur zum Ausdruck bringen, dass mir nicht wohl bei der Sache ist, wenn du Informationen vor der Polizei zurückhältst."

„Jetzt hab Dich nicht so", entgegnete Uli.

„Ich hab mich eigentlich nur darauf gefreut, Dich wiederzusehen und mit dir einen ruhigen Abend zu verbringen. Jetzt ist mal wieder Land unter. Ich frage mich wirklich, warum du immer Stress brauchst?"

„Jetzt übertreibst du aber. Hans ist auch nicht direkt in die Luft gegangen, als ich ihm von der Sache erzählt habe."

„Ja klar, Hans. Der hält doch immer zu dir und deinen verrückten Ideen."

„Was ist denn plötzlich mit dir los? Bist du jetzt eifersüchtig?"

„Ich wollte nur eine kleine Kritik üben und jetzt streiten wir uns schon, dabei bin ich noch keine Stunde in Deutschland. Wollten wir nicht eigentlich zusammenziehen?"

Obwohl sie wusste, dass Richard eigentlich nur enttäuscht war, dass sie Hans und nicht ihn ins Vertrauen gezogen hatte, sagte sie: „Du kannst dir das ja nochmal überlegen, wenn ich zu stressig bin, weil besser wird es nicht."

„Doch wird es, schließlich findet man nicht jeden Tag menschliche Knochen."

„Und die hab ich nur gefunden, weil ich für dich ein Arbeitszimmer fertig haben wollte, um dich zu überraschen", versuchte Uli die Situation zu retten.

„Lass uns den Ärger vergessen. Ich halte halt nix vom Detektivspielen, aber ich rede dir nicht mehr rein, OK?"

Richard hatte ebenfalls keine Lust auf Streit.

„OK, aber noch lieber wäre es mir, wenn du mich unterstützt."

„Hast du eigentlich schon gemerkt, dass seit dem ich wieder da bin, du mich noch nicht einmal gefragt hast, was ich während der ganzen Zeit in Griechenland erlebt oder gemacht habe. Stattdessen erzählst du die ganze Zeit, was bei dir los war."

„Entschuldigung, ich bin wahrscheinlich im Moment zu sehr mit dieser Geschichte beschäftigt, dass ich alles andere vergessen habe."

„Scheint so."

„Du fühlst Dich also vernachlässigt."

„So ist es."

„Entschuldigung. Erzähl mir von Griechenland."

„Jetzt hab ich auch keine Lust mehr".

„Na toll."

„Mann, jetzt geht das schon wieder los. Lass uns später reden. Ich möchte jetzt nur noch unter die Dusche."

„In Ordnung", Ulis gute Laune war wie weggeblasen. So hatte sie sich das Wiedersehen mit Richard nicht vorgestellt.

Richard stand unter der Dusche und Uli versuchte einen Tisch im „Goldfisch" zu bekommen. Sie hatte Glück. Als beide später zusammen im Restaurant saßen und das Essen auf dem Tisch stand, grinste Richard sie entspannt an.

Der Goldfisch war ein griechisches Restaurant. Von außen war dies nur sehr schwer zu erkennen. Es wirkte wie eine ganz gewöhnliche Kölner Eckkneipe, was es auch einmal war. Das Haus, in dem sich der Goldfisch befand, war denkmalgeschützt und als Gast konnte man die herrliche Stuckdecke bewundern. Die Inneneinrichtung war aus dunklem Holz, welches eine gemütliche Atmosphäre verbreitete und den Gast nicht erdrückte. Diese Ausstattung wurde von Bleigläsern abgerundet. Vom charmanten, freundlichen Service konnte man immer allerhand über die Gerichte und vor allem über die Herkunft der Zutaten erfahren.

„Jetzt geht es mir wieder gut, ich hatte wirklich Hunger", sagte Richard und schaute gierig auf seine mit Kalbsgulasch gefüllten Auberginen.

„Das habe ich gemerkt. Wenn du Hunger hast, bist du wirklich ein Ekel." Uli hatte sich in Weinblätter gewickelte Sardinen vom Grill bestellt.

„Ja, ich weiß, aber wenn der Moment gekommen ist, dann weiß ich es halt nicht", entgegnete er zufrieden.

Die Vorspeise, ein in Sesam panierter Schafskäse in Honigmarinade für Richard und Zucchiniröllchen mit roter und grüner Pestofüllung für Uli, hatten beide schon aufgegessen.

„Jetzt erzähl mal, was ist denn sonst noch alles passiert?", fragte Richard mit vollem Mund.

„Na, das mit den Knochen weißt du ja. Trudis Mann hat 'ne Geliebte, also besser er hatte eine, und Trudi hat ihn rausgeschmissen."

„Was, das hätte ich nie gedacht. Klaus wirkte auf mich immer total in Trudi verliebt, außerdem ist er doch so ein seriöser und solider Typ. Was ist denn passiert?"

„Das weiß ich auch nicht so genau. Trudi übrigens auch nicht. Er hatte eine Affäre, die über zwei Jahre ging."

„Was? Und wir alle haben nichts davon mitbekommen?"

„Trudi hat es auch nicht mitbekommen. Sie ist aus allen Wolken gefallen."

„Das sind ja Neuigkeiten. Ich hoffe, sonst ist nichts passiert?"

„Nee, aber das reicht ja auch. Jetzt erzähl mir mal etwas von Griechenland."

„Ja, das Verhältnis Arbeit zu Urlaub hat sich verschoben."

„Wie meinst du das?"

„Alles Mögliche ist schief gegangen, ich konnte nicht arbeiten, weil nix funktioniert hat. Nachdem wir in Iraklio gelandet waren, haben wir uns zunächst mit Nikolaos von der Uni Kreta getroffen. Er wollte die Genehmigungen für unsere Messungen vor unserer Ankunft in Knossos, besorgen. Das hat aber nicht geklappt. Die archäologische Präfektur hat wohl rausbekommen, dass wir ihre Theorie, dass der Palast durch ein Erdbeben zerstört wurde, kritisch sehen."

„Von welchem Palast redest du?"

„Der prächtige Palast von Knossos wurde circa 2000 Jahre vor Christus gebaut. Ungefähr dreihundert Jahre später soll er dann von einem Erdbeben zerstört worden sein. Der ursprüngliche Archäologe Sir Arthur Evans hat allerdings schon relativ früh angefangen, den Palast mit Hilfe von Beton zu rekonstruieren. Dabei sind jede Menge der originalen Befunde verlogen gegangen. Man kann eigentlich nicht mehr viel über den Grund der Zerstörung herausfinden. Wir wollten die noch zugänglichen Schäden mit einem 3D-Laser-Scanner vermessen und überprüfen, ob die Erdbebentheorie überhaupt in Frage kommt."

„Habt ihr etwas herausfinden können?"

„Nach zwei Wochen konnten wir endlich die Daten aufnehmen, aber die sind natürlich noch nicht ausgewertet."

„Glaubst du an ein Erdbeben?"

„Schwer zu sagen. Die Schäden, die man noch findet, sehen für mich nicht nach einem Erdbeben aus."

„Konntest du deine Freizeit denn nutzen?"

„Über Biermangel konnte man sich auf Kreta wahrlich nicht beschweren. Vor den Bars hingen sogar Tafeln mit der aktuellen Biertemperatur."

Uli sah ihn sprachlos an und wusste nicht, ob sie gerade auf den Arm genommen wurde.

Richard, der ihren skeptischen Blick bemerkte, lachte und sagte: „Du hast richtig gehört, genau so war es. Ein echtes Geologenparadies."

Beide lachten.

Als beide mit ihrem Hauptgang fertig waren, teilten sie sich noch eine große Portion griechischen Joghurt mit Nüssen und Honig.

***

Der Rest der Woche verlief ruhig. Uli arbeitete ohne Trudi, machte sich allerdings immer wieder Gedanken um sie. Herr Fröhlich war ausnahmsweise zurückhaltend und stellte keine Fragen betreffend ihrer Kollegin, als hätte er gemerkt, dass seine Neugier fehl am Platz war. So viel

Feingefühl hatte sie ihm gar nicht zugetraut.

Montag, 16. Juli

Trudi war wieder im Büro. Sie sah schlecht aus und hatte stark abgenommen. Herr Fröhlich hatte sich dezent zurückgezogen und Trudi schüttete Uli ihr Herz aus.

„Ich hab mit ihm gesprochen. Auf neutralem Boden. Wir sind in die Eifel gefahren und dort spazieren gegangen. Die Fahrt dorthin war schrecklich. Wir hätten nicht zusammen fahren dürfen. Wir hätten uns dort treffen sollen. Jetzt ist es aber auch egal. Ich habe ihn direkt damit konfrontiert, dass ich Bescheid weiß und dass ich weiß, dass es diese Frau schon länger in seinem Leben gibt. Er hat zuerst zu allem geschwiegen. Er hat ewig nichts gesagt. Dann irgendwann hat er gesprochen. Ja, es stimmt, es gäbe eine andere. Er kennt diese Frau schon ganz lange. Bevor er mich kennengelernt hat, kannte er diese Frau schon. Aber er hatte nichts mit ihr, obwohl sie irgendwie immer in seinem Kopf rumgespukt ist. Lange hatte er überhaupt keinen Kontakt zu ihr, ungefähr fünf Jahre und dann plötzlich hat sie einen Job in seiner Firma gehabt. Sie hatte gar nicht gewusst, dass er dort arbeitete und irgendwann sind sie sich über den Weg gelaufen. Es hat ihn total umgehauen, sie jeden Tag zu sehen und irgendwann ist eine Liebesgeschichte daraus entstanden. Er war total besessen von ihr, aber er habe nie daran gedacht, mich zu verlassen, er würde mich lieben, auch jetzt noch. Das eine hätte mit dem anderen nichts zu tun. Er habe unsere Ehe nie in Frage gestellt, und uns auch nicht miteinander verglichen. Ich habe ihn gefragt, was das mit dem Brief soll, wenn er mich nicht verlassen will, wie kann er dann wollen, dass sie zu ihm zurückkommt. Er sagte, er habe den Brief mehr für sich geschrieben, er habe nie die Absicht gehabt, ihn ihr zu geben. Er sagte, dass diese andere Frau ihm immer wichtig war und dass er immer noch an sie denkt. Er hat versucht sie aufzugeben, aber er hat es nicht geschafft. Wenn Schluss war, dann hat er es nie lange ausgehalten und hat wieder den Kontakt zu ihr gesucht. Weißt du, ich glaube, dass er diese andere Frau nie vergessen wird. Sie wird immer in seinem Kopf sein und deshalb wird sie auch immer zwischen uns stehen. Das kann ich einfach nicht. Ich kann gar nicht mehr denken. Ich bin nur noch müde und ich weiß einfach nicht mehr weiter. Er war immer mein Fels in der Brandung, aber die Betonung liegt leider auf war."

„Ach Trudi, ich kann dir gar nicht sagen, wie Leid mir das alles tut."

„Ich versuche jetzt, mich so gut es geht abzulenken."

„Ja, das ist gut. Wie war es denn bei deiner Schwester?"

„Sehr gut. Ihr Mann ist wirklich eine Katastrophe. Bevor ich mit so einem zusammen bin, bin ich lieber alleine."

„Was sagt denn deine Schwester?"

„Nicht viel. Sie war geschockt. Nie im Leben hätte sie mit so etwas gerechnet hätte. Aber lass uns von etwas anderem reden. Was gibt es denn bei dir Neues?"

„Nicht viel. Richard ist wieder da."

„Hast du nicht die Patowskis getroffen?"

„Ja, hab ich. Aber viel ist nicht dabei herum gekommen. Herr Patowski ist nicht besonders redselig. Aber ich treffe am Wochenende Frau Patowski. Mal sehen was sie so erzählt, aber wahrscheinlich erfahre ich nicht viel. Ich stecke in einer Sackgasse."

„Der einsilbige Pole. Kam er dir unheimlich vor?"

„Eigentlich nicht, vielleicht etwas brummig, aber unheimlich ist er nicht."

„Mir kommt da gerade eine Idee. Du hast den Deutschen vernachlässig, den Poch. Über ihn wissen wir nur, dass er religiös und unbeliebt war."

„Ja, und das er mittlerweile tot ist."

„Und seine Frau auch."

„Hans kannte ihn, ich werde ihn mal interviewen, was er so weiß, falls ich ihn in die Finger bekomme."

„Wie meinst du das?"

„In letzter Zeit ist er dauernd unterwegs."

„Was treibt er denn?"

„Tja, das wüsste ich auch mal gern, keine Ahnung. Ich habe den Eindruck, dass er mir etwas verheimlicht."

***

An diesem Abend traf Uli Hans zu Hause an und lud ihn ein, sie und Richard zu besuchen. Alle drei saßen zusammen im Garten, aßen Tapas und tranken dazu Rotwein. Felix war im Bett und so waren die Drei ungestört.

„Erzähl mir mal etwas über Herrn Poch."

„Was soll ich dir da sagen? Er war ein Stinkstiefel."

„Ja, das hast du schon gesagt, du bist ja auch einer," grinste Uli, „aber erzähl doch mal ein paar Geschichten."

„Ich dachte, du hast in als Verdächtigen ausgeschlossen", antworte Hans trocken.

„Hatte ich auch, aber irgendwie finde ich, ich sollte doch etwas mehr über ihn wissen."

„Na ja, er war halt einfach unheimlich anstrengend. Die Kinder waren ihm zu laut und vor allem zu undiszipliniert. Wenn gegrillt wurde, hat er sich über den Qualm beschwert. Hat einer eine Fete gemacht, hat er die Polizei gerufen. Jeder musste die Mittagsruhe einhalten, und wehe wenn nicht. Für Argumente war er unzugänglich. Ich glaube, er litt unter irgendeinem Kontrollzwang. Als er noch arbeitete, konnte er nicht die ganze Zeit der gesamten Nachbarschaft hinterherschnüffeln, aber als er Rentner wurde, nahm sein Verhalten zwanghafte Züge an. Ich glaube, heutzutage würde man ihn wegen Stalking verklagen."

„Hat er denn seine Nachbarn beobachtet, also ich meine hat er sie ausspioniert?"

„Ja", lachte Hans.

„Ich erzähl dir mal eine Geschichte. Im Nachbarhaus wohnte ein junges Ehepaar mit einem Säugling und die Mutter war oft im Garten. Irgendwann bemerkte sie, dass ihr Nachbar sie beobachtete. Am Anfang dachte sie sich nicht viel dabei, aber als es immer schlimmer wurde, ließ sie die Hecke, die die beiden Gärten trennte hoch- und vor allem breit wachsen. Das passte Herrn Poch überhaupt nicht und er bestand darauf, dass die Hecke gekürzt werden müsse."

„Und wie ist es ausgegangen?"

„Die jungen Leute kürzten die Hecke und bauten einen zwei Meter hohen Bretterzaun davor. Die Hecke entfernen und an deren Stelle einen Zaun aufstellen, konnten sie nämlich nicht. Irgendwann in grauer Vorzeit war die Hecke von beiden Parteien gepflanzt und bezahlt worden war. Deshalb gehörte sie zur Hälfte Herrn Poch und der wollte die Hecke natürlich auf jeden Fall behalten."

„Das sah bestimmt hässlich aus, so ein Bretterzaun im Garten."

„Wahrscheinlich, und genutzt hat es auch nicht wirklich, weil sich die Nachbarin von Herrn Poch immer dachte, der hätte irgendwo ein Loch reingebohrt. Deshalb hat sie vor den Bretterzaun eine Wildrosenhecke wachsen lassen."

„War denn dann überhaupt noch etwas von dem Garten übrig?"

„Keine Ahnung, ich denke nicht viel."

„Vielleicht war aber auch die Nachbarin paranoid."

„Nein, ganz bestimmt nicht."

„Es gibt wirklich merkwürdige Leute. Wie hat Frau Poch das denn mit ihrem Mann ausgehalten?"

„Das haben sich hier alle gefragt, aber sie hat des Rätsels Lösung wohl mit ins Grab genommen."

„Glaubst du, er könnte etwas mit den Knochen zu tun haben."

„Nee, dafür war er zu religiös. Knochen in einem Keller

verstecken und nicht in geweihter Erde vergraben, das hätte er nicht gemacht."

„Auch nicht von einem in seinen Augen Ungläubigen? Da bist du dir sicher?"

„Ich denke schon. Außerdem war er nicht mit Familie Stein befreundet. Ich glaube, sie waren froh, als er ausgezogen war. Er war während des Umbaus auf keinen Fall anwesend."

„Du bist dir also sicher, dass er nicht noch einmal in deren Haus war, nachdem er ausgezogen war?"

„Absolut."

„Wenn man euch beide so reden hört", mischte sich Richard ein und lachte, „könnte man denken, man ist in einer von diesen komischen Krimiserien gelandet. CSI Bickendorf, nur dass Uli leider, langsam aber sicher, die Verdächtigen ausgehen."

Sonntag, 22. Juli

Frau Patowski saß mit Uli am Küchentisch und entschuldigte sich gerade über das Verhalten ihres Ehemannes. „Wissen Sie, er meint es nicht böse. So ist er eben, etwas brummig. Ich glaube, daran ist der Krieg Schuld. Als ich ihn kennengelernt habe, war er auch schon so. Ich glaube, die meisten Leute fanden ihn merkwürdig. Ich will nicht sagen, dass er ein Kriegstrauma erlitten hat, aber ich glaube schon, dass sich die Geschehnisse auf sein Wesen ausgewirkt haben. Die Zeit hat ihre Spuren hinterlassen und ihn sehr verändert. Ich habe ihn nur so kennengelernt, aber sein Bruder hat mir einmal erzählt, dass er als Junge sehr fröhlich und allem Neuen offen gegenüberstand. Das kann man sich heute gar nicht mehr vorstellen und eins kann ich Ihnen sagen, mit dem Alter werden die Macken nicht kleiner."

Uli lachte und sagte: „Ja, das befürchte ich auch. Mir hat einmal eine gute Freundin gesagt, wenn du jemanden kennenlernst und bei den ersten Verabredungen stören dich bereits Dinge, dann lass es, weil, besser wird es nicht."

„Genauso ist es. Sie haben es erkannt. Aber ich wollte Ihnen ja etwas über die Geschichte meines Mannes erzählen. Also, der Hof war nach dem Krieg stark zerstört und das Vieh wurde beschlagnahmt. Mein Mann blieb vorerst dort und half, den Bauernhof wieder aufzubauen. Allerdings haben sie nicht mehr alles aufgebaut. Einige Stallungen waren verloren, andere zwar nur beschädigt, aber da kein Vieh mehr da war, lohnte es sich nicht, alles wieder aufzubauen. Auf jeden Fall blieb er dort länger als er geplant hatte. Am Anfang hielt sich der Betrieb mit dem Anbau von Gemüse über Wasser. Sie schafften es letztendlich wieder, einen kleinen Betrieb mit wenig Vieh und Ackerbau zu betreiben. Die Küchs haben meinen Mann die ganze Zeit weiterbeschäftig. Sie hatten eine

Tochter, die allerdings während der Kriegsjahre verstarb und so wurde mein Mann ihr Ersatzkind. Und wie das mit Kindern so ist, irgendwann wollen sie selbständig sein. So war das bei meinem Mann natürlich auch. Er zog mit vierundzwanzig Jahren hier in den Holunderweg, arbeitete aber weiter auf dem Bauernhof Küch. Er hätte nicht ausziehen müssen, aber er wollte nicht mehr unter der Aufsicht der Küchs sein. Nicht, das sie ihn schlecht behandelt hätten, aber er wollte sich ein eigenes Leben aufbauen. Bis zu diesem Zeitpunkt war er ja irgendwie immer fremdbestimmt gewesen. Das ist wahrscheinlich auch der Grund, warum er sich erst so spät hat binden können. Er wohnte neun Jahre hier im Holunderweg und dann heiratete er mich und wir zogen zusammen. Wir hatten eine lange Verlobungszeit, das war sehr ungewöhnlich für die damalige Zeit, normalerweise verlobte man sich und dann heiratete man auch ziemlich bald. Wenn man länger als ein Jahr verlobt war, dann wurde man bereits schief angesehen. Wir waren vier Jahre verlobt und wenn ich nicht darauf bestanden hätte, dass sich etwas ändert, wären wir wahrscheinlich heute noch verlobt. Aber ich schweife wieder ab. Auf jeden Fall wurde er hier im Holunderweg von den Eheleuten Stein als erwachsener Mann angesehen. Ich meine, bei den Eheleuten Küch auch, aber da hat er sich selber irgendwie immer als Kind gefühlt. Hier konnte er richtig erwachsen sein, ich denke Sie wissen, wie ich das meine."

Uli nickte und überlegte, wie sie das Gespräch auf ihr Haus und vielleicht noch einmal auf den Keller lenken konnte. Sie hatte wenig Hoffnung, dass sie noch etwas Brauchbares erfahren würde. Sie fand die Geschichten von Frau Patowski sehr interessant, glaubte aber mittlerweile nicht mehr, dass Frau Patowski sie, in irgendeiner Weise in der Sache mit den Knochen in ihrem Keller weiterbringen würden. Trudi hatte schon Recht, der Umbau hatte erst nach dem Auszug von Herr Patowski stattgefunden. Frau Patowski würde ihr keine Informationen geben können.

„Ich habe die Eheleute Stein auch kennengelernt", unterbrach Frau Patowski ihre Gedanken. „Als ich Jan kennenlernte, da hat er mich ihnen vorgestellt. Ich fand sie sehr freundlich, vor allem Frau Stein kümmerte sich rührend um alles. Ich wurde auch aus Polen deportiert und arbeitete als Haushaltshilfe in einer Familie. Sie waren nett zu mir, aber ich war sehr scheu und zurückhaltend und so haben wir keine wirkliche Beziehung miteinander aufbauen können. Dies lag unter anderem auch daran, dass ich das Schicksal eines anderen Mädchens aus Russland miterlebt habe, was mich traumatisiert hat. Dieses russische Mädchen hatte sehr starkes Heimweh und irgendwie gab ich der Familie, für die wir arbeiteten, die Schuld daran. Das war natürlich ungerecht, aber irgendjemandem musste ich die Schuld geben. Eines Tages war klar, dass sie schwanger war. Dies war eine Katastrophe. Osteuropäischen Frauen wurde das Kind normalerweise nach der Geburt weggenommen. Sie kamen dann in eine Ausländerkinderpflegeanstalt. Diese Einrichtung war dazu da, die Säuglinge sterben zu lassen. Dies war natürlich nicht offiziell bekannt aber durch Mund-zu-Mund-Propaganda wussten wir davon. Eigentlich kam für die Kleine eine Abtreibung nicht in Frage. Der Vater des Kindes war ein russischer Soldat, der zur Wehrmacht übergelaufen war und der leider mit dem Kind nichts zu tun haben wollte. Das arme Ding war völlig am Ende und entschloss sich letztendlich doch zur Abtreibung. Körperlich hat sie sich sehr schnell erholt, aber seelisch hat sie es kaum verkraftet. An all dem Unglück, obwohl es mir gar nicht widerfahren war, gab ich der Familie die Schuld, für die ich arbeitete. Ich zog mich in mein Inneres zurück. Jan lernte ich erst nach dem Krieg kennen. Auch ich war in Köln geblieben, da es für mich in Polen keine Perspektiven gab. Bei ihm überwand ich meine Scheu und öffnete mich zum ersten Mal. Wir lernten uns 1955 ganz unspektakulär auf der Straße kennen. Es fing sehr stark an zu regnen und ich stellte mich schützend in einen Hauseingang. Dort stand bereits Jan, den ich nicht gesehen hatte. Sonst hätte ich mir einen anderen Platz gesucht. Das war der Anfang unserer Beziehung. Er hat mich sehr schnell der Familie Stein und den Eheleuten Küch vorgestellt. Zu beiden Familien hatte oder besser hat er ein sehr besonderes Verhältnis. Sie haben ja gesehen, er pflegt sogar zu dem Sohn der Familie Stein einen freundschaftlichen Kontakt. Zu den Eheleuten Küch hatte er ein Verhältnis so wie es Kinder zu ihren Eltern haben und zu der Familie Stein ein Verhältnis auf Augenhöhe."

Uli horchte auf, war es möglich, dass Herr Patowski nach seinem Auszug noch Zugang zum Haus hatte?

„Wissen Sie vielleicht, wann der Keller umgebaut wurde? Also ich meine, vielleicht hat ihr Mann ja bei dem Umbau geholfen?", wechselte Uli etwas schroff das Thema.

„Ja, das hat er. Es war nachdem der letzte Gastarbeiter ausgezogen war. Ich weiß allerdings nicht wer das war. Danach hat die Familie Stein das Zimmer auch nicht mehr vermietet. Ich kann mich nicht mehr erinnern, in welchem Jahr das war, aber ich glaube es war bevor meine erste Tochter geboren wurde. Also muss es vor 1971 gewesen sein, aber das weiß ich nicht sicher."

„Das macht nichts", beeilte Uli sich, zu sagen. „Ich habe noch eine Frage, wie konnte die Familie Stein den Keller umbauen, obwohl ihr das Haus nicht gehörte? Ich meine, sie haben es erst 1979 gekauft."

„Das war damals kein Problem. Viele haben ihre Häuser umgebaut, obwohl sie zur Miete wohnten. Die Genossenschaft hatte nichts dagegen."

Ulis Gedanken wirbelten durcheinander. Konnte es sein, dass Herr Patowski womöglich die Beweise für ein Verbrechen verschwinden lassen wollte und die Familie

Stein überhaupt keine Ahnung hatte, was all die Jahre in ihrem Keller verborgen lag?

Montag, 23. Juli

Montagmorgen kam Uli gut gelaunt ins Büro, wo Trudi deprimiert hinter ihrem Monitor saß.

„Ich habe angefangen, alles wegzuschmeißen, was mich an unsere gemeinsame Zeit erinnert", fing sie an. „Es ist schon blöd in der gemeinsamen Wohnung zu bleiben, in der man dauernd an alles erinnert wird. Ich glaube ich werde alles streichen, umräumen, mir ein neues Bett kaufen. Irgendwie neu anfangen. Außerdem lenkt es ab. Weißt du, sie ist gegangen, nicht er hat sie wegen mir verlassen. Nein, er ist geblieben, und hätte sie wahrscheinlich nie verlassen. Sie hat ihm die Entscheidung abgenommen. Er hat alles nur geschehen lassen und keine klare Stellung bezogen, und jetzt ist alles zerstört. Ich putze, dann heule ich wieder, dann räume ich um, dann fange ich wieder an zu heulen. Eigentlich heule ich dauernd und ich bin hundemüde, kann aber nur maximal zwei Stunden zusammenhängend schlafen. Fakt ist, das die andere Frau gegangen ist, das ist das Schlimmste, nicht er. Sie! Sie hat das ewige Hin und Her nicht mehr ausgehalten. Klaus sagt, es ist vorbei und er wird es schaffen, sie zu vergessen. Das glaube ich aber nicht. Ich fand unsere Ehe perfekt. Er nicht. Für ihn muss es Defizite gegeben haben, sonst hätte er sich doch nie so sehr in eine andere Frau verlieben können. Ich bin total verletzt und ich muss dauernd an die andere denken und wenn ich endlich schlafe, dann träume ich von ihr. Sie muss ihm irgendetwas gegeben haben, was ich ihm nicht geben konnte. Ich komme mir so unvollkommen vor. Dabei kenne ich sie doch gar nicht. Vielleicht sollte ich sie einfach kennenlernen. Was meinst du?"

„Wenn du sie kennenlernst, glorifizierst du sie auch nicht mehr. Sie wird nämlich 'ne ganz normale Frau sein, genauso unvollkommen wie wir alle."

„Aber irgendetwas muss sie an sich haben, was Klaus

absolut faszinierend fand."

„Ist doch egal. Es ist sowieso schwer zu begreifen, warum zwei Personen sich plötzlich total faszinierend finden. Ich meine, das kann man mit dem Verstand nicht erklären, sonst würden sich eine Frau und ein Mann doch niemals freiwillig zusammentun."

„Im Moment drehe ich mich sowieso im Kreis, erzähl mir lieber mal, was du so rausgefunden hast."

„Ich habe Frau Patowski getroffen und sie hat mir erzählt, dass ihr Mann während der Umbauarbeiten im Keller geholfen hat."

„Nein, das gibt's doch nicht."

„Ich hab es erst auch nicht glauben können. Eigentlich hatte ich mir von dem Gespräch mit Frau Patowski auch gar nicht viel erhofft."

„Also haben wir jetzt drei Verdächtige, die beiden alten Steins und Herr Patowski. Als mögliches Opfer können wir den Italiener oder eine ganz andere Person in Betracht ziehen."

„Ja, so sehe ich das auch."

„Hat sich Pedro gemeldet?"

„Nö, noch nicht."

„OK, dann rufen wir ihn nachher in der Mittagspause an", sagte Trudi, die entschlossen war irgendetwas zu tun.

Doch dazu kam es nicht, kurz vor zwölf Uhr rief Pedro Uli auf ihrem Handy an.

„Hi, hier ist Pedro."

„Nett von dir zu hören."

„Wenn du noch willst, kannst du meine Oma besuchen."

„Und ob ich noch will, wann denn?"

„Jetzt gleich."

„Ich arbeite, ich kann hier nicht einfach weg."

„Dann nicht, später kommt mein Alter wieder und der will das nicht, und wenn er davon Wind kriegt, überlegt es sich meine Oma ganz schnell wieder anders."

„Und deine Mutter?"

„Die ist auch nicht da, deshalb ist der Zeitpunkt ja auch so günstig. Keine Ahnung, wann nochmal so eine Gelegenheit kommt."

„OK, gib mir ein paar Minuten. Ich versuche mir einen halben Tag frei zu nehmen. Ich ruf Dich dann zurück."

„Ist nicht nötig, ich merk ja, wenn du nicht kommst", sagte er und legte auf.

„Sag mal", fragte Uli. „Hast du unseren Chef schon gesehen?"

„Nee, wieso?"

„Ich wollte wissen, wie seine Laune ist. Das war Pedro eben, ich kann mit seiner Oma sprechen, aber nur jetzt und heute. Ihr Sohn hat etwas dagegen und ist im Moment nicht da. Meinst du, er gibt mir spontan einen Nachmittag frei?"

„Ja, gibt er. Sag ihm, ich übernehme deine Vertretung, wir hätten das bereits geklärt."

„Das hätte ich sowieso getan", grinste Uli und wollte gerade zur Tür raus. Beinahe wäre sie mit Herrn Fröhlich zusammengestoßen. Er wollte gerade in ihr Büro.

„Na wo wollen Sie denn so plötzlich hin?", fragte er.

„Zu Ihnen und wo Sie schon mal da sind, kann ich Sie auch direkt hier fragen."

„Um was geht es denn?"

„Ich brauche einen halben Tag Urlaub."

„So plötzlich?"

„Äh, ja, die Polizei hat noch ein paar Fragen und da wollte ich sie nicht warten lassen. Nach Feierabend ist es auch immer etwas kompliziert, weil mein Sohn dann da ist", log Uli und wunderte sich, dass sie gar nicht rot wurde.

„Verstehe, dafür brauchen Sie keinen halben Tag Urlaub zu nehmen. Sie können ja nichts dafür. Gehen Sie ruhig. Ich bin sicher, dass Frau Wiedemann Sie gerne vertritt und im Moment ist ja auch nicht viel los."

Trudi beeilte sich zu sagen: „Ja klar, dass ist gar kein Problem", und schon war Uli unterwegs nach Bergheim.

Sie parkte direkt neben den Müllcontainern. Müll und Unrat lagen daneben. Es sah so aus, als wenn jemand umgezogen wäre und die Reste hier gestapelt hatte. Komisch, dachte Uli, das war ihr bei ihrem ersten Besuch gar nicht aufgefallen. Vielleicht lag bei ihrem ersten Besuch aber auch nicht so viel Müll herum. Sie fand den Eingang und wartete auf Pedro. Währenddessen sah sie sich die kaputten unvollständigen Klingelschilder an und stellte erneut fest, dass es kein Namensschild von Di Lauro gab. Das ganze Haus sah von außen sehr abschreckend aus. Die Briefkästen waren zum größten Teil kaputt und teilweise aufgebrochen. Auch das hatte sie beim letzten Besuch nicht bemerkt. Wahrscheinlich war sie zu sehr damit beschäftigt gewesen, ihre Nervosität vor den Jugendlichen in den Griff zu bekommen. Sie stellte fest, dass von außen nicht erkennbar war, welche Bewohner das Haus hatte. Mitten in ihre Gedanken platzte Pedro. Sie hatte ihn gar nicht kommen hören.

„Da bist du ja", begrüßte er sie.

„Hallo", erwiderte sie.

„Komm mit", forderte er sie zum Gehen auf und schloss die Tür auf. Uli folgte ihm in den dreckigen Flur. Von hier führt eine Treppe mit breiten Stufen nach oben. Pedro und Uli gingen in Richtung Treppe, ohne dabei miteinander zu sprechen. Auf dem Treppenansatz angekommen gingen sie durch eine Glastür, hinter der sich ein Gang nach links und rechts verzweigte. Hier war es im Gegensatz zum Eingangsbereich dunkel, weil die Lampen defekt waren. Pedro führt Uli um die Ecke, zu einem Aufzug. Der Aufzug wirkte auf sie nicht besonders vertrauenserweckend. Ein mulmiges Gefühl breitete sich in ihrem Magen aus. Als sich die Türen schlossen konnte sie nur noch flach atmen, so sehr stank es. Den Geruch konnte sie nicht identifizieren. Sie wollte seine Herkunft aber auch gar nicht genau wissen. Sie sah, dass irgendjemand im Aufzug die Knöpfe für die einzelnen Etagen mit einem Feuerzeug bearbeitet hatte. Überhaupt sah der ganze Aufzug aus, als hätte ihn jemand mit seinen Fäusten malträtiert. Hoffentlich bleibt er nicht stecken, dachte Uli, während sie versuchte, den Gestank so wenig wie möglich zu beachten. Als der Aufzug endlich hielt, kam es ihr vor, als wäre sie eine Ewigkeit unterwegs gewesen. Sie glaubte, dass sie in den siebten Stock gefahren waren. Sicher war sie sich allerdings nicht. Hier im Flur waren die Lampen ebenfalls kaputt. Ein anderer Gestank, als der aus dem Aufzug stieg ihr in die Nase. Es war ein Gemisch aus Urin, Kot, Essen und Waschmittel. Die Wände waren dunkel und hätten dringend einen Anstrich gebraucht. Uli konnte nicht erkennen, welche Farbe sie ursprünglich hatten. Endlich erreichten sie die Türe, hinter der sich die Wohnung der Familie Di Lauro befand. Pedro schloss auf und Uli trat ein. Links von ihr befanden sich eine überfüllte Garderobe und ein direkt daneben liegendes Bad. Die Tür stand auf und Uli konnte erkennen, dass es sauber war. Direkt daneben befand sich eine weitere Tür, die verschlossen war. Rechts erkannte Uli eine sehr enge fensterlose Küche, in der weder Tisch noch Stühle passen würden. Geradeaus befand sich das Wohnzimmer, in das Pedro Uli führte. Vom Wohnzimmer aus ging ein weiteres Zimmer, vermutlich das Schlafzimmer, ab. Außerdem gab es noch einen kleinen Balkon, der allerdings nicht mehr betreten werden durfte. Uli konnte durch die Glastür ein Schild erkennen, auf dem stand, dass die baulichen Voraussetzungen für eine Benutzung nicht mehr gegeben waren.

Das Wohnzimmer der Familie Di Lauro bestand hauptsächlich aus einer riesengroßen weißen Ledercouch und einem riesengroßen Flachbildfernseher. Die Oma von

Pedro saß in der Mitte der Couch und wirkte sehr verloren. Sie war eine kleine Frau und hatte ihre grauen Haare zu einem strengen Dutt frisiert.

Pedro bat Uli in einem Sessel passend zu Couch Platz zu nehmen.

„Guten Tag", sagte Uli und reichte Frau Di Lauro die Hand, bevor sie sich setzte.

Sie fragte mit fester Stimme: „Sie glauben, mein Fabio ist tot?"

„Äh, nein, also vielleicht. Ich weiß nicht." Uli war durch diese direkte Frage verunsichert worden.

„Was soll das heißen?"

„Äh, in meinem Keller wurden Überreste eines Menschen gefunden und da Ihr Mann einmal in diesem Haus gewohnt hatte, dachte ich, es könnten vielleicht seine Überreste sein. Hatte er einen Goldzahn?"

„So, dachten Sie. Wissen Sie, ich habe mein Leben lang geglaubt, dass er mit irgend so einem Flittchen durchgebrannt ist. Nach allem was ich für ihn empfunden und durchgemacht habe. Wahrscheinlich war ich nicht gut genug, habe ich immer gedacht. Wissen Sie, er hatte wirklich einen Goldzahn im Unterkiefer. Fragen Sie mich aber nicht, welcher Zahn es war. Er ist es, ich bin sicher. Es ist mir lieber, er ist tot, als bei diesem Flittchen. Meine einzige wahre Liebe."

„Äh, bitte?", fragte Uli, die immer unsicherer wurde.

„Wie konnte ich nur so schlecht von ihm denken? Wissen Sie, ich habe ihn schon immer geliebt. Selbst als ich noch ein ganz kleines Mädchen war. Ich bin seine Cousine. Unsere Familien waren gegen die Beziehung, weil ich noch so jung war und er so alt und außerdem war ich ja seine Cousine", wiederholte sie. „Sie schickten ihn nach Deutschland, damit er dort arbeitete und ich ihn vergessen konnte und er mich natürlich auch. Ich habe ihn nie vergessen. Hier in Deutschland hatte er schlechten

Umgang. Er trieb sich mit anderen Frauen rum. Das gefiel unseren Familien natürlich, weil sie glaubten, er würde mich damit so sehr verletzen, dass ich mich von ihm abwenden würde. Geliebt hat er aber nur mich und ich ihn. Er ist auch heimlich nach Italien gekommen, und wir haben uns getroffen, ohne dass unsere Familien davon wussten. Beim letzten Mal, als er wir uns in Italien getroffen haben, bin ich schwanger geworden. Wissen Sie, ich habe nie wirklich geglaubt, dass er mich verlassen hat und jetzt sagen Sie mir, dass er tot ist. Er ist es, dass erklärt alles. Wahrscheinlich hat ihn dieses hinterhältige Stück umgebracht."

„Sie meinen, seine äh, seine Geliebte?"

„Ja, wer denn sonst! Als ich schwanger nach Deutschland kam, hat sie mit allen Mitteln versucht, ihn für sich zu gewinnen. Ohne Erfolg, wir waren füreinander bestimmt."

Uli war sprachlos, was für eine Geschichte und ihr tat die alte Frau leid, die um ihre verlorene Liebe trauerte, die sie nie aufgegeben hatte.

„So eine Schlampe!", polterte Pedro los.

„Warum hast du mir das nie erzählt. Ich schwöre dir, ich werde sie finden und dann, dann ...." Pedro kam ins Stottern.

„Dann werde ich deine Ehre wiederherstellen!"

Das nahm gerade eine Wendung an, die Uli erschreckte, deshalb versuchte sie zu vermitteln.

„Überlassen Sie das doch der Polizei."

„Was, du hast doch auch nichts der Polizei überlassen und bist selber hier. Ich überlasse gar nichts der Polizei, wenn sie sie finden, dann ist die Tat verjährt oder sonst was und sie wird nicht bestraft, das kennt man doch", regte Pedro sich auf.

„Mord verjährt nicht", erwiderte Uli ruhig und dachte, glaub ich auf jeden Fall.

„Wie heißt sie denn, also die Geliebte?"

„Anna!", spukte die alte Dame verbittert aus.

„Können Sie sich vielleicht an den Nachnamen erinnern?"

„Wie könnte ich den vergessen. Rudovsky, mit y am Ende."

„Hört sich Russisch an, ihr Enkel sagte mir, sie sei Polin gewesen."

„Das ist doch alles das Gleiche."

„Äh, eigentlich nicht so ganz", wandte Uli ein, aber keiner ging darauf ein.

„Hören Sie schon auf. Es ist auch egal. Ich danke Ihnen sehr, dass Sie mir mitgeteilt haben, was passiert ist. Jetzt kann ich glücklich sterben und im Tod werden wir wieder vereint sein."

Sehr theatralisch, dachte Uli, sagte aber nichts dazu.

„Wissen Sie, wo diese Anna gewohnt hat."

„In Bonn. Sie arbeitete als Haushaltshilfe bei irgendwelchen reichen Leuten."

„In Bonn", entfuhr es Uli. „Ich bin immer davon ausgegangen, dass alle Beteiligten in Köln gewohnt haben."

„Vielleicht hat sie auch in Köln gewohnt, gearbeitet hat sie auf jeden Fall in Bonn. Normalerweise war es so, dass die Haushaltshilfen ein Zimmer im Haus hatten, aber vielleicht war es bei ihr anders."

„Ich habe noch eine Frage und verstehen Sie mich bitte nicht falsch, warum ist ihr Mann eigentlich nicht direkt mit Ihnen zusammengezogen, als sie aus Italien hierherkamen?"

„Wie meinen Sie das?", die alte Frau sah Uli feindselig an.

„So wie Sie eben die Begebenheiten erzählt haben, hatte ich den Eindruck, dass Sie aus Italien hierhergekommen sind und alleine gewohnt haben. Herr Di Lauro hat doch zu diesem Zeitpunkt noch in Köln gewohnt, oder habe ich da etwas falsch verstanden?"

„Nein, das haben Sie ganz richtig verstanden. Wir haben

nie zusammengewohnt. Schuld ist dieses Flittchen. Sie hat alles versucht, ihn zu verunsichern und uns auseinander zu bringen und als es nicht funktioniert hat, hat sie ihn umgebracht. Deshalb konnte er nicht mit mir zusammenziehen, weil er tot war!"

„Haben Sie nie versucht mit ihr zu reden?"

„Doch natürlich, wo denken Sie hin? Tagelang habe ich vor Fabios Wohnung auf sie gewartet. ich war zu dieser Zeit hochschwanger. Einmal habe ich sie erwischt. Ich habe ihr alles an den Kopf geworfen, was ich zu sagen hatte. Sie war ganz ruhig, fast schon unheimlich und hat nur gemeint, diese Entscheidung müsste ich schon Fabio überlassen. Dann ist sie gegangen. Ich habe ihr einen Stein hinterher geworfen und sie beschimpft. Sie hat sich umgedreht und gesagt, wäre ich nicht schwanger, würde sie mich fertig machen und ist einfach weitergegangen. Sie hat mich einfach stehen gelassen. Fabio ist dann zu mir gekommen, hat mich getröstet und alles war wieder gut."

Merkwürdige Beziehung dachte Uli sagte aber wieder nichts.

„Wissen Sie was das Schlimmste ist?"

„Nein", sagte Uli ehrlich, sie konnte sich nicht vorstellen, wie man diese Geschichte noch steigern konnte.

„Er hat nie seinen Sohn kennengelernt! Die Frucht unserer Liebe", theatralisch sank sie auf die Knie und hob ihre Hände zur Decke.

Uli sah die alte Frau fassungslos an. Sie lebte in einer ganz anderen Welt, das war klar und langsam fing es an unheimlich zu werden.

Als sich Uli verabschiedet hatte und alleine im Flur stand, beschloss sie zu Fuß zu gehen und nicht den dreckigen und stinkenden Aufzug zu benutzen. Das Treppenhaus war schmutzig, aber der Gestank konnte sie nicht so sehr in ihrer Nase einnisten, wie im Aufzug. Sie ging an Dreck, Unrat und Urinflecken vorbei. Teilweise waren die Wände mit Kot beschmiert. Trotzdem war das Treppenhaus für Uli besser zu ertragen, als der stinkende und enge Aufzug. Das Treppenhaus war hell, weil durch die Fenster Licht einfallen konnte. Nachts ist es bestimmt anders, dachte Uli und ging vorsichtig weiter. Manchmal nahm der Gestank ab oder ging sogar ganz weg. Es wurde sauber und dann wieder schmutzig. Ein Spritzbesteck lag auf einer Stufe und auf einer anderen ein benutztes Kondom. Die Stufentritte waren teilweise an den Kanten abgebrochen. Bloß nicht stolpern und hinfallen, dachte Uli. Merkwürdig, niemand kommt mir entgegen. Die Leute benutzen tatsächlich lieber den Aufzug. Begleitet von Zigarettenstummeln und Essensresten und dem beißenden Geruch nach Urin, bahnte sich Uli ihren Weg nach unten. Als sie endlich das Haus verlassen konnte, atmete sie mehrmals heftig ein und wieder aus. Es macht wirklich keinen Spaß in so einer Gegend jemanden zu besuchen. Wie musste es da erst sein, hier zu wohnen?

Abends wollte sie mit Richard zu Hans, um sich mit ihm zu besprechen, aber er war nicht da. Komisch dachte sie, irgendetwas verheimlicht er, normalerweise erzählt er doch immer was er vorhat.

„Tja, dann musst du wohl mit mir vorlieb nehmen", meinte Richard.

„Das mache ich doch gerne. Hast du eine Idee, wie man herausfinden kann, wo Anna Rudovsky heute wohnt?"

„Falls ihre Knochen nicht in irgendeinem Keller liegen."

„Sehr witzig."

„Könnte aber doch sein?"

„Ja, aber irgendwie glaube ich nicht, dass eine Geliebte einen Goldzahn hat. Außerdem gehe ich davon aus, dass die Knochen zu dem Italiener gehören."

„Tja, man stellt sich Geliebte immer so schön und zierlich und vor allem makellos vor. Da passt ein Goldzahn natürlich nicht rein. Wenn ich allerdings an Prinz Charles und seine Geliebte Camilla denke. Das musst du zugeben, da passt auch ein Goldzahn sehr gut ins Bild."

„Also gut, dann reihe ich sie in die Kategorie mögliches Opfer mit ein."

„Da bin ich aber froh, dass ich dir helfen konnte."

„Fall sie aber noch lebt, hast du eine Idee, wie ich sie finden kann?"

„Mmh, das wird schwierig. Weißt du, ob sie als Zwangsarbeiter nach Deutschland gekommen ist?"

„Nein."

„Weißt du irgendetwas darüber, wie sie nach Deutschland gekommen ist?"

„Nein, leider nicht."

„Wann ist der Italiener nach Deutschland gekommen?"

„1970."

„Und wie alt war er?"

„Keine Ahnung wie alt er war. Pedro meinte, dass er heute um die siebzig wäre. Seine Oma hat gesagt, dass er viel älter war, als sie." Uli überlegte, „dann muss er 1970, so um die dreißig gewesen sein."

„Ich schätze seine Unbekannte, war ähnlich alt. Das bedeutet, sie ist freiwillig nach Deutschland gekommen. Zu den Zeiten, in denen die Zwangsarbeiter hier waren, war sie vielleicht gerade erst geboren."

„Wieso gehen wir davon aus, dass sie jung war, sie kann doch auch älter gewesen sein?", gab Uli zu Bedenken.

„Quasi eine reife Frau, oder was meinst du?"

„Kann doch sein."

„Dann hätte das bestimmt seine ehemalige Frau erwähnt und sich mächtig über die alte Frau aufgeregt, die ihr den Mann ausspannen wollte. Meinst du nicht?"

„Doch, da hast du Recht. Also gehen wir davon aus, dass es sich um eine junge Frau gehandelt hat."

„Und wir gehen davon aus, dass sie noch irgendwo lebt

und der Italiener tot ist", vollendete Richard seine Überlegungen zur Geliebten.

„Da stimme ich zu. Allerdings halte ich es für absolut unwahrscheinlich, dass sie beim Umbau des Kellers geholfen hat, um dabei unauffällig die Knochen ihres ehemaligen Geliebten zu beseitigen."

„Ich denke, die Geliebte ist eine Sackgasse und hat mit dem Fall nicht wirklich etwas zu tun."

„Wir können aber trotzdem versuchen sie ausfindig zu machen."

„Ja, aber ich fürchte, dass das kaum zu schaffen ist. Wir wissen ja noch nicht einmal wo sie gearbeitet hat. Selbst wenn sie noch in der Nähe lebt, hat sie bestimmt geheiratet und lebt jetzt mit einem anderen Nachnamen", wandte Richard ein.

„Dann konzentriere ich mich weiter auf den Italiener als Opfer und auf den noch immer total unbekannten Täter."

Dienstag, 24. Juli

„Ich habe keine Ahnung, was ich machen soll!", erklärte Uli gerade.

„Für Dich steht also fest, dass der Italiener das Opfer ist", antwortete Trudi. „Aber was ist denn mit der Geliebten?"

„Mann Trudi! Was soll mit ihr sein? Die gab es halt. Aber ich denke, sie hat für den Fall keine Bedeutung."

„Kann sein, das sie für den Fall nicht wichtig ist, aber ansonsten hatte sie mit Sicherheit eine Bedeutung. Ich meine, wie wäre wohl das Leben von seiner Frau verlaufen, wenn es sie nicht gegeben hätte?"

„Ja, aber das hat doch nichts mit meinem Keller zu tun."

„Ich fände es nicht schlecht, wenn sie ihn umgebracht hätte."

„Kann es sein, dass du dich da gerade von deinen Gefühlen hinreißen lässt?"

„Na und." Trudi hatte schlechte Laune.

„Hast du noch etwas von Klaus gehört", wechselte Uli das Thema.

„Nein, wir treffen uns morgen."

„Aha, weshalb denn?"

„Ich habe noch Fragen an ihn."

„Aha, ich dachte ihr hättet euch schon ausgesprochen."

„Haben wir auch, ich habe aber trotzdem noch ein paar Fragen, die ich gerne klären möchte."

„Wie wäre es, wenn du erst mal ein bisschen Gras über die Sache wachsen lässt?"

„Du glaubst, ich brauche Abstand?"

„Ich weiß nicht, aber vielleicht wäre ein bisschen Abstand nicht schlecht."

„Erst willst du, dass ich mich mit ihm ausspreche, um alles besser verarbeiten zu können und jetzt findest du es besser, wenn ich Abstand halte. Kannst du dich mal entscheiden?"", fauchte Trudi.

„Jetzt sei nicht sauer. Ich weiß doch, dass du ihn vermisst. Wenn du ihn immer wieder siehst, dann kommst du aber nicht zur Ruhe."

„Ich komme so oder so nicht zur Ruhe. Morgen treffe ich ihn und damit basta, danach sehe ich weiter."

„Willst du, dass ihr wieder zusammenkommt?"

„Manchmal ja und manchmal nein. Ich weiß es nicht. Lass uns über etwas anderes reden. Was willst du jetzt machen?"

„Ach Trudi, Kopf und Gefühl, was für ein Mist."

„Stimmt, aber jetzt zu deinem Fall."

Trudi wollte sich nicht weiter mit ihrem Kummer befassen.

„Ich bin mir ganz sicher, dass der Umbau der Schlüssel zu diesem Fall ist. Wer war alles am Umbau beteiligt?"

„Der alte Stein, Herr Patowski und vielleicht auch die alte Frau Stein."

„Dann hoff doch einfach, dass die alte Frau Stein nichts damit zu tun hat und auch keine Ahnung hat, was passiert ist. Vielleicht kannst du etwas von ihr in Erfahrung bringen."

„Wie soll ich denn das machen?"

„Du musst sie besuchen."

„Trudi, sie wohnt in Spanien, schon vergessen?"

„Nein, natürlich nicht. Hier in Deutschland wirst du aber nichts mehr herausfinden können. Oder glaubst du, dass Herr Patowski dir irgendetwas erzählen wird?"

„Du meinst, dass der alte Stein und Herr Patowski die Knochen im Keller eingemauert haben?"

„Ich finde, das klingt ziemlich logisch."

„Mmh. Aber er hätte doch seinem Sohn etwas sagen müssen. Spätestens als dieser das Haus übernommen hat", wandte Uli ein.

„Vielleicht wollte er das ja immer und hat nur auf den

richtigen Zeitpunkt gewartet."

„Der natürlich nie gekommen ist und dann war es zu spät", schlussfolgerte Uli.

„Genau, bevor er mit der Wahrheit herausrücken konnte, ist er gestorben. Seine Frau hat nichts gesagt, weil sie nichts von der Sache gewusst hat."

„Aber Herr Patowski hat etwas gewusst. Er hätte doch bestimmt dem Sohn seines Freundes etwas gesagt."

„Vielleicht hat er auch auf den richtigen Zeitpunkt gewartet."

„Das sind aber viele verpasste richtige Zeitpunkte. Außerdem hätte er dann auch nicht zugelassen, dass seine Frau mich besucht."

„Oder aber, er hat auch nichts gewusst. Klingt doch plausibel."

„Er hat also nur beim Umbau geholfen ohne irgendeine Ahnung zu haben?"

„Vielleicht, vielleicht aber auch nicht."

Abends erzählte Uli alles Richard.

„Was willst du mir hier durch die Blume mitteilen?", fragte Richard.

„Nichts, wieso?"

„Du willst doch jetzt wohl nicht nach Spanien und diese Frau Stein suchen."

„Es ist erst einmal nur eine Idee."

„Nur eine Idee? Das glaubst du doch selber nicht!"

„Es sind noch Ferien. Es wäre doch schön, wenn wir alle zusammen in Urlaub fahren könnten. Natürlich nur, wenn du möchtest", versuchte Uli Richard zu schmeicheln.

„Natürlich nur wenn ich möchte?"

„Ja."

„Und du willst dann ganz zufällig in die Gegend, in der du Frau Stein vermutest?"

„Ja, ganz zufällig."

„Und ganz zufällig würdest du dann Frau Stein aufsuchen?"

„Ja, ganz zufällig."

„Und du hast nicht zufällig in Erwägung gezogen, die Polizei zu informieren?"

„Äh, nein."

„Das habe ich mir gedacht. Wenn ich dir sagen würde, dass ich diese Idee für total bescheuert halte, würde dich das von deinem Plan abbringen?"

„Ich glaube nicht."

„Aha, deine Entscheidung steht also schon fest?"

„Also ich würde gerne nach Spanien fahren, um all das zu machen, was du gesagt hast. Das stimmt schon. Aber ich würde das alles sehr gerne mit dir und Felix machen. Machst du mit?"

„Habe ich eine Wahl?"

„Du bist ein Schatz."

„Ich plane auch alles, du brauchst Dich, um nichts zu kümmern."

„Wer's glaubt. Ich denke, ich übernehme die Flüge, sonst müssen wir wohl über Moskau anreisen."

„Nein, wirklich! Ich mach das schon."

„Wenn Du meinst." Richard schmunzelte.

Mittwoch, 25. Juli

„Du hast Richard tatsächlich von deinem verrückten Plan überzeugt", fragte Trudi fassungslos.

„Ich glaube, er hatte sich schon so etwas gedacht. Ich musste ihn nur ein bisschen überreden. Außerdem war das dein verrückter Plan, schon vergessen? Jetzt muss ich nur noch unseren Chef davon überzeugen, dass ich dringend Urlaub brauche."

„Der wird dir Löcher in den Bauch fragen, was in dich gefahren ist."

„Ist doch egal, ich werde ihm einfach die Wahrheit sagen", und mit diesen Worten machte sich Uli auf den Weg in das Büro ihres Chefs.

„Hallo, Herr Fröhlich."

„Hallöchen, was führt Sie zu mir?"

„Ich hätte gerne Urlaub und zwar nächste und übernächste Woche."

„Aha, erst sagen Sie Ihren Urlaub ab, weil die Polizei in Ihrem Haus auf Spurensuche ist. Dann nimmt sich Frau Wiedemann spontan eine Woche Urlaub und kommt völlig fertig wieder zurück und jetzt wollen Sie Urlaub. Kann mir mal einer sagen, was in meinem Büro vor sich geht?"

„Ich suche jemanden."

„Aha, und das hat nicht zufällig etwas mit diesen Knochen zu tun?"

„Doch, hat es."

„Und dafür brauchen Sie zwei Wochen Urlaub?"

„Genau."

„Sie wollen nicht zufällig nach Spanien."

„Doch, Sie kombinieren gut."

„Danke, ich weiß. Deswegen bin ich ja auch der Chef", und bevor Uli etwas erwidern konnte, fragte er: „Was sagt denn Ihr Freund dazu?"

„Er ist begeistert, will es aber nicht zugeben."

„Das glaube ich nicht. Ich denke eher, er hatte keine Chance Ihnen diese Idee auszureden."

„Ja, so kann man es auch nennen."

„Fährt er mit?"

„Ja."

„Gut, dann ist wenigstens ein normaler Mensch dabei, der auf Sie aufpassen kann. Sie bekommen Ihren Urlaub und bitte keine Alleingänge."

„Was ist denn mit Ihnen los? Machen Sie sich etwa Sorgen?"

„Natürlich mache ich mir Sorgen, was denken Sie denn? Ich mache mir auch Sorgen, um Frau Wiedemann. Sie sieht entsetzlich aus."

„Ja, Ihr geht es nicht so gut."

„Nicht so gut! Das ist völlig untertrieben!"

„Sie macht im Moment eine schlimme Zeit durch."

„Und da fahren Sie zwei Wochen weg und lassen Sie allein?"

„Daran habe ich auch schon gedacht, aber ich muss ja in den Ferien fahren, wegen Felix und irgendwie ist uns gestern die Idee gekommen, dass es das Beste ist, in Spanien zu suchen."

„Ihnen beiden ist also diese Idee gekommen?"

„Irgendwie schon."

„OK, dann erzählen Sie mir mal, was mit Frau Wiedemann los ist und ich werde mich um sie kümmern. Der Schlamassel fing ja bereits an, bevor sie diesen spontanen Urlaub genommen hat."

„Sie beobachten gut."

„Muss ich ja, sie beide erzählen mir ja nichts. Wahrscheinlich wäre es besser, wenn ich nach Spanien fahren und sie beide hier alleine lassen würde."

„Das meinen Sie doch nicht Ernst?"

„Nur ein bisschen, also was ist mit Frau Wiedemann?"

„Ihr Mann hat eine andere."

„Was?"

„So ist es."

„Eine andere, ist der verrückt geworden? Wenn ich den zwischen die Finger bekomme!"

„Hören Sie schon auf."

„Das ist in der Tat schlimm. Wahrscheinlich will sie auch nicht nach Hause, weil ihr da die Decke auf den Kopf fällt. Ich werde mich um sie kümmern, während Sie auf Verbrecherjagd sind. Dieser Blödmann, er weiß gar nicht was er da gerade kaputt macht."

„Ja, stimmt. Er ist ausgezogen."

„So weit ist es also schon?"

„Ja, Trudi hat ihn rausgeschmissen, aber mittlerweile reden sie wieder miteinander."

„Toll, jetzt wo es zu spät ist."

„Besser jetzt als gar nicht, und noch ist gar nicht klar, ob es wirklich zu spät ist."

„Na, dann warten wir mal ab."

Uli ging zurück zu Trudi ins Büro, wo sie bereits erwartet wurde.

„Du warst aber lange beim Fröhlich. Hat er dir den Urlaub bewilligt?"

„Mmh, ja. Er macht sich Sorgen um dich und ich habe ihm erzählt, dass Klaus ausgezogen ist."

„Bist du irre?" Trudi war entsetzt.

„Er weiß doch, dass irgendetwas nicht in Ordnung ist. Das hat er spätestens zu dem Zeitpunkt gemerkt, als ich dich krankgemeldet habe und du dir Urlaub genommen hast."

„Ja, und?"

„Er will auf Dich aufpassen."

„Na toll."

„Sie das doch mal positiv. Ich glaube, er ist wirklich an deinem Wohl interessiert. Also, ich bin sicher, er mag dich."

„Was willst du jetzt damit sagen?"

„Nicht, das was du jetzt denkst. Er mag dich halt."

„Na, Dich mag er auch", antwortete Trudi.

„Und wir mögen ihn auch. Ist doch super." Uli grinste Trudi an.

„Piep, piep, piep, wir haben uns alle lieb."

Beide fingen an zu lachen. Endlich, dachte Uli, endlich kann sie auch wieder lachen.

Donnerstag, 26. Juli

Uli kam überpünktlich ins Büro, aber Trudi war schon vor ihr da.

„Sag mal, wann fängst du eigentlich morgens an?"

„Ich habe nicht gut geschlafen und da bin ich schon früher hierher gefahren. Du weißt doch, ich habe mich gestern mit Klaus getroffen und mit ihm gesprochen. Ich habe ihm ganz viele Fragen gestellt und ihn gebeten ehrlich zu sein. Ich glaube auch, dass er ehrlich war und ich glaube auch, dass er diesen Brief wirklich nie abschicken wollte, aber macht das die Sache besser?"

„Ein kleines bisschen, denke ich", antwortete Uli.

„Ich weiß nicht. Ich fühle mich wie eine Maschine, die nur noch funktioniert. Ich denke oft über unsere gemeinsame Vergangenheit nach und weiß jetzt, dass ich einen Teil davon ganz anders empfunden habe als er. Er hatte mit ihr zwei Jahre ein Verhältnis und ich habe gedacht wir sind glücklich. Wenn ich nur daran denke, wird mir schlecht. Er sagt, es ist vorbei, aber stimmt das? Ich kann mich auf gar nichts mehr verlassen. Ich war wirklich glücklich in unserer Ehe, aber er nicht, und ich habe es nicht bemerkt. Er ist mit ihr ins Kino gegangen, mit mir nicht, aber ich gehe auch nicht gerne ins Kino. Außerdem mag ich nicht die Art von Filmen, die er mag. Nicht nur auf diesem Gebiet haben sich die beiden sehr gut ergänzt."

„Hör auf dich verrückt zu machen. Dafür hast du etwas, was er mit dir gemacht hat und nicht mit ihr machen konnte."

„Was soll das denn sein?"

„Das ist doch völlig egal. Wenn du nichts Besonderes für ihn gewesen wärst, hätte er dich wohl kaum geheiratet. Hör auf, Dich selber zu quälen. Du musst herausfinden, was du willst und nicht, was Klaus wollte oder was er nicht wollte. Das ist jetzt egal. Denk an dich."

„Ja, ich versuch's."

„Was halten die Damen davon, wenn wir zusammen Frühstücken gehen und uns über völlig belanglose Dinge unterhalten?", platzte Herr Fröhlich von der Tür her in die Unterhaltung.

„Gute Idee", antwortete Uli, die ihn mal wieder nicht bemerkt hatte.

„Aber ich bezahle nicht, dass das mal klar ist", grinste Herr Fröhlich.

„Haben wir auch nicht erwartet", antwortete Trudi.

***

Der letzte Tag der Woche verlief ruhig. Während der Arbeitszeit suchte Uli und Trudi nach Flügen und einem Hotel im Internet. Schneller als erwartet wurden sie fündig. Richard konnte aufgrund der Argumentation, dass er nur während der Ferienzeit mit seiner neuen Familie zusammen den Urlaub verbringen kann, durchsetzten, dass er spontan zwei Wochen Urlaub bekam. Er hatte angedeutet, dass sonst der Familiensegen schief hängen könnte und sein Chef hatte Verständnis für seine Lage. Uli buchte die Hinflüge bereits für den nächsten Tag.

Sie versprach Trudi, sie auf jeden Fall immer auf dem Laufenden zu halten. Trudi wiederum versprach Herrn Fröhlich, alle Neuigkeiten sofort weiterzugeben. Beide würden soweit es irgendwie möglich wäre, Uli aus Deutschland so gut es ging unterstützen.

Samstag, 28. Juli

Von Düsseldorf aus flogen Uli, Richard und Felix aus dem verregneten Deutschland in das sonnige Spanien. In Alicante landeten sie. Dort hatte Uli bereits einen Mietwagen über das Internet reserviert. Als sie ihre Koffer hatten und das Auto abholen wollten, sahen sie eine riesige Schlange vor dem Abholschalter.

„Das fängt ja gut an", stöhnte Richard.

„Lass dir die Laune nicht verderben. Einer von uns kann mit Felix den Flughafen erkunden und der andere stellt sich an. Welcher willst du sein?", fragte Uli.

„Felix komm, da hinten kann man das Vorfeld sehen", rief Richard und schon waren die beiden auf dem Weg.

„Mist, hab ich mir gedacht", murmelte Uli. „Sobald ich die Schlüssel habe, rufe ich euch an", rief sie hinter ihnen her.

Richard drehte sich noch einmal kurz um und kam zurück.

„Bis später", verabschiedete er sich und gab ihr einen Kuss.

Nach über einer Stunde hatte sie endlich die Schlüssel für einen VW Polo und musste zugeben, dass sie langsam auch genervt war. Waren das noch Zeiten, als man nicht von den Ferien abhängig war, dachte sie. Sie rief Richard und Felix an, die auch keine startenden und landenden Flugzeuge mehr sehen konnten.

Als sie den klimatisierten Flughafen verließen, waberte ihnen eine drückende Hitze entgegen. Es waren über dreißig Grad Celsius. Uli freute sich schon auf eine Abkühlung im Meer.

Zusammen fuhren sie in das fünfzig km entfernte Villajoyosa, einem kleinen Ort direkt an der Küste. Ihr Hotel Allon Mediterrania befand sich direkt am Strand der Costa Blanca. Nachdem sie auf dem fast voll besetzten hoteleigenen Parkplatz in der Avenida del Port geparkt hatten, konnte der Urlaub endlich losgehen. Felix war kaum zu halten und wollte sofort zum Wasser. Er quengelte, als er merkte, dass es nicht sofort losging. Sie betraten eine große Eingangshalle mit bequemen Sesseln und checkten so schnell es ging am Empfang bei einem freundlichen Mitarbeiter des Hotels ein. Kaum im Zimmer, welches aussah, als sei es gerade renoviert worden, kamen sie nur dazu, ihre Koffer abzustellen, sich Handtücher zu schnappen und zum Strand zu gehen, der dem Hotel direkt gegenüber lag. Uli wollte sich den Balkon mit Meerblick ansehen, aber das ließ Felix nicht zu. Sie konnte gerade noch wahrnehmen, dass ihr Zimmer einen Parkettboden besaß und sehr geräumig war. Zuzüglich zu den Betten gab es einen Schreibtisch mit Stuhl und einen weiteren Tisch mit vier Stühlen. Vor ihrem Doppelbett stand ein großer Flachbildfernseher, was Felix, obwohl im Stress, wohlwollend registriert hatte. Die Einrichtung war in warmen Beigetönen gehalten. Sie hatten zwei Wochen mit Halbpension gebucht. Auf diese Weise waren sie unabhängiger in ihrer Urlaubsplanung. So wie Uli Richard kannte, würden sie das Abendessen wahrscheinlich öfter ausfallen lassen, um in die hiesigen Restaurants einzufallen. Richard liebte es, essen zu gehen.

Sonntag, 29. Juli

Am nächsten Morgen saß die kleine Familie auf der Terrasse beim Frühstück. Es war bereits sehr warm. Keine Wolke war am Himmel zu sehen und man konnte erahnen, welche Hitze dieser Tag bringen würde.

„Wie ist der Plan?", wollte Richard wissen.

„Ich weiß noch nicht so genau. Vielleicht fahren wir mal nach Finestrat und sehen uns um. Also ich meine, wir können ja einen Ausflug dorthin machen."

„Wäre es nicht vielleicht einfacher gewesen, die Familie Stein nach der Adresse zu fragen?"

„Ja klar, die hätten sie mir bestimmt gegeben. Ich bin ja echt froh, dass ich mir den Namen des Dorfes merken konnte. Wenn Mechthild mir nicht die Geschichte von dem Irrtum des Postangestellten erzählt hätte, der den Brief versehentlich in die Niederlanden geschickt hat, hätte ich den Namen schon längst wieder vergessen."

„Es wäre zumindest einen Versuch wert gewesen. Meinst du nicht?"

„Nein, meine ich nicht", widersprach Uli energisch. "Ich glaube nicht, dass sie von der Idee begeistert gewesen wären. Wahrscheinlich hätten sie Frau Stein vorgewarnt."

„Na ja, da ist etwas dran. Kann ich nicht abstreiten. Aber ich habe ehrlich gesagt, keine große Lust den ganzen Urlaub irgendjemanden zu suchen."

„Brauchst du auch nicht, ich kann das auch alleine machen."

„So war das gar nicht gemeint. Ich wollte damit nur sagen, dass, falls du bei der Suche keinen Erfolg hast, ich nicht vorhabe, zwei Wochen lang auf Verbrecherjagd zu gehen."

„Musst du ja auch nicht. Du kannst ganz gemütlich hier am Pool liegen oder im Meer plantschen. Ich werde Dich zu nichts zwingen."

„Na, dann bin ich mal gespannt."

Bevor Uli etwas erwidern konnte und die Stimmung kippte, räumte Felix versehentlich durch seine Hampelei den ganzen Tisch ab. Nachdem Uli und Richard den gröbsten Schaden behoben hatten, gingen sie alle gemeinsam zum Strand.

„Was machen wir heute? Außer zum Strand gehen?", wollte Felix wissen.

„Ach, nicht viel. Wir sind ja gerade erst angekommen. Ich dachte, wir bauen eine Burg. Mittags suchen wir uns ein nettes Restaurant und dann gucken wir mal."

„Burg bauen finde ich gut, Restaurant nicht", erklärte Felix nüchtern.

„Ich finde alles gut", schaltete sich Richard ein. „Vielleicht finden wir ja auch ein Restaurant am Strand, dann können die Mama und ich gemütlich essen, während du den Strand unsicher machst."

Tatsächlich gab es in der Avenida del Port eine Vielzahl von Restaurants, die genau diese Kriterien erfüllten. Sie suchten sich das La Marina aus. Felix bestellte sich einen Hamburger. Richard und Uli bestellten sich gemeinsam eine Paella valenciana. Palleas wurden nur ab einer Bestellung für zwei Personen zubereitet. Das war durchaus üblich. Alle zusammen teilten sie sich einen großen Salat mit Meeresfrüchten. Dazu bestellten sie sich eine Flasche des hauseigenen Rotweins und für Felix eine Zitronenlimonade. Der Salat war riesig und Uli war bereits satt, bevor der Hauptgang da war. Sie hatte wie immer den Fehler gemacht, zu viel Brot zu essen. Als der Hamburger für Felix und eine riesige Pfanne mit Paella für Uli und Richard gebracht wurden, schmunzelte Richard. Er hatte wohlweißlich das Brot stehen gelassen und freute sich nun, auch den größten Teil von Ulis Portion essen zu können. Uli schmunzelte ebenfalls, als sie Richards Gedanken las. Die Terrasse des Restaurants war durch große Markisen vor der Sonne geschützt. Uli saß mit dem Rücken zur Stadt und guckte an Palmen vorbei auf das Meer. Richard hingegen saß mit dem Rücken zum Meer und bewunderte die bunten maximal vierstöckigen Häuser. Es gab ockerfarbene, blaue, rote und grüne Häuser.

Nachdem Felix aufgegessen hatte, trieb es ihn zum Strand. Uli hatte ihm zum Schutz vor der Sonne eine Cap und ein T-Shirt aufgezwungen, was er nicht ohne Protest hingenommen hatte. Von ihrem Platz aus konnte sie ihren Sohn im Auge behalten, während er Burgen baute.

„Wie geht es jetzt weiter?", fragte Richard, als Felix losrannte.

„Ich habe zu Hause im Internet nachgesehen, wo Finestrat liegt. Es ist ein langgezogenes Dorf, welches am Anfang der Berge beginnt und sich bis zum Meer hinzieht. Mechthild, also die junge Frau Stein, hat mir erzählt, dass ihre Schwiegermutter am Fuße eines Berges wohnt und nicht am Meer. Ich glaube, ich muss im oberen Teil des Dorfes suchen. Ich dachte, ich frage einfach jemanden, den ich zufällig auf der Straße treffe."

„Mit deinen überragenden Spanischkenntnissen?"

„Blödmann, ich kann doch englisch reden."

„Und du meinst, das funktioniert?"

„Kannst du mir mal sagen, warum du alles so schwarz siehst?" Langsam ging ihr Richard auf die Nerven.

„Ich sehe gar nichts schwarz. Ich wollte dich nur darauf aufmerksam machen, dass es sein kann, dass du keinen triffst, der englisch spricht."

„Dann hättest du es ja einfach so sagen können. Aber du bist ja immer so sarkastisch, als wäre ich eine Idiotin. Du vergisst, das ich schon eine Menge herausbekommen habe."

„Du hattest aber auch Glück."

„Was willst du damit sagen?", Uli war kurz davor zu explodieren. Warum war sie nicht alleine hierhergekommen?

„Nichts, ich bin nur irgendwie sauer, dass du auf Verbrecherjagd gehst. Ich dachte, wir hätten mehr Zeit für uns."

„Aha. Daher weht der Wind"

Es entstand eine lange Pause. Endlich sagte Richard langsam:

„Ist das alles, was du dazu zu sagen hast?"

„Was soll ich denn sagen? Wenn du eine Frau brauchst, die dich die ganze Zeit umsorgt, dann bin ich die Falsche. Weißt du, ich habe schon ein Kind, welches ich umsorge, und das reicht auch, von einem Mann erwarte ich etwas anderes."

„Oha, wird das jetzt eine Grundsatzdiskussion?", hörte Uli Richards sarkastische Stimme.

„Sieht so aus", antwortete sie gereizt.

„Hier im Restaurant?"

„Du hast doch damit angefangen."

„Jetzt bin ich wieder Schuld, Madame ist natürlich wie immer unfehlbar."

„Weißt du was, du kannst mich mal. Ich geh zu Felix". Damit stand sie auf und ging ohne sich umzudrehen. Was für ein Idiot.

Abends telefonierte sie mit Trudi. „Ich weiß echt nicht, was in ihn gefahren ist", beendete sie ihren Bericht.

„Könnte es vielleicht sein, dass ihr beide etwas gestresst seid, weil ihr demnächst zusammenziehen wollt?"

„Wie meinst du das?"

„Na ja, du bist es gewohnt, alles alleine zu entscheiden und kannst es außerdem nicht leiden, wenn dir einer in deine Pläne reinredet. Wenn ihr zusammenzieht, dann wirst du dich wohl oder übel auf Kompromisse einlassen müssen und vielleicht hast du nur Angst, dass es schief geht."

„Er ist immer so sarkastisch."

„Das war er schon immer, ich kenne ihn zwar nicht so

gut, aber ich kann mich noch genau daran erinnern, dass du das früher gut fandst. Außerdem ist er wahrscheinlich auch ein bisschen gekränkt."

„Wovon denn?"

„Soweit ich mich erinnern kann, hast du ihn nicht in diese Geschichte miteinbezogen. Erst als er wieder aus Griechenland zurück war. Du hast ihm, obwohl ihr Kontakt hattet, die ganze Zeit nichts erzählt und ihn dann vor vollendete Tatsachen gestellt."

„Ja, das war echt blöd von mir. Und ehrlich gesagt, ist mir gar nicht richtig klar, warum ich ihn nicht eingeweiht habe. Wahrscheinlich habe ich ihn wirklich gekränkt."

„Nicht nur wahrscheinlich! Und ich kenn Dich ganz gut, wenn nicht alles nach deinen Plänen geht, kannst du ganz schön zickig sein."

„Ich bin nicht zickig!"

„Zu mir nicht, aber ich habe das schon erlebt, wenn dir etwas nicht passt, kannst du unausstehlich sein. Das kannst du nicht abstreiten."

„Tu ich ja gar nicht."

„Übrigens, du hast eben geschickt vom Thema abgelenkt. Es stimmt, hab ich Recht? Du bist nervös, weil ihr zusammenzieht. Jetzt kommt noch dazu, dass Richard sich vernachlässig fühlt, weil du ihn nicht in deine Pläne eingeweiht hast. Ich würde sagen, du steckst ganz schön in der Tinte."

„Schön, du hast Recht und was soll ich jetzt tun?"

„Rede mit ihm und wenn er nicht will, dann verführ ihn halt", lachte Trudi.

„OK, mach ich", lachte Uli zurück.

Montag, 30. Juli

Nach einer anregenden Nacht war der Streit vergessen. Uli war froh, aber sie wusste, dass sie um ein klärendes Gespräch mit Richard nicht herum kommen würde.

Beim Frühstück besprachen sie den Tagesplan. Uli wollte einen Ausflug nach Finestrat machen, um Informationen zu bekommen, wo Friedhilde Stein wohnte.

Von Villajoyosa war es nicht weit bis nach Finestrat. Nach knapp zehn Kilometern waren sie da. Das Dorf lag im Schatten des Berges Puig. Die kleinen Straßen, die sich durch den Ort zogen, gingen dementsprechend rauf und runter. Richard und Uli gingen mit Felix im Schlepptau die Sträßchen entlang und kamen dabei immer höher. In dem Ort war nicht viel los, man sah nur vereinzelt Menschen.

„Was machen wir hier eigentlich?" fragte Felix.

„Einen Ausflug", antwortete Uli.

„Das ist voll öde hier, können wir nicht etwas anderes machen?"

„Komm, lass uns noch ein bisschen spazieren gehen. Danach fahren wir wieder zurück und du kannst im Meer schwimmen gehen."

„Na gut", stimmte Felix ohne Begeisterung zu.

So wanderten sie zu dritt die fast leeren Straßen entlang, sahen verfallene, ebenso gepflegte Häuser. Eins hatten sie gemeinsam, alle wirkten alt. Mitten im Dorf befand sich auf einem kleinen Berg eine Kapelle, die allerdings geschlossen war. Von hier aus hatte man eine herrliche Aussicht auf das Tal. Felix hatte eine Open-Air-Bühne entdeckt. In einem Halbkreis konnte man auf steinernen Bänken sitzen. Richard und Uli setzten sich und schauten Felix zu, der mit großen Gesten und viel Mimik im Gesicht sehr feierlich und ernst eine umgedichtete Fassung von „Yellow submarine" vortrug. Nachdem Felix sich genug hatte bewundern und feiern lassen, gingen sie wieder zurück.

„So kommst du nicht weiter", stellte Richard fest.

„Ja, das hab ich auch schon gemerkt", musste Uli zugeben.

„Ich hab Durst", schaltete sich Felix ein.

„Ich glaube, auf der Hauptstraße, ganz in der Nähe wo wir geparkt haben, ist ein kleiner Supermarkt. Da können wir etwas zu trinken kaufen", antwortete Richard.

Uli grinste, sie hatte verstanden. Dort trafen sich alle Dorfbewohner und mit etwas Glück fanden sie jemanden, der wusste, wo Frau Stein wohnte. Vielleicht konnte ihnen auch der Ladenbesitzer weiterhelfen.

„Da müssen wir nicht hin", sagte Felix, „wir haben ja noch Wasser im Auto." Die Aussicht einkaufen gehen zu müssen, behagte ihm gar nicht.

„Ja, aber das ist jetzt bestimmt ganz warm geworden, im Supermarkt gibt es bestimmt kaltes Wasser", versuchte Uli ihn zu locken.

„Super", freute sich Felix, „kann ich auch eine Limo haben?"

„Ja klar." Das war ja noch einmal gutgegangen. Ein quengelndes Kind würde ihrem Vorhaben bestimmt nicht förderlich sein.

Als sie den Supermarkt betraten, war dieser wirklich sehr klein. Er bestand aus einem u-förmigen Gang, der auf beiden Seiten mit vollgestopften Regalen zugestellt war. Außer Uli, Richard und Felix waren noch fünf Jugendliche da, damit war das Geschäft überfüllt. Als sie an der Kasse standen, um die Limo von Felix zu bezahlen, fragte Richard die Kassiererin auf Englisch, ob sie vielleicht wüsste, wo Frau Stein wohne. Leider konnte sie kein Englisch, aber sie rief nach den Jugendlichen und Richard richtete seine Frage an sie. Die fünf sahen einander ratlos an, dann berieten sie sich und nach einigen Diskussionen antworte schließlich einer von ihnen, dass sie es nicht wüssten. Bevor sich der

Frust in Uli breitmachen konnte, sprach er weiter. Also wenn einer etwas wüsste, dann die alte Dorfhexe, die auf dem Dorfplatz wohnte. Sie sei keine Spanierin, aber er wisse auch nicht, woher sie komme. Auf jeden Fall würde diese Frau alle im Dorf kennen und sie könne auch noch jede Menge Geschichten erzählen. Das Haus sei gar nicht zu verfehlen. Am Ende des Dorfplatzes befinde sich ein Brunnen, von diesem aus gesehen stände das Haus auf der linken Seite und vor dem Haus würden sich eine Unmenge von Blumentöpfen befinden. Vor keinem anderen Haus gab es so viele Pflanzen, die in Töpfen wuchsen. Richard und Uli bedankten sich und Felix sah beide verständnislos an.

Dienstag, 31. Juli

Uli hatte Richard und Felix im Hotel gelassen und hatte sich alleine auf die Suche nach der Dorfhexe gemacht. Nachdem sie das Haus auf der Plaza de la Fuente gefunden hatte, was tatsächlich sehr leicht gewesen war, setzte sie sich auf eine Bank. Da saß sie nun und wusste nicht, wie sie weiter vorgehen sollte. Vor dem Haus standen tatsächlich lauter Tontöpfe mit Pflanzen. Das musste eine Unmenge Arbeit machen, alle regelmäßig zu gießen, aber es sah wirklich schön aus. Neben Sukkulenten, die Uli völlig unbekannt waren, gab es verschiedene Arten von Kakteen, eine kleine Malve, Rosmarin und Thymian, kleine Palmen und einen Gummibaum. Uli entschied sich, noch fünf Minuten zu warten, um die Ruhe zu genießen und dann am Haus der Dorfhexe zu klingeln. Sie sah sich um und bewunderte den kleinen, aber sehr schönen Platz. Der Brunnen plätscherte fröhlich vor sich hin und Spatzen kamen, um von seinem Wasser zu trinken. Dahinter standen einige niedrig wachsende Bäume. Der ganze Platz war mit Natursteinen, in allen möglichen Größen, gestaltet worden. Im Schatten lagen zwei grau getigerte Katzen und schliefen.

Uli überlegte gerade, ob sie Richard anrufen sollte, um ihm kurz mitzuteilen, dass sie den gesuchten Platz gefunden hatte. Sie wollte ihn mehr in ihr Leben einbeziehen. Mitten in die friedliche Stille hinein, streckte eine alte Frau neugierig ihren Kopf durch die Türe.

So sieht also eine Dorfhexe aus, dachte Uli.

Die Frau hatte weiße Haare, die sie schulterlang trug und zu einem losen Zopf zusammen gebunden hatte. Einige Strähnen hatten sich gelöst und hingen ihr ins Gesicht. Sie war viel kleiner als Uli und ihr Körper war leicht vorgebeugt. Sie schaute Uli aus wachen neugierigen Augen an.

„¿Buscas algo?"

„Sorry I don't speak Spanish."

"Deutsch?"

„Ja, ich komme aus Deutschland."

„Ah, ich habe dich gestern schon hier im Dorf gesehen. Da warst du mit deiner Familie hier. Suchst du jemanden?"

„Äh, ja. Also ich weiß nicht genau, wie ich es sagen soll. Ich suche eine Frau"

„So und warum?", fragte die alte Frau mit zusammengekniffenen Augen.

„Das ist kompliziert. Ich habe ein Haus gekauft, welches vorher ihr gehört hat und ich wollte etwas erfahren, was in der Vergangenheit liegt."

Plötzlich wirkte die alte Dame unendlich müde. Sie seufzte und setzte sich neben Uli auf die Bank. Uli traute sich nicht, weiter zu fragen. Beide Frauen schwiegen, bis nach einiger Zeit, Uli kam es wie eine Ewigkeit vor, die alte Dame sagte.

„Ist es etwas Unangenehmes?"

Uli sah sie nur an und nickte. Danach ärgerte sie sich sofort. Warum hatte sie nicht gesagt, dass es sich um etwas Erfreuliches oder zumindest Neutrales handelte.

„Das hab ich mir gedacht. Wer weiß alles davon?"

„Ich", antwortete sie ohne zu überlegen. Wieso hatte sie sich nicht auf dieses Gespräch vorbereitet.

„Nur du?"

„Ja", langsam wurde es Uli unheimlich und sie sah die alte Dame an, die sie mit wachsamen Augen beobachtete. Konnte diese körperlich gebrechliche Frau eine Gefahr für sie werden. Nein natürlich nicht, entschied sie.

„Willst du einen Kaffee?", fragte die Frau, die sich immer noch nicht vorgestellt hatte. Uli schüttelte den Kopf.

„Ich schon", sagte die alte Dame und ging in ihr Haus zurück.

Uli wartete, doch sie kam nicht wieder. Nach einer Viertelstunde stand sie auf und klingelte, doch niemand öffnete ihr. Sie setzte sich wieder auf die Bank und wartete. Nach einer geschlagenen Stunde, in der rein gar nichts passierte, ging sie und ärgerte sich darüber, dass sie den angebotenen Kaffee ausgeschlagen hatte.

Als sie die Avenida de Benidorm erreicht hatte, setzte sie sich in eine Cerveceria mit dem Namen La Font. Da sie die Karte nicht lesen konnte, bestellte sie irgendetwas und dazu ein Glas Rotwein und lies sich überraschen. Sie bekam gebratene Leber, die wie sie zugeben musste, gar nicht so schlecht schmeckte. Freiwillig bestellt, hätte sie dieses Gericht allerdings niemals. Das Restaurant befand sich an einer Kreuzung direkt an einem Zebrastreifen. Die Terrasse lag etwas tiefer und war von einer Natursteinmauer umgeben und somit geschützt. Sonnenschirme waren aufgespannt worden, die Tische waren mit Papierdecken eingedeckt und die Bedienung war sehr freundlich. Uli genoss ihr Essen und dachte nach.

Eine neue Strategie musste her. Wie sollte sie herausbekommen, wo Friedhilde Stein wohnte. Es musste doch irgend so etwas geben wie einen Deutschen Club. Viele waren erst als Rentner hierher ausgewandert und hatten nie Spanisch gelernt. Diese Information hatte sie aus irgendeiner Fernsehsendung. Vielleicht gehörte Friedhilde Stein auch dazu und ohne soziale Kontakte würden das tolle Wetter und die schöne Umgebung einen auf Dauer doch nicht befriedigen. Es sei denn, man hatte Gefallen an einem Einsiedlerleben gefunden. Aber nach allem was sie von Friedhilde Stein wusste, war sie eine lebenslustige Frau, die in Deutschland viele soziale Kontakte gepflegt hatte. Warum sollte das in Spanien anders sein? Sie musste sich eine Geschichte überlegen, warum sie diese Frau überhaupt suchte. Sollte sie wirklich etwas mit der Sache in ihrem Keller zu tun haben, würde sie wahrscheinlich alles tun, um nicht mit ihr in Kontakt zu kommen. Sollte sie erfahren, dass man sie sucht, würde sie vielleicht untertauchen. Sie musste es so anstellen, dass sie nichts bemerkte. Das war eine Aufgabe, zu der Uli keine Lösung einfiel. Vielleicht gab es auch so etwas wie ein Einwohnermeldeamt. Ein Rathaus hatte das Dorf, doch wenn Frau Stein in die Dorfgemeinschaft integriert war, dann wäre es sehr wahrscheinlich, dass der Dorfklatsch sie erreichte, bevor Uli das Rathaus verlassen hatte. Außerdem hatte sie keine Ahnung, wie sie ihr Anliegen vorbringen sollte. Ihr fehlten die erforderlichen Sprachkenntnisse und vor allem eine Idee, warum sie auf der Suche nach Frau Stein war. Sie bezahlte und fuhr zum Strand nach Villajoyosa, wo sie mit Felix und Richard den Restnachmittag verbringen wollte.

Felix und Richard waren im Wasser und schnorchelten. Viel werden sie wohl nicht sehen, dachte Uli, als sie grinsend ins Wasser stieg. Als Felix sie erblickte, quietschte er vor Vergnügen und erklärte: „Wir sind Forscher, ich habe schon jede Menge Fische beobachtet, die sehen fast so aus wie der Sand und man kann sie nur ganz schwer finden. Also, ich hab sie natürlich entdeckt. Ich bin ja auch ein Forscher. Zieh auch eine Taucherbrille an, dann zeig ich sie dir.“

Richard gab ihr einen Kuss und sagte: „Na, Forscherlehrling, du kannst meine haben. Ich leg mich auf die Decke und lese etwas. Hab übrigens keinen einzigen Fisch entdeckt. Da muss man schon sehr gut sein oder sehr viel Phantasie haben, aber das habt ihr ja beide.“ Uli war frustriert von ihrem Misserfolg und hatte keine Lust auf Richards Anspielungen. Sie entgegnete ihm: „Was willst du denn damit sagen? Phantasie ist super, ohne Phantasie ist das Leben langweilig.“

„Find ich gar nicht, mein Leben ist spannend genug. Ein bisschen weniger Phantasie, dann ist das Leben auch noch entspannend.“

„Ich bin entspannt“, verteidigte sich Uli.

„Ja", lachte Richard, „für Dich ist das wahrscheinlich wirklich entspannend." Bevor Uli protestieren konnte, küsste Richard sie und stieg lachend aus dem Wasser.

„Kommst du endlich?", quengelte Felix. „Sonst sind alle Fische weg!"

„Ja, sofort."

Ich habe vielleicht etwas zu viel Phantasie, dachte Uli, aber Richard fehlt eindeutig Empathie.

Nachdem Uli noch mit Felix eine Wasserburg gebaut hatte, saßen sie in der Pizzeria Gusta, die genau wie ihr Hotel in der Avenida del Port und somit direkt am Strand lag. Uli hatte sich Muscheln, Richard Gambas und Felix eine Pizza mit Tunfisch bestellt. Sie aßen draußen auf der Terrasse unter großen Sonnenschirmen. Die Tische waren auch hier mit Papiertischdecken und Papierplatzdeckchen eingedeckt. Um die Wartezeit zu verkürzen, waren auf den Platzdeckchen verschiedene Spiele gedruckt worden, Mann konnte ein Bilderrätsel, ein Sudoku und ein Labyrinth lösen. Felix war begeistert und beschäftigte sich konzentriert. Als Tapas wurden Pan con Tomate und Alioli gereicht. Gerade als Felix unruhig wurde, kamen die Hauptspeisen. Die Muscheln waren in Knoblauch, Lorbeerblätter und Zitrone gekocht worden. Richards Gambas schwammen in einer Öl-Knoblauch-Soße und Lukas Pizza war viel zu groß, als das er sie hätte alleine essen können. Dazu gab es Brot und Öl, in dem kleine rote getrocknete Peperoni eingelegt worden waren. Dazu trank Uli Wasser und Richard ein Bier. Felix hatte sich ganz stolz selber eine Fanta limón bestellt. Sie freuten sich über das schöne Wetter und schauten den Möwen beim Flug zu. Die Zeit plätscherte friedlich dahin. Nachdem Felix seine Pizza fast aufgegessen hatte, fragte er: „Kann ich zum Strand? Mir ist hier zu langweilig. Dann könnt ihr in Ruhe reden und sehen könnt ihr mich von hieraus auch. Wenn ihr fertig seid, kommt ihr nach, ja?

Dann suchen wir Muscheln.“

„In Ordnung“, antwortete Uli und als Felix außer Hörweite war, erzählt sie Richard von ihrem Misserfolg.

„So, du hast Dich also mit der Dorfhexe unterhalten. Quasi von Kollegin zu Kollegin“, grinste Richard.

„Du nimmst mich nicht ernst.“ Uli wurde ärgerlich.

„Doch natürlich. Wir machen Urlaub in Spanien, weil du auf der Suche nach jemand bist, der vorher in unserem Haus gewohnt hat und der jetzt vielleicht hier wohnt. Vielleicht aber auch nicht. Zumindest ist das Leben mit dir nicht langweilig und da ich ja so phantasielos bin, kann ich nur profitieren.“

„Blödmann, überleg dir lieber mit mir eine Geschichte, warum ich diese Frau suche.“ Richard merkte gar nicht, dass Uli nicht zum Spaßen zumute war.

„Weil du den Verdacht hast, dass sie etwas über den Toten in deinem Keller weiß oder sogar etwas mit ihm zu tun hat.“

„Oh Mann, eine Geschichte! Etwas Positives! Ich hab etwas gefunden oder so, was sie interessiert oder was sie wissen sollte.“ Uli verlor langsam die Lust, sich mit Richard über diese Thema auseinanderzusetzen.

„Du hast einen Schatz gefunden, den du, weil du ja so ehrlich bist, dem rechtmäßigen Besitzer zurückgeben möchtest.“

„Super, das ist eine gute Idee.“ Ulis schlechte Laune war plötzlich wie weggeblasen.

„Das war ein Scherz.“

„Nein, überleg doch mal, ich könnte sagen, ich habe zum Beispiel Schmuck gefunden, der während der Kriegsjahre versteckt wurde.“

„Du hast zu viele schlechte Filme gesehen und außerdem melden sich dann zwanzig Friedhilde Steins bei dir oder irgendwelche Leute, die sich für Verwandte oder Freunde von ihr ausgeben. Natürlich nur wenn man dir glaubt. Das wird lustig." Er nahm sie einfach nicht ernst, aber davon ließ sie sich nicht beirren.

„OK, dann halt etwas anderes. Ich habe etwas gefunden, was für die Person, die es versteckt hat, wertvoll sein könnte, aber für jemanden anderen ist es völlig wertlos."

„Und was soll das sein?"

„Mmh, Liebesbriefe vielleicht."

„Du spinnst", grinste Richard. „Das meine ich übrigens mit sehr viel Phantasie." Bevor Uli etwas entgegnen konnte sprach Richard weiter. „Aber deine Idee ist gar nicht so schlecht. Anstatt Liebesbriefe würde ich vielleicht ein Fotoalbum nehmen."

„Ich habe die Fische auch gesehen", antwortete Uli, ohne auf seine Bemerkung einzugehen.

„Welche Fische?"

„Die Fische, die Felix gesehen hat. Sie sind nicht sehr groß und haben mehr oder weniger die Farbe von Sand."

„Sandfarbene Fische?"

„Ja genau, sandfarbene Fische. Nur weil man etwas nicht sieht, heißt das nicht, dass es nicht da ist."

„Sehr philosophisch."

„Ach hör doch auf und tu nicht immer so nüchtern," entgegnete sie. „Liebesbriefe sind vielleicht wirklich zu kitschig. Aber ein Fotoalbum ist irgendwie sehr persönlich, vielleicht einfach nur Briefe."

„Briefe oder ein Fotoalbum, finde ich beides gut. Was passt denn besser zu einer Mörderjagd?"

„Es ist doch gar nicht klar, ob es sich um einen Mord handelt."

„Dir gefällt nur der Gedanke nicht, dass in deinem Keller ein Mord passiert sein könnte."

„Stimmt."

„Ich halte das aber für sehr wahrscheinlich, zunächst müssen wir aber Friedhilde Stein finden."

„Na toll. Ich wohne in einem Mörderhaus!"

„Versteh mich nicht falsch, ich möchte nur, dass du diese Überlegung nicht außer Acht lässt", meinte Richard ernst.

„Lass ich aber", erwiderte Uli trotzig.

„Wie du willst. Ich habe nichts anderes erwartet, die Hoffnung stirbt ja bekanntlich zuletzt", schmunzelte Richard.

Uli grinste zurück und dachte. Richard ist wirklich ein toller Mann. Sie war wahrscheinlich wirklich anstrengend, aber das machte Richard irgendwie nichts aus, oder zumindest meistens nicht und er ließ sich auf ihre verrückten Ideen ein. Spott konnte er sich zwar selten verkneifen, aber den meinte er meistens nicht ernst. Nur leider ging er ihr damit manchmal ganz schön auf die Nerven. Sie sah ihn an. Ihr wurde mal wieder bewusst, wie ungeheuer attraktiv er auf sie wirkte. Seine Locken, in denen man so toll wuscheln konnte und gerade jetzt fand sie ihn ungeheuer anziehend.

„Was denkst du?"

„Äh, nichts."

„Das sah aber ganz anders aus. Du warst plötzlich so weit weg."

„Nee, wirklich", Uli grinste in sich hinein, jetzt war er auch noch eifersüchtig auf sich selber.

„Vielleicht bist du Frau Stein schon begegnet", meinte Richard. Uli sah ihn mit großen Augen an. „Wunderst du dich nicht, dass die Dorfhexe deutsch konnte? Kaum erzählst du ihr Details, verschwindet sie. Die weiß was, da bin ich mir ganz sicher."

Uli sah Richard verblüfft an. „Ich weiß nicht", entgegnete sie. „Hier sind sehr viele Auswanderer, und nicht wenige Deutsche. Das wäre schon ein phantastischer Zufall. Ich behalte es mal im Hinterkopf, aber ehrlich gesagt, glaube ich es nicht."

„Wie du meinst", entgegnete er Uli, die ihn

nachdenklich ansah. „Um nochmal auf deine vorherige Idee zurückzukommen. Wie wäre es mit einfachen Briefen von irgendeinem Verwandten", versuchte Richard den Faden wieder aufzunehmen.

Uli war sofort dabei. „Von ihrem Mann!"

„Geht es auch weniger dramatisch?"

„Puh. Eigentlich ist es doch egal von wem die Briefe sind. Sie sind nur an Friedhilde Stein andressiert. Und selbstverständlich habe ich die Briefe nicht gelesen."

„Selbstverständlich nicht."

„Nein, das würde ich bestimmt nicht tun."

„Doch würdest du, du würdest sie nicht ohne eine zusammengestrickte persönliche Ausrede lesen, aber du würdest sie lesen. Zum Beispiel, würdest du sagen, dass es der Wahrheitsfindung dient oder so und dann würdest du sie lesen. Nicht ohne Ausrede, aber du würdest sie lesen."

„Aber es ist eine erfundene Geschichte und da lese ich sie nicht, weil ich moralisch einwandfrei bin."

Jetzt prusteten beide los.

„Ihr seid albern", stellte Felix fest, der gerade ankam. "Wann kommt ihr endlich Muscheln sammeln?"

„Ich bezahle schnell", sagte Richard, „und du kannst mit deiner Mama ja schon mal vorgehen."

„Alles klar, los Mama komm." Uli ging mit ihrem Sohn los. „Muscheln sammeln ist eigentlich langweilig. Es sind kaum welche da, aber so nah wie möglich ans Wasser gehen und dann wenn die Welle kommt weglaufen, das macht Spaß."

„Dann mal los", sagte sie und lief los.

Mittwoch, 01. August

Am nächsten Morgen beim gemeinsamen Frühstück fragte Felix:

„Was machen wir denn heute?"

„Ich hab mir etwas Tolles überlegt, hier in der Nähe gibt es ein riesiges Freizeitbad mit ganz vielen Rutschen. Lass uns die einmal ausprobieren", antwortete Richard.

„Au ja. Ich rutsche erst mit Mama, dann mit dir und dann alleine."

„Die Mama kommt wahrscheinlich nicht mit, sie sucht doch diese Frau."

„OK, dann such ich schnell mit und wenn wir sie gefunden haben, fahren wir alle zusammen zu diesen Rutschen."

„Ich glaube, das was die Mama macht, ist langweilig. Sie geht zur Post und fragt nach der Adresse der Frau. Falls sie die bekommt, geht sie dahin und versucht die Frau zu treffen. Wir Männer probieren erst mal die Rutschen aus und wenn die all unsere Prüfungen bestehen, dann fahren wir noch einmal hin und nehmen die Mama mit."

„OK, und wir essen Würstchen und Fritten mit den Fingern."

„Na klar, wie denn sonst, geht das auch anders?"

„Jetzt packt eure Sachen, ich fahr euch hin und hol euch später wieder ab", sagte Uli und scheuchte alle ins Hotelzimmer. „Ruft mich eine Stunde bevor ihr gehen wollt auf dem Handy an, damit ich ungefähr weiß, wann ich losfahren muss", sagte Uli und sah beiden beim Packen zu.

Als Uli in Finestrat auf der Avenida de Benidorm vor der Post stand, stellte sie fest, dass diese geschlossen war. Das gelbe Schild mit der Aufschrift Correos schien sich über sie lustig zu machen und Uli kam sich ein wenig lächerlich vor. Sie sah die blaue halb heruntergelassen

Jalousie an, die ihr den Eingang verwehrte. Ein Schild mit Öffnungszeiten konnte sie nicht finden. Vielleicht gab es ja eins und sie konnte es aufgrund ihrer mangelnden Sprachkenntnisse nicht erkennen. Sie hätte vorher in ihrem Hotel nachfragen können, ob sich jemand für sie erkundigen könne, wann die Post geöffnet hat. Die Erkenntnis kam ein wenig zu spät. Uli überlegte, während sie die an der Außenwand liegende scheinbar planlose Kabelkonstruktion oberhalb des Postschildes betrachtete, ob sie ihren Jungs folgen und ihr Vorhaben auf einen anderen Tag verschieben sollte. Allerdings hatte sie keine Badesachen mit und außerdem würde sie die beiden in diesem Riesenfreizeitpark wahrscheinlich nicht finden. Es war anzunehmen, dass Richard sein Handy in einem Schließfach deponieren würde. Er würde sie erst anrufen, wenn sie die beiden abholen konnte. Sie versuchte ihn zu erreichen, vielleicht hatte sie ja Glück, aber er ging, wie sie es erwartet hatte, nicht ran. Wahrscheinlich waren sie schon unterwegs zur ersten Riesenrutsche. Langsam begann Uli an ihren Unternehmungen zu zweifeln. Vielleicht hatte Richard doch Recht und sie jagte einem Hirngespinst hinterher. Sie hatte nicht den Eindruck, als würde er ihre Unternehmungen wirklich ernst nehmen. In Gedanken versunken, lief sie durch das Dorf und setzte sich auf die Bank, auf dem kleinen Dorfplatz vor dem Haus der Dorfhexe. Sie saß mindestens eine Stunde auf der Bank und wartete, dass die alte Frau herauskam, aber vergebens. Also stand sie auf, um wieder zurück zur Post zu gehen. Als sie ankam, stellte sie fest, dass diese immer noch geschlossen war. Frustriert ging sie die Straße runter und setzte sich in ein kleines Restaurant mit Namen Cantonet, welches sich an einer Ecke befand. Sie bestellte sich einen frisch gepressten Orangensaft. An der Tür waren einige Plakate angebracht, von Veranstaltungen, die in der nächsten Zeit stattfinden würden. Bis auf eins verstand sie nicht, um was es ging. Eins war jedoch auf Deutsch geschrieben und warb für ein Barbecue am Nachmittag im Nachbardorf La Nucia. Der Veranstalter war der Deutsche Club International Benidorm. Da würde sie hingehen und nach Frau Stein fragen, wenn sie dort nichts herausbekommen würde, könnte sie immer noch die Post aufsuchen und danach noch einmal bei der Dorfhexe klingeln und hoffen, dass sie ihr öffnete. Sollte sie dann immer noch keinen Erfolg haben, würde sie einen letzten Versuch im Rathaus versuchen. Danach müsste sie sich vielleicht mit dem Gedanken anfreunden, dass es auf ihre Weise nicht geklappt hat. Vielleicht würde sie dann sogar Kai Flatten einweihen.

Sie fand den Veranstaltungsort des Barbecues dank des Navigationssystems ihres Mietautos ziemlich schnell. Es war ein ziemlich großes Restaurant mit Namen „Don Quijote". Außer einem großen Saal besaß es auch einen großen Innenhof. Als sie diesen betrat, stellte sie fest, dass sie einer der ersten Gäste war. Ein Mann, circa fünfundsechzig Jahre alt mit sehr lichtem Haar, brachte gerade die Zapfanlage in Gang und sah sie neugierig an.

„Guten Tag", sagte Uli höflich und wusste nicht weiter.

„Hallo, ein neues Gesicht, das ist aber schön. Wie sind sie auf uns aufmerksam geworden?" fragte der Mann.

„Ich habe in Finestrat auf einem Plakat von dieser Veranstaltung gelesen."

„Ah ja, Finestrat ein schönes Dörfchen. Ich hab mich gar nicht vorgestellt, ich bin Carlos. Möchten Sie ein frisch gezapftes Bier."

„Sehr gerne. Ich heiße Uli. Carlos ist aber ein ungewöhnlicher Name für einen Deutschen."

„Eigentlich heiße ich Karl, aber hier nennt man mich Carlos", erklärte er. „Hallo Fernando", begrüßte er einen Neuankömmling."

„Fernando? Haben alle hier einen anderen Namen?"

„Nein, aber viele. Fernando heißt eigentlich Ferdinand. Seine Frau heißt Hella, aber hier wird sie Maria genannt. Wissen Sie, die Spanier sprechen ein "H" am Anfang eines Wortes nicht aus und dann bleibt nur noch Ella übrig. Das funktioniert aber auch nicht, weil dies „sie" bedeutet, als die dritte Person Singular und das führt zu Verwirrungen. Viele Namen sind auch zu lang. Die Spanier lieben Spitznamen. Natürlich haben auch viele ihre eigentlichen Namen behalten."

„Aha, verstehe. Wissen Sie, eigentlich suche ich eine Frau. Sie heißt Friedhilde Stein und soll nach Finestart ausgewandert sein. Ich habe das Haus gekauft, in dem sie früher einmal gewohnt hat, und im Keller alte Briefe gefunden, die ich ihr zurückgeben möchte."

„Und dafür kommen Sie extra nach Spanien?" Carlos sah sie verblüfft an.

„Nein, natürlich nicht", beeilte sich Uli zu sagen. „Ich mache hier mit meiner Familie Urlaub und da habe ich mir gedacht, das ist eine gute Gelegenheit beides zu verbinden." Uli hoffte, dass sie glaubwürdig wirkte. Carlos schien keinen Verdacht zu schöpfen.

„Da haben sie Recht. Ein ungewöhnlicher Name. Ich kenne die Dame allerdings nicht."

„Vielleicht hat sie jetzt auch einen anderen Namen."

„Ja, vielleicht. Von vielen kenne ich gar nicht die richtigen Namen."

„Kennen Sie vielleicht jemanden, der mir weiterhelfen könnte?"

„So auf Anhieb nicht, aber ich kann mich ja mal umhören. Wir treffen uns regelmäßig und vor allen Dingen oft. Viele spielen Tennis oder Golf zusammen. Es gibt auch eine Wandergruppe. Ich hör mich mal um, wenn ich etwas herausfinde, rufe ich Sie an."

„Das wäre super." Uli gab ihm ihre Handy-Nummer und bestellte sich noch ein Bier. Nachdem sie es ausgetrunken hatte, verabschiedete sie sich und holte Richard und Felix aus dem Spaßbad ab.

Abends telefonierte sie mit Trudi und erzählte ihr, was sie alles unternommen hatte, um Friedhilde Stein ausfindig zu machen.

„Das hört sich alles sehr vielversprechend an", meinte Trudi. Nach deinen Erzählungen zu urteilen ist Carlos sehr hilfsbereit. Er findet bestimmt etwas heraus und ruft Dich an."

„Ich hoffe auch."

„Anderes Thema: Hast du dich mit Richard wieder vertragen?"

„Ja, hab ich."

„Habt ihr auch geredet?"

„Noch nicht", gab Uli zu.

„Das musst du unbedingt machen und schieb es nicht auf die lange Bank."

„Ja, mach ich, aber mit Felix in der Nähe ist das nicht so einfach."

„Komm mir jetzt nicht so. Du weißt ja, auf den richtigen Zeitpunkt zu warten bringt nix. Irgendwann ist es zu spät."

„Du bist ganz schön dramatisch."

„Ich weiß ja auch wovon ich rede", antwortete Trudi bitter.

„Aha, daher weht der Wind", stellte Uli fest. „Wie geht es dir im Moment?"

„Nicht besonders, aber ich habe eine Entscheidung getroffen. Ich will nicht mehr mit Klaus zusammen leben, zumindest jetzt nicht. Er liebt mich und diese andere Frau. Sie ist zwar gegangen, aber er liebt sie immer noch und er leidet unter der Trennung von ihr. Er leidet auch unter der Trennung von mir. Wenn ich mit ihm ein gemeinsames Leben führen möchte, dann geht das nur mit dieser anderen

Frau in seinem Kopf und dazu bin ich nicht bereit. Ich kann diese Frau, auch wenn sie gar nicht da ist, nicht ertragen. Es ist ganz klar, dass es sich nicht nur um eine Affäre oder nur um Sex gehandelt hat. Er hat gesagt, dass sie etwas ganz Besonderes ist, sonst hätte er nie unsere Ehe aufs Spiel gesetzt. Das sagt doch alles! Er war wirklich ganz ehrlich zu mir. Es war furchtbar hart und verletzend, aber auch gut. Ich weiß jetzt, was ich will und was ich nicht will. Solange sie nicht aus seinem Kopf verschwindet und das wird sie nicht, kann es für uns keine Zukunft geben."

„Das tut mir wirklich leid. Ach Trudi, ich hätte nicht nach Spanien fahren sollen. Ich bin echt keine gute Freundin."

„Red nicht so einen Quatsch. Hast du schon vergessen, dass ich Dich auf die Idee gebracht habe? Außerdem, seitdem ich endlich eine Entscheidung treffen konnte, geht es mir besser."

„Das hört sich schon gut an, aber sagst du das jetzt auch nicht nur, um mich zu beruhigen?"

„Ganz bestimmt nicht. Mir geht es nicht gut, aber mir ging es in der letzten Zeit schon wesentlich schlechter. Ich bin wieder auf dem Weg nach oben."

„Triffst du Klaus immer noch so oft?"

„Nein, wir treffen uns im Moment nicht. Wir haben uns über alles ausgesprochen. Du hattest Recht, jetzt brauche ich Abstand, damit ich alles verarbeiten und neue Pläne machen kann."

„Das hört sich gut an."

„Ist es auch. Wenn ich ein Tief habe, spreche ich mit Fröhlich und er erklärt mir dann, was Klaus doch für ein Vollpfosten ist. Das ist nicht nett, aber mir tut es gut. Klaus ist kein Arschloch oder so, er hat mich nur sehr verletzt, aber ich hoffe, dass, wenn einmal Gras über die Sache gewachsen ist, wir Freunde bleiben."

„Trudi, du bist großartig. Ich weiß nicht, ob ich so

reflektiert reagieren könnte."

„Nee, könntest du nicht. Ich würde Dich aber zwingen und Fröhlich auch. Er hat schon nach dir gefragt."

„Grüße ihn von mir."

„Ja, mach ich, und denk mal darüber nach, was ich gesagt habe, sprich mit Richard!"

Donnerstag, 02. August

Den nächsten Tag verbrachte Uli mit Richard und Felix auf unzähligen Rutschen. Insgesamt fand sie, dass viel zu viele Leute da waren und das Anstehen passte ihr auch nicht. Sie bewunderte Richard, der das jetzt schon den zweiten Tag mitmachte. Irgendwann fanden sie eine Rutsche, die nicht so stark frequentiert wurde. Sie war nicht besonders spektakulär war, aber das war Uli egal. Man stand höchstens fünf Minuten an und das war es ihr wert. Richard sah Uli von der Seite an. Uli, die das bemerkte, knurrte. „Könntest du bitte aufhören mein Profil anzustarren!"

„Wieso?"

„Weil das nicht unbedingt meine Schokoladenseite ist."

„Du hast mir nie Bilder aus deiner Schwangerschaft gezeigt."

„Was soll das heißen, so dick bin ich nun auch wieder nicht!" Uli war entrüstet.

„Ich glaube, du sahst umwerfend aus, als Schwangere", antwortete Richard ohne auf Uli einzugehen.

Uli blieb stehen und sah Richard ungläubig an.

„Los, rutschen, du hältst den ganzen Verkehr auf", und bevor sie etwas sagen konnte, schnappte er sich Uli und rutschte mit ihr zusammen. Felix kam direkt hinterher.

Uli vergaß beim Eintauchen die Luft anzuhalten und verschluckte sich fürchterlich.

Am Abend rief Carlos an und erklärte, dass er mit jemanden aus Finestrat gesprochen habe. Der meinte, dass es keinen Auswanderer mit dem Namen Friedhilde in Finestrat geben würde. Es wohnten insgesamt fünf Engländer, drei Holländer, eine Irin und drei deutsche Auswanderer in Finestrat. Ein Ehepaar namens Körfer. Der Mann ist circa siebzig und die Frau circa sechzig Jahre und eine alleinstehende Frau mit dem Namen Pilar. Uli bedankte sich und legte frustriert auf.

„Was ist los?", fragte Richard

„Das war Carlos. Es gibt nur drei Deutsche in Finestrat. Ein Ehepaar und eine Frau namens Pilar."

„Die Dorfhexe."

„Ja, ich glaube schon. Ich denke, ich gehe noch einmal zu ihr hin."

„Ich bin sowieso der Meinung, dass diese Dame deine gesuchte Frau Stein ist. Pilar wird wohl nicht ihr richtiger Name sein, nach allem was du mir von deinem Gespräch mit Carlos erzählt hast", überlegte Richard. „Und für eine Deutsche ist Pilar ein ungewöhnlicher Name."

„Könnte sein, aber sie möchte nicht mit mir sprechen, glaube ich. Das letzte Mal ist sie einfach gegangen. Vielleicht ist sie es aber auch nicht und die Richtige wohnt gar nicht mehr hier."

„Oder du hast Dich geirrt und sie ist in ein anderes Dorf gezogen."

„Ja, kann auch sein, obwohl ich das nicht glaube."

„Aber das Alter von Pilar würde doch passen, oder nicht?"

„Ja, das würde passen", bestätigte Uli.

„Was ist los? Du bist plötzlich so abwartend. Wo bleibt dein Tatendrang?"

„Ich bin unsicher. Was soll ich denn sagen? „Entschuldigung, aber ich glaube, Sie können mir sagen, von wem die menschlichen Knochen in meinem Keller sind und wo wir schon mal dabei sind, kann es sein, dass sie eine Mörderin sind?""

„Oh Mann, jetzt bist du so weit gekommen und jetzt willst du alles auf sich beruhen lassen?" Richard sah Uli irritiert an.

„Natürlich nicht, aber ich bin nervös. Das ist ja auch ein ungeheurer Verdacht."

„Da hast du Recht, wenn du möchtest, komme ich mit."

„Auf gar keinen Fall. Dann fühlt sie sich vielleicht bedroht."

„Also hör mal, so furchteinflößend bin ich nun auch wieder nicht", grinste Richard, „aber ich verstehe schon."

„Ich gehe morgen zu ihr."

„Wäre es vielleicht möglich, die nächsten drei Tage, die Sache ruhen zu lassen?"

Bevor Uli etwas erwidern konnte, sprach Richard weiter.

„Ich habe euch so lange nicht gesehen, jetzt machen wir gemeinsam Urlaub. Ich würde wirklich gerne zumindest ein verlängertes Wochenende, nur mit euch verbringen, ohne Verbrecherjagd. Nur wir, ganz entspannt. Wäre, das vielleicht möglich?"

Uli fiel nichts ein, was sie dem entgegensetzten konnte, und so stimmte sie wohl oder übel zu.

Abends nachdem Felix im Bett lag, saßen Richard und Uli mit einer Flasche Rotwein bei Kerzenschein auf dem Balkon und sahen dem Mond zu, wie dieser aufging. Erst war nur eine blutrote Sichel zu sehen. Langsam formte er sich zu einem Halbkreis. Uli schaute fasziniert zu, bis der Kreis vollendet war. Der Mond wurde immer heller wurde, blieb aber immer noch rot.

„Wenn ich gerade aufgewacht wäre und das sehen würde, würde ich glauben, ich sehe einen Sonnenaufgang", sagte Uli andächtig.

„Mmh, aber dafür ist es ziemlich dunkel, findest du nicht? Wenn das die Sonne wäre, würde der restliche Himmel nicht dunkel sein."

„Stimmt, ich meine ja nur, weil er so rot ist."

Beide beobachteten den Mond wie er weiter aufstieg und langsam seine Farbe von dunkelrot zu rotorange und schließlich zu einem kräftigen gelb wechselte.

„Toll, ich glaube, ich habe das so noch nie beobachtet."

„Das liegt daran, weil du so hektisch in der

Weltgeschichte herumläufst, da entgeht dir auch schon mal etwas."

„Ist das eine Feststellung, oder spielst du auf etwas Bestimmtes an?", erwiderte Uli mit einem mulmigen Gefühl im Magen.

„Nicht direkt. Ich frage mich nur, ob du in deiner Hektik vergessen hast, mir die Geschichte von den Knochen in deinem Keller zu erzählen oder ob es dafür einen bestimmten Grund gibt."

„Das habe ich mich auch schon gefragt", gab Uli zu.

Da war er also, der Zeitpunkt, um ein klärendes Gespräch zu führen.

„Und hast du die Antwort gefunden?", wollte Richard wissen.

„Ich glaube schon, aber sie gefällt mir nicht." Uli sah den Mond an, der immer höher stieg und immer heller wurde.

„Meinst du, du könntest mich daran teilhaben lassen?", hakte Richard nach.

„Es ist so. Du reist in der Weltgeschichte rum, machst tolle Dienstreisen ins Ausland und überhaupt hast du einen interessanten, abwechslungsreichen Job und ich hänge in 'ner Versicherung im Büro rum. Ich glaube, ich war etwas eifersüchtig und wollte das natürlich nicht wahrhaben. Und je länger ich damit gewartet habe, dir etwas zu erzählen, desto schwieriger wurde es. Ich hab mich dann mit allen möglichen Ausreden selber beruhigt. Das war echt mies von mir." Uli knete angespannt ihre Hände.

„Wow, du wolltest etwas Eigenes haben und anstatt das Jodeldiplom zu machen hast du dir überlegt, klärst du mal eben ein Verbrechen aus längst vergangen Tagen auf", versuchte Richard die Situation etwas aufzulockern.

„Du bist echt blöd, aber wahrscheinlich hast du auch noch Recht."

„Die letzte Reise war wirklich schön, aber

normalerweise reise ich irgendwohin und sitze den ganzen Tag in irgendwelchen Besprechungen oder Tagungen. Von der Stadt, in der ich bin, geschweige vom Land, sehe ich meistens nichts."

„Du bist zu recht sauer auf mich", stellte Uli fest.

„Ich weiß", grinste Richard und gab ihr einen Kuss. „Wenn du so eine uninteressante, graue Büromaus wärst, wäre ich bestimmt nicht mit dir zusammen. Vielleicht sollte ich das öfter mal betonen, damit dein Selbstbewusstsein nicht zwischen irgendwelchen Büroakten verrottet."

Uli schmiegte sich an ihn und beide sahen sie den Mond an, der mittlerweile ganz weiß war und friedlich auf die Welt schien und alle Probleme ganz klein erschienen ließ. Uli fühlte sich seit langem richtig geborgen und kuschelte sich an Richards Brust. Ganz unvorbereitet traf sie die Erkenntnis, dass sie keine Angst mehr vor dem Zusammenziehen hatte. Ihre Befürchtungen, Richard könnte sich mir langweilen, waren verflogen. Sie fühlte sich unendlich erleichtert und dachte, das muss Glück sein.

Montag, 06. August

Trotz des schönen und entspannenden Wochenendes, das Uli mit Richard und Felix verbracht hatte, hatte sie die ganze Nacht keinen Schlaf finden können. Sie stand früh auf und war voller Tatendrang. Nun saß sie auf dem Balkon und konnte nichts machen. Sie wollte ihre Familie nicht wecken, aber sie wollte auch sofort los, irgendetwas tun. Sie überlegte, ob sie ein Bad nehmen und versuchen sollte, sich zu entspannen. Als sie das Wasser in die Wanne laufen ließ, bemerkte sie, dass jemand hinter ihr stand. Erschrocken fuhr sie herum.

„Du bist ja ein totales Nervenbündel", stellte Richard trocken fest. „Was um Himmels Willen machst du da?"

„Ich wollte baden."

„Das seh ich auch, aber wozu soll das gut sein, morgens um sechs Uhr?"

„Zur Entspannung."

„Du hast dich die ganze Nacht herumgewälzt. Die ganze Sache scheint dich mehr zu beeinflussen, als ich gedacht habe, aber gib der armen Frau wenigstens Zeit bis nach dem Frühstück, bevor du sie überfällst."

„Ja, ich wollte um zehn Uhr da sein, länger zu warten halte ich nicht aus."

„Ich weiß, komm wieder ins Bett und lass Dich ablenken. Ich habe da eine ganz spezielle Therapie."

„Bist du verrückt? Da hab ich jetzt ganz bestimmt keinen Kopf für."

„So etwas macht man auch nicht mit dem Kopf. Du kannst ihn doch sonst auch immer so schön ausschalten und unvernünftig sein." Richard sah sie begehrlich an.

„Grins nicht so und lass mich in Ruhe. Ich bin nervös."

„Ist ja schon gut. Reg Dich ab." Richard reagierte empfindlich auf Ulis schroffe Abfuhr.

„Streitet ihr?", fragte Felix verschlafen.

„Nein, wir diskutieren", antwortet Uli.

„Wieso seid ihr schon wach und wieso läuft die Wanne gleich über."

„Ach herrje, ich wollte baden." Uli sprang auf und drehte den Wasserhahn ab.

„Kann ich mit baden?", fragte Felix, der mittlerweile wach war und erfahrungsgemäß nicht mehr einschlafen würde.

„Wenn du Lust hast, warum nicht."

„Ich merk schon, bin gerade abgemeldet, dann geh ich wieder ins Bett", knurrte Richard, „und setzt nicht das ganze Badezimmer unter Wasser."

Um neun Uhr dreißig stand Uli vor dem Haus von Pilar und klopfte an. Nichts regte sich, sie versuchte es noch einmal und klopfte energischer gegen die Tür. Die alte Frau öffnete ihr die Tür und sah sie mit wachen Augen an.

„Guten Morgen, verfolgen Sie mich?", begrüßte sie Uli.

„Guten Morgen", antwortet Uli, „nein, ähm, ich wollte Sie etwas fragen."

„Na, dann fragen Sie doch?"

„Sind Sie Pilar?" Was für eine blöde Frage, dachte Uli, wieso hab ich nicht gefragt, ob sie Friedhilde Stein ist.

„Nein."

„Nein? Äh, ja also, wer sind Sie denn?"

„Vielleicht stellen Sie sich erst einmal vor."

„Oh ja, natürlich. Entschuldigung. Ich bin Uli Winterstein und ich suche eine Frau, die früher in dem Haus gewohnt hat, in dem ich jetzt wohne."

„Wo wohnen Sie denn?"

„In Köln."

„Und was wollen Sie von dieser Frau?"

„Ich habe etwas für sie."

„Was denn?"

„Äh, ich habe etwas im Keller gefunden, was ihr

gehören könnte." Das Gespräch hatte eine Richtung eingeschlagen, die Uli gar nicht behagte.

„Und was ist das?"

„Das würde ich Frau Stein gerne selber sagen."

Die alte Frau sah Uli aus müden Augen an. Sie wirkte auf einmal sehr alt.

„Aha, Stein heißt die Frau also, die Sie suchen?"

„Ja." Uli hätte sich auf die Zunge beißen können. Jetzt hatte sie sich verraten.

„Sind es vielleicht Briefe, die sie dieser Frau geben wollen?"

Woher wusste sie das? Uli dachte an Carlos. Der Tratsch verbreitete sich wirklich rasend schnell in dieser Gegend.

„Äh, ja. Hat ihnen das jemand erzählt, der im Deutschen Club ist?"

„Ja, aber ich glaube das nicht."

In Ulis Magen machte sich ein Ziehen breit.

„Warum denn nicht?"

„Haben Sie Zeit?"

„Ja."

„Dann kommen sie doch rein. Man nennt mich hier übrigens Piedra nicht Pilar."

„Aha. Klingt ein bisschen ähnlich", sagte Uli, um irgendetwas zu sagen und trat ein. Durch den Flur ging es geradeaus in eine sehr gemütliche Küche.

Sie sah sich um und bewunderte die grün-weiß halbhoch gekachelte Wand. Der Fußboden war mit terrakotafarbenen Fliesen ausgelegt, die durch dezent bunte gemusterte Schmuckfliesen unterbrochen wurden. Die Arbeitsplatte bestand aus einem bräunlichen, mit schwarzen Pyroxenen und rötlichen Feldspäten durchsetzen metamorphen Granit. Uli registrierte, dass sie die gleiche hatte. Allerdings war ihre eine Resopalplatte und hier handelte es sich eindeutig um eine echte Steinplatte. An der Stirnseite der Küche befand sich ein großes Fenster, von dem man in den Garten blicken konnte.

„Möchten Sie Tee?", unterbrach die alte Dame Ulis Beobachtungen.

„Meine Kaffeeeinladung haben Sie ja letztens ausgeschlagen."

„Ja, gerne", sagte Uli ohne auf die Bemerkung der alten Frau einzugehen. Sie dachte, was mach ich nur, wenn der Tee vergiftet ist?

Als ob die Alte ihre Gedanken gelesen hätte, sagte sie amüsiert: „Der Tee ist nicht vergiftet. Und nun sagen Sie mir, warum Sie wirklich hier sind."

Uli war ein wenig unheimlich zumute, aber die alte Frau sah sie freundlich an und auch sonst schien die Situation völlig normal zu sein, wenn man von der merkwürdigen Unterhaltung absah. Langsam entspannte sie sich und beschloss sich auf die Situation einzulassen.

„Bei Umbauarbeiten im Keller hat mein Sohn einen Zahn gefunden. Einen menschlichen Zahn."

Piedra seufzte: „Und da kommen Sie den ganzen weiten Weg hierher? Es gibt tausend Erklärungen, wie ein menschlicher Zahn in Ihren Keller gekommen sein könnte."

„Ja, das stimmt, aber später haben wir auch noch den Unterkiefer gefunden."

„Das hört sich nicht gut an", sagte die alte Dame und erweckte so den Anschein, als ob sie noch nie etwas über die Geschichte gehört hätte. Uli folgerte, dass es sich bei der alten Dame nicht um Frau Stein handelte. Sie antworte ihr: „Die Polizei geht davon aus, dass jemand eine Leiche absichtlich im Keller abgelegt hat, um sie zu verstecken."

„Die Polizei ist auch schon informiert?" Die alte Dame seufzte.

„Die stellen das ganze Haus auf den Kopf und gehen mir mächtig auf die Nerven. Das ist auch ein Grund, warum ich jetzt Urlaub mache. Ich ertrage es kaum, wie ich in meinem eigenen Haus bevormundet werde."

„Übertreiben Sie da nicht?"

„Nein."

„Die Polizei macht doch nur ihre Arbeit."

„Da haben Sie Recht, trotzdem gehen sie mir auf die Nerven."

„Das kann ich mir vorstellen", schmunzelte die alte Frau.

„Wissen Sie, falls es sich tatsächlich um ein Verbrechen handelt, ist es bestimmt verjährt", meinte Uli.

„Tatsächlich?"

„Ja, also ich glaube schon", improvisierte Uli.

„Weiß die Polizei, wer die Leiche war?"

„Nein, soweit ich weiß nicht. Ich habe herausgefunden, dass ein Zimmer des Hauses als Fremdenzimmer vermietet wurde und dort Männer gewohnt haben, deren Familien weit weg waren oder die keine Familien hatten. Sie waren in Köln, weil es dort Arbeit für sie gab. Diese Männer sind nie gemeldet worden. Deshalb ist es schwierig herauszubekommen, wer dort gewohnt hat."

„Was sagt die Polizei dazu?"

„Keine Ahnung, ich hab es ihnen nicht erzählt", log Uli.

„Warum nicht?"

„Weil ich mich über sie geärgert habe. Sie wollten immer alle Informationen von mir haben und wenn ich etwas wissen wollte, haben sie mir nichts gesagt", gab Uli kleinlaut zu.

„Wissen Sie was? Sie hören sich an wie ein kleines trotziges Kind."

„Kann schon sein", gab Uli zu.

„Was haben Sie denn über diese Männer herausgefunden?"

„Es haben dort mindestens fünf Männer gewohnt. Uli fiel die Lüge von Emil ein. Vielleicht auch mehr. Entweder hat einer von ihnen die Leiche im Keller abgelegt oder ist selber zum Opfer geworden."

„Das ist Ihre Theorie?"

„Ja."

„Sagen Sie mal, Sie können kein Wort Spanisch oder?"

„Nein, wieso?"

„Wissen Sie was Piedra bedeutet?"

„Nein."

„Stein."

Uli wurde schwindelig. Da war sie der Dorfhexe tatsächlich mit offenen Augen in die Falle getappt. Richard hatte Recht gehabt.

„Sie sind Friedhilde Stein!", stellte Uli atemlos fest.

„Ja."

„Dann wissen Sie auch, dass ich eben nicht so ganz die Wahrheit gesagt habe. Ich meine, Ihre Schwiegertochter hat Ihnen bestimmt gesagt, dass ich Sie, also ich meine…"

„Natürlich", unterbrach Friedhilde Stein Uli bevor diese noch mehr ins Stottern geriet. Eine ganze Weile, sahen sich beide Frauen nur an.

„Wissen Sie, was passiert ist?", fragte Uli nachdem Sie ihre Sprache wiedergefunden hatte. Jetzt, nachdem jede Taktik unnötig geworden war, konnte sie auch ganz direkt sein.

„Ja, natürlich. Die Knochen gehören diesem Italiener. Aber warum sie dort waren, das ist mir ein Rätsel." Frau Stein schien ehrlich erschüttert.

„Wie meinen Sie das?" Das Gespräch verwirrte Uli.

„Wollen Sie die Geschichte wirklich hören?"

„Ja", antworte Uli obwohl sie langsam unsicher wurde.

„Ich frage Sie, weil ich mittlerweile wirklich gerne darüber reden würde. Ich habe dieses Geheimnis mein ganzes Leben lang behütet und würde es gerne loswerden oder zumindest mit jemanden Außenstehenden teilen. Falls so etwas überhaupt möglich ist. Meine Familie kann ich damit nicht belasten. Sie müssen sich darüber klar sein, dass meine Geschichte dann auch Ihre Geschichte wird."

„Ich möchte es wirklich wissen", bekräftigte Uli ihre Entscheidung, ohne zu wissen, worauf sie sich da einließ.

„Also gut. Damals nach dem Krieg haben mein Mann und ich das Zimmer an Männer vermietet, die in Deutschland Arbeit suchten. Wie haben uns so etwas dazu verdient. Zuerst wohnte ein Pole bei uns. Er ist ein sehr netter Mann, allerdings sehr verschlossen. Er hat es nicht verwinden können, dass man ihn quasi von der Straße weg nach Deutschland deportiert hat. Ich denke, das Schlimmste für ihn waren die Schicksale der anderen Zwangsarbeiter, die er mitbekommen oder sogar miterlebt hat. Ich glaube deshalb redete er nicht viel. Es fiel ihm schwer, sich anderen zu öffnen. Er wohnte lange bei uns und irgendwann vertraute er uns und wir wurden wirkliche Freunde. Mittlerweile ist er verheiratet und hat eine Familie gegründet. Wir haben heute noch Kontakt, aber nach meiner Umsiedlung nach Spanien nicht mehr ganz so häufig. Wir schicken uns zum Geburtstag Karten und zwei oder drei Mal im Jahr telefonieren wir miteinander. Er hat aber auch noch ein sehr enges Verhältnis zur Familie meines Sohnes. Danach zog ein Deutscher bei uns ein, aber nur kurz, er heiratete eine Frau aus der Nachbarschaft und sie zogen zusammen. Er war ein sehr gläubiger Mann und versuchte alle zu bekehren. Das hat nicht jedem gefallen und viele hielten sich von ihm fern." Frau Stein nahm sich einen Schluck Tee, bevor sie fortfuhr. Uli unterbrach Frau Stein nicht, obwohl sie nichts Neues erfuhr.

„Danach lebte ein Spanier bei uns, Herr Gomez. Er war ein unauffälliger Typ, wir haben wenig miteinander zu tun gehabt. Ich wusste nie wann er da war und wann nicht. Ich habe ihm ein wenig Deutsch beigebracht. Als er auszog kam ein Türke zu uns. Er lernte unglaublich schnell unsere Sprache und wollte immer verbessert werden. In seinem Urlaub fuhr er immer in die Türkei zu seiner Familie.

Irgendwann holte er sie nach Deutschland. Wir waren ganz überrascht, dass er auch Kinder hatte. Wir wussten nämlich gar nicht, dass er verheiratet war. Dass es jemanden in der Türkei gab, haben wir uns zwar gedacht, aber als er uns plötzlich verkündete, dass er ausziehen würde, um mit seiner Familie in Deutschland zu leben, waren wir schon überrascht. Ich habe auch seine Frau kennengelernt. Es war ganz merkwürdig, wir konnten uns nicht verständigen. Sie hat nie Deutsch gelernt, auch nicht als sie schon Jahre in Deutschland wohnte. Sie hatte ihre sozialen Kontakte ausschließlich in der türkischen Gemeinschaft. Frau Stein machte eine Pause, dann sagte sie nachdenklich. „Ähnlich wie die Deutschen hier, die kein Spanisch können. Ich finde das sehr merkwürdig. Was aus ihnen geworden ist, weiß ich nicht. Wir haben den Kontakt zueinander verloren. Sie wissen ja wie das ist."

„Ja" stimmte Uli zu, „mittlerweile kann sie aber deutsch. Ich habe mit ihr telefoniert."

„Sie haben mit ihr telefoniert?", fragte Frau Stein ungläubig.

Uli fühlte sich genötigt, nun auch ihrerseits eine Erklärung abzugeben. „Ich habe versucht, die Fremdarbeiter ausfindig zu machen und da habe ich bei einer Gelegenheit mit ihr telefoniert. Herr Yilmaz hat mir später erzählt, dass er es schrecklich fand, dass seine Frau kein Deutsch konnte und deshalb hat er sie mehr oder weniger dazu gezwungen, es zu lernen."

„Das hätte ich nie für möglich gehalten", antwortete Frau Stein erstaunt.

„Der Italiener war der letzte, der bei Ihnen gewohnt hat, oder?"

„Ja, als letzten Untermieter hatten wir den Italiener. Einen sehr schönen Mann, der das auch wusste. Er tat sehr weltgewandt. Alle mochten ihn. Er hatte eine Schwäche für schöne Frauen. Irgendwann kam seine schwangere Frau aus

Italien nach Deutschland, aber sie zogen nicht zusammen. Das fand ich sehr merkwürdig. Ich weiß auch nicht, wie er zwei Wohnungen bezahlen konnte. Seine Frau war mit dieser Situation sehr unzufrieden. Sie wollte ihren Mann bei sich haben. Das kann man ja auch verstehen. Sie erwartete ein Kind von ihm und ihr Mann wohnte woanders. Sie wohnte noch nicht einmal in der Nähe. Irgendwo im Kreis Bergheim und wenn sie mit dem Bus nach Köln kam, um ihren Mann zu besuchen, war das jedes Mal eine Strapaze. Sie war mehrere Stunden unterwegs. Nicht wie heute, wo die Verbindungen sehr viel besser geworden sind. Sie war oft sehr traurig und wollte, dass ich mit ihrem Mann rede, damit er sein Verhalten ändert. Sie konnte nicht gut Deutsch, aber ich habe sie verstanden. Irgendwann war ihr Mann von heute auf morgen verschwunden und keiner wusste wo er war. Lange hielt sich das Gerücht, dass er zu einer Geliebten gezogen war. Seine Frau war auch davon überzeugt. Nach dieser Geschichte vermieteten wir das Zimmer nicht mehr."

„Das ist die offizielle Geschichte, nicht wahr?", versuchte Uli die alte Dame zum Weitersprechen zu ermutigen.

„Ja, sie ist noch nicht einmal gelogen. Nur, dass etwas fehlt. Er ist weder zu seiner Frau noch zu einer seiner Geliebten gegangen."

Frau Stein stand auf und setzte neues Teewasser auf, obwohl noch genug Tee in der Kanne war. Sie war sehr erschöpft und brauchte Zeit. Uli durchschaute es und ließ sie gewähren. Als der Tee fertig war und sie wieder am Tisch saß, bat sie Uli am nächsten Tag noch einmal wiederzukommen.

„Ich kann nicht mehr. Ich hätte nicht gedacht, dass mich das Erzählen dieser Geschichte so anstrengen würde. Dabei bin ich noch nicht einmal zum eigentlichen Kern vorgedrungen."

Uli sah ein, dass Frau Stein im Augenblick nicht bereit war weiter zu sprechen und so ging sie auf ihren Vorschlag ein. Sie verabredeten sich für den nächsten Morgen und beide verabschiedeten sich voneinander.

Abends, als Felix im Bett war, erzählte sie die Geschichte Richard.

„Sie weiß, was geschehen ist!", stellte Richard fest.

„Ja, und ich glaube, sie wird mir die ganze Geschichte erzählen. Sie war am Ende unseres Gespräch zwar sehr erschöpft, aber ich hatte den Eindruck, dass sie froh ist, die Geschichte mit jemanden zu teilen."

„Glaubst du, dass sie an dem Tod von Di Lauro Schuld ist?"

„Ganz ehrlich, ich weiß es nicht. Vielleicht hat ihr verstorbener Mann etwas damit zu tun und jetzt, wo er tot ist, kann sie endlich darüber reden, ohne ihm Schwierigkeiten zu machen."

„Das klingt logisch, und wenn es so ist, dann würde sie nie ihren Sohn damit belasten. So gesehen ist es für sie ein Segen, dass du aufgetaucht bist." Dies meinte Richard ganz ehrlich.

„Morgen werde ich wissen, was passiert ist", meinte Uli zuversichtlich.

„Weißt du schon, was du dann machen wirst, wenn du die Wahrheit kennst?"

„Nein, wirklich nicht. Ich kann doch nicht einfach das Vertrauen von Frau Stein missbrauchen und zur Polizei gehen."

„Ich verstehe Dich, aber findest du nicht auch, dass die Familie von Di Lauro wissen sollte, was passiert ist?"

„Ja, du hast Recht. Das wird sehr schwer", seufzte Uli.

„Heute wirst du das sowieso nicht entscheiden können. Lass uns lieber den morgigen Tag planen."

„Ja, ich bin morgens mit Frau Stein verabredet und ich denke, ich werde ziemlich lang bei ihr bleiben. Ich meine, je nachdem in welcher Stimmung sie ist, wenn sie die ganze Geschichte zu Ende erzählt hat, bleibe ich noch bei ihr."

„Verstehe, ich denke du wirst den ganzen Tag weg sein, dann mache ich mit Felix einen Ausflug. Von der Rezeption unseres Hotels habe ich einen Prospekt über einen Safaripark gesehen. Da fahre ich mit Felix hin. Allerdings brauchen wir dann das Auto. Dort gibt es Wildtiergehege, durch die man durchfahren kann."

„Das hört sich großartig an. Da würde ich gerne mitkommen. Falls ihr euch vorstellen könnt, nochmal dort hinzufahren, ich bin dabei."

„Mal sehen, ob sich ein zweiter Besuch überhaupt lohnt", grinste Richard. „Wir fahren Dich morgen erst einmal nach Finestrat in die Höhle des Löwen."

Uli grinste ihn an.

„Machst du dir gar keine Sorgen um mich?"

„Eigentlich schon, aber da es sich in diesem Fall um eine alte Dame und eine alte vergangene Geschichte handelt, bin ich nur ein ganz klein wenig beunruhigt."

Dienstag, 07. August

Wie geplant lieferten Richard und Felix Uli in Finestrat bei Frau Stein ab und fuhren weiter in das sechzig Kilometer entfernte Vergel zum Safaripark.

Frau Stein erwartete Uli bereits. Nachdem sie sich begrüßt und an den Küchentisch gesetzt hatten, begann Frau Stein zu erzählen.

„Gestern ist mir klar geworden, wie sehr ich mich danach gesehnt habe, dass ich irgendeinem Menschen von dieser Sache erzählen kann. Wenn ich zurückblicke wird mir klar, dass ich das schon lange hätte tun müssen. Dann wäre mein Leben bestimmt einfacher gewesen."

„Ich habe gestern schon bemerkt, dass die ganze Sache sie emotional sehr erschöpft hat."

„Ja, das hat es, aber jetzt will ich es auch zu Ende bringen. Ich werde Ihnen etwas über Di Lauro erzählen."

Sie holte tief Luft.

„Was wir alle lange nicht wussten, war, dass er gebunden war. Er hatte gesagt, er sei Junggeselle. Er hatte hier ja auch eine Freundin. Eigentlich hatte er mehrere Freundinnen, aber irgendwann hatte er sich auf eine festgelegt. Dass seine Frau in Italien lebte, hat keiner gewusst. Eines Tages war sie nach Deutschland gekommen. Sie stand einfach vor der Tür. Ich hatte schon damals den Eindruck, dass sich ihr Mann darüber nicht sehr gefreut hat."

„Das würde erklären, warum sie nicht zusammengezogen sind. Ich meine, sie ist schwanger, sie kommt aus Italien zu ihm, um bei ihm zu sein. Wahrscheinlich hat sie ihn total vermisst", stimmte Uli zu. Sie musste an die alte Frau im Berliner Ring denken. So hatte sie sich ihr Leben wahrscheinlich nicht vorgestellt, als sie blind vor Liebe bei dem Vater ihres ungeborenen Kindes auftauchte.

„Und als wäre das noch nicht genug, musste sie

feststellen, dass ihr Mann eine Geliebte hatte. Er hat sie schrecklich gedemütigt", sagte Frau Stein.

„Schrecklich!", das war ja noch schlimmer als Trudis Geschichte, kam es Uli in den Sinn.

„Er hatte immer Affären", erzählte Frau Stein weiter.

„aber seine letzte Affäre war etwas Besonderes. Für ihn war es mehr als eine Affäre und seine Frau stand ihm im Weg. Er behandelte sie ganz abscheulich. Aber je gemeiner er wurde, desto anhänglicher wurde sie. Sie war oft bei mir und heulte sich die Augen aus dem Kopf. Sie tat mir wirklich aufrichtig leid und ich versprach ihr, mit ihrem Mann zu sprechen. Sie wollte, dass ich ihm drohe, ihm das Zimmer zu kündigen, damit er zu ihr ziehen müsste. Ich versprach ihr, mit ihm zu reden. Ich wollte ihn auch nicht mehr in meinem Haus haben. Er war sogar gewalttätig gegenüber seiner Frau geworden und das obwohl sie schwanger war."

„Oh mein Gott, das ist ja eine unglaubliche Geschichte", entfuhr es Uli.

„Ich glaube, die andere Frau fand er nur toll, weil er mit ihr nicht machen konnte was er wollte. Das hat ihn gereizt", mutmaßte Frau Stein. „Er war ein Machtmensch, der keine Macht hatte. Sobald er sie hätte kontrollieren können, wäre sie reizlos geworden und er hätte sich jemanden Neues gesucht. Ich bin mir sicher, dass sie ihn verlassen hat. Seine Freundin hat gar nicht gewusst, dass er eine Frau hatte, und hat sich ebenfalls hintergangen gefühlt. Ich bin mir sicher, dass keine seiner Geliebten gewusst hat, dass er bereits gebunden war."

„So ein Mistkerl", entfuhr es Uli und sie dachte unweigerlich an Trudi, die auch nichts von der Affäre ihres Mannes gewusst hatte.

„Natürlich wollte seine Freundin ihn nicht wiederhaben, obwohl Di Lauro wirklich alles Mögliche versucht hat, sie zurück zu erobern. Als er merkte, dass es aussichtslos war, ließ er seinen ganzen Frust an seiner Frau aus."

„Haben Sie denn mit ihm gesprochen, so wie es seine Frau wollte?"

„Ja. Eines Tages hatten wir einen Wasserrohrbruch im Keller und Di Lauro reparierte ihn für uns. Als er fertig war, ging ich zu ihm und brachte ihm etwas zu essen, aber in erster Linie wollte ich mit ihm über sein Verhalten seiner Frau gegenüber sprechen. So konnte es ja nicht weitergehen. Er erzählte mir, dass sie nur eine Affäre in Italien war und dass er völlig überrascht war, als sie erklärte, sie würde nach Deutschland kommen. Er hat sie gar nicht ernst genommen. Außerdem seien sie gar nicht verheiratet und er hatte nie vorgehabt, das zu ändern. Ihre Familie hatte Geld und bezahlte die Wohnung in Bergheim. Er hatte, als ihm klar wurde, dass sie nach Deutschland kam, diese Wohnung ausgesucht und behauptet, es wäre eine Wohnung ganz in der Nähe seiner Arbeitsstätte und dort könnten sie zusammen leben. Er hatte geglaubt, er könne sie überreden, wieder nach Italien zurückzukehren. Das wollte sie aber nicht. Was hätte sie ihrer Familie erzählen sollen? Was sollte sie auch schwanger und unverheiratet in Italien machen? Ihre einzige Chance bestand darin, ihn zu heiraten. Er hatte den Plan sie so lange schlecht zu behandeln, bis sie freiwillig ging."

„Das hat aber nicht funktioniert", stellte Uli fest.

„Nein, hat es nicht. Als sie in Deutschland ankam und in vor vollendete Tatsachen stellte, fühlte er sich überrumpelt und erpresst. Ihre Eltern hatten sie nach Deutschland geschickt, damit sie so schnell wie möglich heiratete, damit sie kein uneheliches Kind zu Welt bringen würde. Sie hatte aus deren Sicht Schande über die Familie gebracht."

Diese Seite der Geschichte kannte Pedro, ihr Enkel, mit Sicherheit nicht, dachte Uli.

„Das Problem war, dass es Di Lauro völlig egal war, was mit seiner Freundin passierte", fuhr Frau Stein fort. „Er wollte sie nicht heiraten und er wollte sie nicht in Deutschland haben. Er verlangte tatsächlich, dass ich ihn verstehen sollte. Weiterhin wollte er mich dazu bewegen, dass ich auf seine Freundin einwirken sollte, um sie dazu zu bringen, wieder nach Italien zurückzukehren. Ich warf ihm vor, dass er das Vertrauen von ihr missbraucht habe und er jetzt zu seinem ungeborenen Kind stehen solle. Er war außer sich vor Wut, dass ich es wagen konnte, Forderungen an ihn zu stellen. Wir gerieten in einen sehr aggressiven Streit. Er beschimpfte mich und meinte, mein Mann würde mir viel zu viel durchgehen lassen. Ein echter Mann würde das niemals dulden. Ich war ebenfalls sehr wütend. Er schrie mich fürchterlich an und er sagte, Gewalt wäre das Einzige was Frauen wirklich verstehen würden. Er kam drohend mit geballter Faust auf mich zu. Ich bekam es mit der Angst zu tun und da packte ich irgendetwas und schlug es ihm auf den Kopf."

Frau Stein sah Uli flehend an.

„Es war wirklich keine Absicht."

Das hätte Uli der alten Dame niemals zugetraut, aber sie war ja nicht immer alt gewesen. Uli begriff, wie es dazu kommen konnte. Was für eine Tragödie.

„Ich verstehe Sie", und als Uli das sagte, war es keine Floskel, sie meinte es ehrlich. Sie nahm die Hand von Frau Stein und drückte sie. Diese erwiderte den Druck.

„Als er auf dem Boden lag", schluchzte sie, „fragte ich ihn, ob er jetzt verstehen würde, warum ich ihn gebeten hatte, seine Frau anständig zu behandeln."

Uli, die geglaubt hatte, dass Frau Stein versehentlich Di Lauro erschlagen hatte, hörte weiter atemlos zu.

„Ich warf ihm vor, nicht zu seiner Verantwortung zu stehen und kein richtiger Mann sein. Ich kann heute gar nicht mehr nachvollziehen, wie ich so in Wut geraten konnte. Er rappelte sich hoch und kündigte an, er würde mir jetzt mal zeigen, zu was ein richtiger Mann fähig wäre.

Seine Augen strahlten so viel Boshaftigkeit und Niedertracht aus und als er an seinen Hosenschlitz griff, da erst wurde mir meine Lage bewusst. Ich geriet regelrecht in Panik und schlug wie eine Verrückte auf ihn ein. Sehr viel später wurde mir klar, dass es sich um eine Eisenstange gehandelt hatte. Als ich wieder zu mir kam, war alles mit Blut bespritzt und mir wurde klar, dass Di Lauro tot war. Ich hatte ihn umgebracht. Zuerst wusste ich überhaupt nicht, was ich machen sollte. Ich konnte kaum denken. Ich war nicht in der Lage, eine Entscheidung zu treffen. Ich habe mich im Waschraum in eine Ecke verkrochen. Mein Mann hat mich dort gefunden, als er nach Hause kam. Er hat mich dann gefunden. Er war im Schichtdienst tätig und schon mittags zu Hause, sonst hätte mich eines unserer Kinder gefunden."

„Oh mein Gott, gar nicht auszudenken", entfuhr es Uli.

„Als mein Mann, also Peter, kam, sah er sofort, dass etwas Schreckliches passiert war. Peter und ich überlegten dann gemeinsam, was wir tun sollten. Der erste Gedanke war, zur Polizei zu gehen, aber ich hatte versucht, das Blut zu entfernen. Daran hatte ich keine Erinnerung mehr. Auf jeden Fall war es vom Boden zum größten Teil weggewischt und an der Wand war alles verwischt. Die Waschmaschine lief mit den Putzlappen. Ich hatte also Beweise vernichtet, ohne dass ich mich daran erinnern konnte."

„Wie furchtbar. Es tut mir wirklich leid, dass ich Sie mit meiner Neugier dazu gebracht habe, alles noch einmal durchleben zu müssen." Uli hatte sich bereits mit Frau Stein solidarisiert.

„Auch wenn ich jetzt weine und alles noch einmal aufbricht. Glauben Sie mir, es tut mir gut."

Sie sah Uli aus tränennassen Augen an. Uli hielt weiter ihre Hand.

„Ich erzählte ihm alles, was geschehen war. Gemeinsam beschlossen wir, nicht die Polizei zu verständigen und falls jemand das Verschwinden auffallen würde, zu erzählen, dass Di Lauro ausgezogen war, und wir nicht wussten, wo er jetzt wohne. Es hätte ja wirklich gut sein können, dass er zu seiner Frau oder zu seiner Geliebten gezogen war."

„Hat denn keine der beiden Frauen versucht, ihn zu finden?"

„Seine Geliebte nicht, sie hatte Schluss gemacht, das war es ja auch, was Di Lauro so angestachelt hat, ihr nachzusteigen. Er konnte es nicht verwinden, dass es eine Frau gewagt hatte, ihn zu verlassen. Seine Frau glaubte, dass er zu seiner Geliebten gegangen wäre. Ich weiß nicht, ob sie wusste wer sie war, und ob die Frauen sich jemals getroffen haben. Ich glaube aber nicht."

„Doch, haben sie, aber das muss vorher gewesen sein. Ich habe Frau Di Lauro in Bergheim ausfindig machen können und sie glaubte, dass er zu seiner Geliebten gegangen sei. Sie erzählte mir, dass sie einmal mit ihr gesprochen hat. Dies war aber ein unerfreuliches Gespräch an dessen Ende ihr die Geliebte gesagt hatte, dass Pedro selber entscheiden müsse zu welcher Frau er gehen wolle."

„Davon habe ich nie erfahren. Das muss gewesen sein, als seine Frau gerade in Deutschland war."

„Ja, das denke ich auch."

„Jetzt kennen Sie die ganze Geschichte. Sie sprechen mit einer Mörderin."

„Jetzt werden Sie aber dramatisch. Das war doch Notwehr!", antwortete Uli fest.

„Wie Notwehr? Ich habe ihn doch zuerst angegriffen."

„Ja, zuerst war es Körperverletzung und dann war es Notwehr. Ich würde Sie nicht als Mörderin bezeichnen. Auf gar keinen Fall!"

„Wenn Sie das so sagen, hört es sich gar nicht so schlimm an. Aber Tatsache ist, ich habe ihn umgebracht. Die Bilder von diesem Tag trage ich seitdem mit mir herum. Überall war Blut. Sie können sich gar nicht vorstellen, wo das überall hin gespritzt ist. Ich habe immer noch schreckliche Alpträume. In meinen Träumen läuft das Blut zusammen und bildet Wörter, die mich anklagen."

„Sie haben ein Trauma erlitten, das kann man nicht einfach abschütteln", stellte Uli nüchtern fest.

„Ich bin sehr froh, dass Sie als Fremde, die objektiver als meine Freunde oder Familie urteilt, mich verstehen und nicht anklagen. Wirklich, das bedeutet mir viel." Uli war gerührt, sie nahm Frau Stein in den Arm und bemerkte, dass die alte Dame zitterte.

Frau Stein sah Uli in die Augen und sagte: „Diese Geschichte ist ein Teil meines Lebens geworden und ich werde sie immer in mir tragen. Es ist gut, dass ich sie mit Ihnen teilen kann. Wenn Sie noch weitere Fragen haben, dann fragen Sie bitte."

„Ich habe tatsächlich noch eine Frage. Wieso hat eigentlich keiner der Nachbarn gemerkt, dass sie eine Leiche im Keller hatten? Ich meine, das stinkt doch irgendwann ganz fürchterlich."

„Da haben sie Recht. Peter und ich, wir haben die Leiche zerlegt."

Uli schauderte es.

„Erst haben wir ihn ausbluten lassen. Wissen Sie, zu dieser Zeit haben die Leute oft selber noch geschlachtet. Peter wusste wie das ging, und ich auch. Wir hatten einen Gemüsegarten und es fiel niemanden auf, dass wir dort oft harkten und gruben, dort haben wir dann das Blut entsorgt und später auch das Fleisch vergraben. Wir mussten schon recht tief graben. Einmal hat ein Tier einen Fleischbrocken ausgegraben und ist mit seiner Beute weggelaufen. Das hat aber Gott sei Dank keiner außer uns bemerkt. Daraufhin waren wir vorsichtiger. Die Knochen mit den Fleischresten habe ich solange gekocht, bis das Fleisch von alleine abgefallen ist. Irgendwann konnte ich meinem Mann nicht mehr helfen, weil die Bilder in meinem Kopf mich halb wahnsinnig gemacht haben. Auch heute sehe ich in meinen Träumen den Geist von Di Lauro nach mir suchen, um Rache zu nehmen. Wir wussten, dass das Fleisch mit der Zeit im Garten verwesen würde, aber wir wussten nicht, wie wir die Knochen entsorgen sollten. Schließlich wollten wir auf keinen Fall, dass sie irgendwann von einem Tier oder noch schlimmer, von irgendeinem Menschen gefunden werden. Lange Zeit haben wir sie in einer Kiste im Keller unter den Kohlen gelagert. Irgendwann hat Peter angefangen, die Knochen zu zermahlen und den Staub im Garten zu verstreuen. Das war sehr mühsam und er kam nur langsam vorwärts. Ich bin immer davon ausgegangen, dass er alle Knochen zermahlen hat und der Staub in unserem Garten beziehungsweise mit dem Aushub aus unserem Umbau entsorgt wurde. Das habe ich wirklich bis vor kurzem geglaubt, bis zu dem Tag, als mich meine Schwiegertochter angerufen hat. Peter konnte wahrscheinlich nicht den Kopf zerkleinern und hat deshalb die Reste eingemauert."

„Wieso haben Sie sich eigentlich die Arbeit mit dem Umbau gemacht? Ich gehe mal davon aus, dass Sie den Keller gemieden haben, wenn es irgendwie ging."

„Ja, das ist richtig, ich habe den Keller gemieden. Den Umbau haben wir nur gemacht, damit wir alle Spuren beseitigen konnten. Wenn Sie in den ehemaligen Kohlenkeller gehen, wird Ihnen aufgefallen sein, dass dieser tiefer liegt als der übrige Keller. Wir haben die Erde abgetragen, in die das Blut eingesickert war. Ich konnte den Gedanken nicht ertragen, dass irgendetwas von ihm immer noch da war. Außerdem haben wir die Wände gesandstrahlt, so dass nur noch das Mauerwerk übrig war. Dieses haben wir dann geweißt. Die Nachbarn, die sich über den Krach gewundert haben, haben natürlich gefragt, was wir da so treiben und wir haben erzählt, dass wir den Keller bis unter die Terrasse erweitern wollen. Aus diesem Grund fiel es auch nicht auf, dass wir viel Erde abtransportiert haben. Deshalb mussten wir dann auch wirklich den Keller erweitern. Schließlich brauchten wir ein Alibi. Doch wir schafften es nicht, den alten Kellerausgang abzuschlagen. Keine Ahnung, aus welchem Material diese Treppe gebaut wurde. Es war einfach zu schwer und wir waren mittlerweile nicht nur seelisch, sondern auch körperlich an unsere Grenzen gestoßen. Sie kennen ja die Nachbarschaft. Hilfsbereit wie sie sind, wollten sie uns natürlich bei unserem Vorhaben unterstützen und wir mussten immer wieder neue Ausreden erfinden."

„Ja", stimmte Uli zu, „das war bestimmt nicht leicht."

Das muss furchtbar gewesen sein, dachte sie.

„Schließlich beschlossen wir, den alten Kellerausgang zuzumauern. Wir haben einen neuen ganz an die Außenwand verlegt, aber das wissen Sie ja. Wenn man vom Garten in den Keller geht, befinden sich ein kleiner Raum links und ein größerer länglicher Raum rechts. Mein Sohn hat dann später in dem größeren Raum von beiden eine Waschgelegenheit und eine Toilette gebaut, damit die Kinder aus dem Garten nicht immer durch das ganze Haus rennen und alles schmutzig machen. Wir haben beide Räume nicht wirklich genutzt. Eigentlich haben wir nach diesem Vorfall nur noch den großen Kellerraum als Waschraum genutzt."

„Es muss furchtbar für Sie gewesen sein, nach diesem Vorfall in den Keller zu gehen. Ich kann mir das gar nicht vorstellen."

„Es war auch furchtbar. Ich habe den Keller immer vom Garten aus betreten, so musste ich nicht an dem alten Kohlenkeller vorbei. So brutal es sich anhört, man stumpft mit der Zeit ab."

„Sie haben nicht gewusst, dass Knochen eingemauert wurden, das muss wirklich ein Schock gewesen sein."

„Ich verstehe Peter nicht, wie konnte er nur Knochen

im Keller einmauern. Ich verstehe das nicht", wiederholte sie, „und noch viel weniger verstehe ich, dass er mir nichts davon erzählt hat."

„Ihr Mann wollte es Ihnen bestimmt sagen", vermutete Uli.

„Vielleicht, hat er auf einen guten Zeitpunkt gewartet, um mich nicht zu beunruhigen. Aber wann soll ein guter Zeitpunkt für so ein Thema sein?"

„Das ist es, es gibt keinen richtigen Zeitpunkt und irgendwann ist es zu spät."

Genau das hatten Trudi und sie angenommen.

„Am Anfang hatte ich schlimme Alpträume, mit der Zeit wurden sie weniger und hörten fast auf. Doch plötzlich, ich war völlig unvorbereitet, waren sie wieder da. Irgendwann war es so schlimm, dass ich nicht mehr in diesem Haus sein konnte. Deshalb vererbten wir das Haus an unsere Kinder und wanderten nach Spanien aus. Mein Sohn zahlte meine Tochter aus und zog mit seiner Familie ein. Beide wissen nichts von dieser Geschichte."

„Ich werde ihnen auch nichts sagen", versprach Uli.

Frau Stein sah Uli dankbar an. „Wir lernten Spanisch, was in unserem Alter gar nicht so einfach war, und suchten uns einen neuen Wohnsitz und neue Freunde. Das war aufregend und ich habe mich wie neu geboren gefühlt. Ich konnte mit diesem Schritt mein altes Leben abschließen, zumindest teilweise, denn die Alpträume die mich seit jener Zeit heimsuchen, sind nie ganz verschwunden."

Uli fühlte sich der alten Dame sehr verbunden und je länger sie mit ihr zusammensaß, desto weniger verstand sie, wie sie von ihr als Dorfhexe hatte sprechen können.

„Wir haben hier in Finestrat alles gefunden, was wir gesucht haben", unterbrach Frau Stein ihre Gedanken. „Ich sagte mir, sollte wirklich jemand irgendwann den Verdacht haben, das Di Lauro in unserem Keller umgekommen ist, so würde es unmöglich sein, etwas nachzuweisen.

Schließlich war nie einer unserer Untermieter bei der Stadt gemeldet. Ich hoffte innständig, dass ich in Spanien weit weg von Deutschland endlich zur Ruhe kommen könnte. Wir haben hier aus der Ferne verfolgt, wer in unserem Haus wohnte und als ich hörte, dass eine alleinerziehende Mutter eingezogen war, dankte ich Gott, weil ich mir nicht vorstellen konnte, dass so eine Frau auf die Idee kommen würde, eventuell irgendwelche Überreste und seien es nur Blutspritzer, im Keller zu finden. Von den Knochen hatte ich ja keine Ahnung, aber selbst wenn, hätte ich es nicht für möglich gehalten, dass Sie Umbaumaßnahmen vornehmen würden. Da habe ich mich wohl geirrt."

Uli nickte.

„Allerdings bin ich sehr glücklich darüber, dass Peter dies alles nicht mehr erleben muss. Er hat es geschafft sich hier ein ganz neues Leben aufzubauen und sein altes hinter sich zu lassen. Er konnte sich völlig aus dieser Geschichte befreien."

„Für ihn war es bestimmt leichter. Er hat ja eine ganz andere Rolle als Sie in dieser Geschichte gespielt", sagte Uli und merkte, dass diese Bemerkung etwas taktlos war. Um ihre Ungeschicklichkeit zu überspielen, sagte sie: „Wissen Sie, ich habe die Namen der Fremdarbeiter von Frau Poch. Bevor sie diese an die Polizei weitergeben konnte, ist sie gestorben. Ihr Sohn wird die Namen auch nicht an die Polizei weitergeben, wenn sie ihn darum bitten, und ich behalte die Geschichte ebenfalls für mich. Es könnte sein, dass Sie befragt werden, aber wenn sie sich nicht mehr an die Namen erinnern können, oder z. B. nur an die Vornamen, dann kann die Polizei auch nichts machen und muss den Fall irgendwann zu den ungelösten Fällen legen."

„Das würden Sie tun? Ich meine, Sie werden Ihr Leben lang mit dieser Geschichte leben müssen und ihr Unterbewusstsein wird Sie im Schlaf heimsuchen."

„Wissen Sie, ich bin ja nur Mitwisser und habe mit der

Geschichte nicht direkt etwas zu tun. Ich denke schon, dass mein Unterbewusstsein damit klarkommt."

„Ich weiß das wirklich zu schätzen, aber eins müssen Sie mir versprechen: Wenn Sie nicht damit klarkommen und Sie erkennen, dass ein Gang zur Polizei Sie erleichtern würde, dann müssen Sie es machen und keine Rücksicht auf mich nehmen."

„Versprochen", sagte Uli mit fester Stimme. Beide Frauen gaben sich die Hand, so als würden sie ihren Pakt damit besiegeln.

„Oh wie rührend", meldete sich eine Stimme.

Uli fuhr herum und sah direkt in die Mündung einer Pistole.

***

Zur gleichen Zeit in Deutschland

Kai Flatten und Uwe Zimmermann besprachen die Untersuchungsergebnisse.

„Damit hätte ich nicht gerechnet", sagte Flatten gerade.

„Überreste von zwei verschiedenen Personen."

Zimmermann nickte und meinte: „Eine Frau und wahrscheinlich ein Mann. Die Knochen von der Frau sind fast vollständig, aber von der zweiten Person haben wir lediglich den Unterkiefer."

„Es ist zum Verrücktwerden und bei all dem Chaos fährt Frau Winterstein einfach mal so in Urlaub."

„Und wir stehen wieder ganz am Anfang."

***

„Was machst du hier?", fragte Frau Stein mit zitternder Stimme.

Sie kennen sich, dachte Uli. Sie konnte nur stumm die sich ihr bietende Szene beobachten.

„Das ist alles die Schuld von dieser blöden Kuh", zischte die Stimme und wies mit der Pistole auf Uli.

Uli zuckte zusammen, irgendwie kam ihr der Mann bekannt vor. So sehr sie sich auch anstrengte, sie konnte sich nicht erinnern.

„Was hast du vor?", fragte Frau Stein, die aus welchem Grund auch immer nicht in Panik geriet.

„Was wohl? Ich werde euch wohl oder übel loswerden müssen."

Uli versuchte sich zu konzentrieren. In ihrem Kopf sprach sie mit sich selbst. Du musst dich konzentrieren und irgendwie einen Fluchtplan entwickeln. Merk dir wo du bist, wie viele Schritte es zur Tür sind oder wo du etwas finden kannst, was dir als Waffe nützlich ist. Unauffällig versuchte sie einen Gegenstand in der Küche auszumachen, den sie als Waffe benutzen konnte. Währenddessen sprach der ihr unbekannte Mann mit Frau Stein.

„Ich verstehe nicht?", sagte Frau Stein gerade.

„Das ist auch egal, das musst du auch nicht."

„Aber wenn ich schon sterben muss, würde ich doch gerne wissen, warum", sagte sie gerade.

„Du bist genauso neugierig, wie die da und das wird euch beiden heute das Genick brechen."

„Aber sie hat doch gar nichts mit der Sache zu tun, du hast doch jetzt mich, lass sie gehen", forderte Frau Stein.

„Du verstehst wirklich nichts. Glaubst du wirklich ich will den Italiener rächen?"

„Ich weiß nicht was ich glauben soll. Ich weiß auch nicht, was du willst, aber es hat doch mit dem Italiener zu tun, oder?"

„Eigentlich ist es egal, ob ich euch meine Geschichte erzähle oder nicht."

Bitte erzähl sie, dachte Uli, dann haben wir etwas mehr

Zeit und vielleicht fällt mir eine Lösung ein. Am Herd hingen Pfannen, wenn sie vom Tisch aufsprang konnte sie in zwei oder drei Sätzen dort sein, aber das würde zu lange dauern. Andererseits musste er zwei Personen in Schach halten und er konnte sich nicht immer gleichzeitig auf beide konzentrieren. Sie konnte sich auch nicht vorstellen, dass er sie beide am helligten Tag erschießen würde, versuchte Uli sich zu beruhigen.

Als hätte er ihre Gedanken gelesen, legte er einen Schalldämpfer auf den Tisch.

Er wollte sie also beide hier in der Wohnung von Frau Stein umbringen, dachte sie. Das konnte doch alles nicht wahr sein. Die beiden standen in irgendeiner Beziehung zueinander, nur in welcher war Uli völlig schleierhaft. Erst jetzt sah sie sich den Mann ihr gegenüber richtig an. Sie schätze ihn auf circa siebzig Jahre, vielleicht ein wenig älter. Wie durch einen Schleier kamen ihr die Worte von Trudi in den Sinn. Nur weil jemand siebzig oder älter ist, kann er trotzdem jemanden ermorden. Hätte sie doch nur auf Trudi gehört, aber jetzt war es zu spät.

Vor sich auf dem Tisch standen die Teetassen und die Teekanne, die durch ein Stövchen warmgehalten wurde. Sie stand zu weit entfernt, als dass sie sie mit einem Griff hätte erreichen können.

„Ich hab mir bei euch mal Kohlen geliehen, als ich keine mehr hatte", begann er seine Geschichte zu erzählen. „Dabei habe ich die versteckte Kiste gesehen. Es kam mir direkt komisch vor, dass Peter mit mir in den Keller gegangen war. Die Kohlen hätte ich ja auch alleine raufholen können und als ich die Kiste sah, wusste ich, dass ihr ein Geheimnis habt." Er lächelte triumphierend.

Frau Stein stöhnte auf.

„Als ich eines Abends bei euch zu Besuch war, bin ich unter dem Vorwand, auf Toilette zu müssen, in den Keller geschlichen, um zu sehen, was ihr da wohl versteckt habt.

Ich habe im Dunklen nicht so recht erkennen können, um was es sich handelt, aber das dort irgendetwas glänzt, habe ich gemerkt und mir gedacht, es fällt sicher nicht auf, wenn ich etwas mitnehme. Ich wusste nicht genau, um was es sich handelte. Du kannst dir gar nicht vorstellen, wie erschrocken ich war, als ich zu Hause feststellte, dass es sich um einen Unterkiefer mit einem Goldzahn handelte."

Frau Stein sackte in sich zusammen. Sie war ganz grau im Gesicht geworden und alles Blut war aus ihrem Gesicht gewichen.

„Ja, meine Liebe, ich dachte irgendjemand hätte im Krieg Goldzähne mitgehen lassen, sozusagen als Kriegsbeute. Man hat ja viele Geschichten aus dieser Zeit gehört. Ich konnte ja schlecht nachfragen. Bis eben habe ich geglaubt, dass es tatsächlich so war. Ich wollte noch mehr davon aus eurem Keller holen, aber die Gelegenheit hat sich nicht mehr ergeben. Was sollte ich mit nur einem Goldzahn machen?"

„Dann hast du den Kiefer in der Kellerwand verschwinden lassen!", stellte Frau Stein erschrocken fest.

„Ja genau, ich habe meine Hilfe angeboten und wollte in einem unbeobachteten Moment, mir die Kiste in eurem Kohlenkeller genauer ansehen. Aber ihr hatten den ganzen Kohlenkeller umgebaut und die Kiste war auch verschwunden. Was blieb mir anderes übrig."

„Ja, aber warum willst du uns jetzt loswerden. Du hast doch mit der Geschichte eigentlich nichts zu tun. Nur zufällig bist du darauf gestoßen und hast auch noch völlig falsche Schlüsse gezogen", stellte Frau Stein fest.

„Stimmt, aber mir ist dann eine geniale Idee gekommen. Ihr wart nämlich nicht die einzigen mit einem dunklen Geheimnis."

„Wie meinst du das?", fragte Frau Stein ganz ruhig.

„Als dein Mann Peter mir sagte, dass er den Treppenausgang doch nicht mehr abschlagen und deshalb wieder zumauern wolle, bot ich ihm erneut meine Hilfe an und habe dort sozusagen mein eigenes kleines Geheimnis entsorgt. Peter hatte kein Problem damit, dass ich etwas Bauschutt dort ablud, warum auch. Er konnte ja nicht ahnen, was ich vorhatte."

Uli versuchte so unauffällig wie möglich ihren Fuß in Richtung Frau Stein zu bringen. Sie wollte sie irgendwie darauf aufmerksam machen, dass die Teekanne direkt vor ihr auf dem Tisch stand und sie diese als Waffe nutzen solle. Langsam streckte sie ihr Bein aus.

„Von was für einem dunklen Geheimnis hast du eben geredet?", fragte Frau Stein atemlos.

„Ich hatte eine Geliebte, meine Frau wusste davon natürlich nichts. Mit der Zeit wurde sie anstrengend. Sie wollte wissen, wann ich mich trennen würde und ein Leben mit ihr aufbaue. Außerdem wollte sie Kinder. Ich versuchte Schluss zu machen, doch das akzeptierte sie nicht. Sie drohte mir, doch ich lachte sie nur aus. Für mich war die Sache erledigt."

Uli horchte auf, schon wieder eine Geliebte. Das konnte doch nicht wahr sein. Trudi, Di Lauro und jetzt auch noch der unbekannte Mann mit der Pistole vor ihr.

„Eigentlich hatte ich sie schon fast vergessen, da tauchte sie plötzlich bei mir zu Hause auf und verlangte, dass ich zu ihr stehen solle oder sie würde mit meiner Frau sprechen. Das konnte ich nicht zulassen, ich versuchte sie aus dem Haus zu scheuchen, doch sie blieb. Ich versprach ihr, mit meiner Frau zu reden, wenn sie geht. Schließlich ging sie, doch zwei Tage später war sie wieder da. Mir wurde klar, dass ich ein ernsthaftes Problem hatte. Ich stritt mich mit ihr, doch sie war völlig uneinsichtig. Sie gab mir zu verstehen, dass sie sich nicht vom Fleck bewegen würde, bis sie mit meiner Frau gesprochen habe. Wenn sie mich schon nicht bekommen konnte, dann wolle sie wenigstens ihre Rache haben und meine Ehe zerstören. Ich versuchte sie aus der Wohnung zu zerren. Sie schrie und ich hatte Angst, die Nachbarn könnten etwas mitbekommen. So versuchte ich, sie zu überreden, endlich zu gehen. Nichts half. Ich war rasend vor Wut. Was bildete sich diese blöde Kuh eigentlich ein, nur weil ich ein paar Mal mit ihr im Bett war. Da konnte sie ja wohl schlecht Ansprüche stellen. Sie wollte das ja schließlich genauso wie ich. Ich hatte sie ja nicht gezwungen."

Uli hatte in der Zwischenzeit den Fuß von Frau Stein erreicht und stupste sie an. Sie bewegte kaum ihren Kopf, doch sie hatte verstanden, dass Uli ihr etwas mitteilen wollte. Uli fixierte die Teekanne. Unmerklich nickte Frau Stein.

„Schließlich packte ich das Miststück und drückte ihr den Hals zu, damit sie endlich aufhörte zu schreien. Sie wollte mich zum Idioten machen. Ich wollte ihre schreckliche Stimme nicht mehr hören. Ich wollte, dass sie endlich Ruhe gibt und verschwindet."

„Sie haben Ihre Freundin umgebracht", stellt Uli nüchtern fest. Ihr Gegenüber ging überhaupt nicht auf das Gesagte ein.

„Als endlich Ruhe war, habe ich im Garten ein neues Gemüsebeet angelegt, wobei ich beim Umgraben tiefer gegraben habe, als man dies gewöhnlich tut. Die Damen wissen bestimmt, was ich meine", grinste er sie ungerührt an.

Es dröhnte in Ulis Kopf: Auf ein paar Knochen mehr oder weniger kommt es doch nicht an, hörte sie ihre eigene Stimme in ihrem Kopf. Doch genau darauf kam es an. Sie hatte auch hier die falschen Schlüsse gezogen.

Uli zwang sich ihn anzusehen und irgendetwas zu sagen.

„Aber sie haben ihr doch bestimmt Hoffnungen gemacht. Haben Sie sie denn gar nicht gemocht?"

Er sah zu Uli. Seine Augen bohrten sich in die ihrigen.

Sehr geistreich, musste sich Uli eingestehen, war ihre

Bemerkung nicht, aber irgendwie musste sie Zeit gewinnen. Nur leider war sie gerade nicht in der Lage klar zu denken.

„Lassen Sie mich mit diesem Mist in Ruhe", fauchte er Uli an. „Sie hat bekommen, was sie verdient hat. Sie macht ja selbst jetzt, wo sie schon lange tot ist, immer noch Probleme. Sie ist schuld, dass ihr hier in der Patsche sitzt, und ich euch töten muss. Glaubt ihr etwa, das macht mir Spaß?", keifte er.

Uli öffnete den Mund und fragte: „Wer sind Sie überhaupt?"

„Ich bin Anton Schulze. Ich wohne auch im Holunderweg. Ich habe sogar mal eigenes Haus, ganz in der Nähe gehabt, im Akazienweg. Aber ich musste es verkaufen. Ich brauchte Geld weil mein Geschäftspartner mich reingelegt hat und mit meinem Geld abgehauen ist. Dann habe ich geheiratet und bin in das Haus meiner Frau gezogen. Ja, da staunen Sie? Jetzt fällt Ihnen auch nichts mehr ein. Ich war das Opfer der herrschenden Umstände, ach was sage ich, das bin ich immer noch. Wäre diese blöde Kuh doch niemals bei mir zu Hause aufgetaucht, dann wäre alles gut. Aber nein, sie war genauso wie Sie, musste sich in Sachen einmischen, die sie nichts angingen."

So war das also. Seine Frau hätte ihn sofort rausgeschmissen, hätte sie von der Geliebten erfahren, dachte Uli.

Sie wollte etwas erwidern, doch dazu kam sie nicht mehr. Bevor sie etwas sagen konnte, schlug Frau Stein mit der Teekanne zu. Uli sprang auf und wollte davon rennen. Doch da hörte sie die kalte Stimme von Anton Schulze. „Wenn du nicht willst, dass ich deiner kleinen Freundin wehtue, dann bleibst du besser stehen."

Uli tat wie ihr geheißen.

„So und jetzt dreh Dich langsam um." Uli registrierte, dass Anton Schulze vom Sie zum du gewechselt war. Das war kein gutes Zeichen. Sie drehte sich vorsichtig um.

„Wir drei machen jetzt einen kleinen Ausflug. Ich sag euch jetzt was ihr zu tun habt. Du!", er wies auf Uli, „setzt dich gleich ans Steuer meines Autos, aber vorher fesselst du deine Freundin mit den Hand- und Fußfesseln, die du in einer Tüte auf der Rückbank findest. Verstanden?", und als Uli nicht reagierte, schrie er sie an: „Ich will wissen, ob du mich verstanden hast?" Uli nickte. „Jetzt ist Mittag, da ist bei der Hitze sowieso keiner draußen, also wird euch auch keiner helfen können. So und die Hände auf den Rücken", herrschte er Frau Stein an, als er sah, dass diese ihre Hände Uli entgegenstreckte, damit diese sie fesseln konnte.

Er hat das alles geplant, dachte Uli, während sie die Hände von Frau Stein auf deren Rücken fesselte. Die alte Frau saß auf dem Rücksitz eines großen Jeeps und ihre Augen bohrten sich hasserfüllt in den Rücken von Anton Schulze. Uli erschrak innerlich, damit hatte sie nicht gerechnet. Eher, dass Frau Stein sich in ihr Schicksal ergab, aber da hatte sie die alte Dame wohl unterschätzt.

„So, und jetzt zu dir. Ich habe es mir anders überlegt, setz dich nach vorne und fessle deine Füße." Anton Schulzes Ton ließ keinen Widerspruch zu.

Uli tat, wie ihr geheißen, und wunderte sich darüber, wie gut vorbereitet dieser alte Mann doch war. Trotzdem änderte er gerade seinen Plan etwas ab, vielleicht war er doch nicht so sicher, wie er tat. Trotzdem war ihr klar, dass sie kein Mitgefühl erwarten konnte. Sie hoffte, dass er nicht ihre Hände fesseln würde und überlegte fieberhaft, ob es eine gute Idee wäre ins Lenkrad zu greifen. Als hätte Schulze ihre Gedanken erraten, fesselte er auch ihre Hände. Jetzt konnte sie nur noch darauf hoffen, dass irgendwer ins Auto sah und die beiden gefesselten Frauen bemerkte. Der Jeep war jedoch sehr hoch gelegt und es wäre ein unglaublicher Zufall, sollte einem Passanten etwas auffallen.

„Setzt euch auf eure Hände, nicht dass ihr auf die Idee kommt jemanden eure Fesseln zu präsentieren. Frau Stein stöhnte auf, und in diesem Moment wusste Uli, dass dies genau ihr Plan gewesen war. OK, dachte sie, Frau Stein hat noch nicht aufgegeben, dann werde ich das auch nicht tun. Gemeinsam werden wir diesen Anton Schulze schon schaffen. Doch so fieberhaft sie auch nachdachte, ihr fiel nichts Brauchbares ein.

Schulze fuhr den Wagen aus Finestrat heraus, an Kreisverkehren vorbei, die mit Olivenbäumen bepflanzt waren in Richtung Terra Mitica. Terra Mitica war ein Freizeitpark, das hatte Uli irgendwo in einer Werbung gelesen. Weiter ging es, über eine große vierspurige Allee, zwei Spuren in jede Richtung. Sie begegneten weder anderen Autos, noch waren Fußgänger unterwegs. Auf beiden Seiten gab es einen Fahrradweg, der von Kiefern, Palmen, Lebensbäumen und vielem mehr gesäumt wurde. Auch Bänke zum Verweilen waren vorhanden, aber Uli stellte panisch fest, dass niemand außer ihnen selbst unterwegs war. Der Mittelstreifen war ebenfalls üppig mit Palmen bepflanzt. Die Pflege musste eine Heidenarbeit machen. Wie konnte sie nur solche Gedanken haben, während sie sich in der Gewalt dieses Psychopathen befand? Am besten ich merke mir den Weg, vielleicht hilft mir das später, machte sich Uli Mut. Sie kamen an einen weiteren riesigen Kreisverkehr vorbei, auf dem in der Mitte eine riesige Säule stand, die von einer roten stählender Flamme geschmückt wurde. Schulze fuhr auf zwölf Uhr raus, bis sie zum nächsten Kreisverkehr kamen. Auch dieser war völlig überdimensioniert und in seiner Mitte befand sich ein ebenfalls überdimensionierter Springbrunnen, der seine Wasserfontänen bei jedem Ausspeien änderte. In einer anderen Situation hätte Uli den Anblick genossen. Weit und breit war keine Menschenseele zu sehen. Uli fühlte sich, als wäre sie in einem schlechten Horrorfilm gelandet. Das konnte doch alles nicht sein. Sie empfand ihre Umwelt als surreal. Sie kamen noch an weiteren riesenhaften

Kreisverkehren vorbei, die künstlerisch gestaltet waren. Uli konnte es nicht fassen. Sie sah eine riesige Allee, mit einem ausgesprochen schönen und gepflegten Baumbestand und Sträuchern. Rechts und links waren Fahrradwege und Bänke. Immer wieder fuhren sie durch Kreisverkehre, die kunstvoll hergerichtet waren, damit man sich an ihrem Anblick erfreute, aber keine Menschenseele war zu sehen. Sie kam sich plötzlich unendlich allein vor. Ich bin nicht allein, bei mir sind noch zwei Menschen, wobei einer ruhig woanders sein könnte, schimpfte sie mit sich selber. Vielleicht ist hier nur keiner, weil es viel zu heiß ist, aber eine Ahnung verriet ihr, dass dem nicht so war.

Schulze steuerte auf eine Maut-Station zu. Uli versuchte, ihre Hände vorsichtig unter ihrem Hintern wegzuziehen, um die Autotür zu öffnen. Sie wollte sich einfach herausfallen lassen. An einer Maut-Station musste es ja auch noch andere Menschen geben. Damit hatte sie zwar Recht, allerdings befanden sich diese auf der anderen Seite der Straße in ihren Stationshäuschen und schaute nicht rüber. Schulze zog sein Ticket an einem Automaten, die Räder waren noch nicht einmal zum Stillstand gekommen. Uli wäre sowieso viel zu langsam gewesen, um irgendetwas auszurichten. Weiter ging es Richtung Valencia. Teilweise konnte sie das Meer sehen. Es war wunderschön. Uli hatte geglaubt, dass Schulze mit ihnen in die Berge fahren würde, um sie dort umzubringen, aber sie fuhren die ganze Zeit am Meer entlang. Was hatte dieser Mann mit ihnen vor? Sie überlegte, wie die Situation weitergehen würde. Wenn alle aus dem Auto wieder aussteigen mussten und er ihnen die Fesseln abnahm, konnte sie vielleicht etwas unternehmen. Warum war sie so sicher, dass er die Fesseln entfernen würde? Er konnte erst die eine und dann die andere erschießen. Wenn man sie fand, war ohnehin klar, dass es Mord war, da konnte er ihnen die Fesseln ebenso gut anlassen. Er würde sie nicht im Auto erschießen, überlegte

Uli. Deshalb würde sie auf keinen Fall freiwillig aussteigen und Frau Stein würde das mit Sicherheit auch nicht tun. Dafür würde sie schon sorgen.

Die ganze Zeit hatte keiner ein Wort gesprochen. Es schien so, als hinge jeder seinen Gedanken nach. Uli hatte Mühe in der Stille, ihre Panik in den Griff zu bekommen. Aus diesem Grund beschloss sie, die Stille zu durchbrechen. Vielleicht half das ja.

„Haben Sie auch Frau Poch ermordet?", fragte sie.

„Nein, das hat die Alte ganz alleine geschafft. Damit habe ich nichts zu tun. Das heißt aber nicht, dass ich euch verschone", sagte Anton Schulze höhnisch zu Uli.

Panik ergriff Uli. Sie musste das Gespräch in Gang halten, sonst würde ihre Phantasie, sie fertig machen.

„Wo wollen Sie uns eigentlich erschießen?", fragte sie.

„Ich erschieße euch nicht", antwortete Schulze.

Uli war ehrlich verblüfft. Sie war die ganze Zeit davon ausgegangen, dass, sollte es nach dem Willen von Schulze gehen, sie erschossen würden.

„Was haben Sie denn mit uns vor?", wollte sie wissen.

„Das wird eine Überraschung." Schulze grinste Uli an, doch seine Augen waren eiskalt. Uli fing an zu frösteln und erwiderte nichts. Wie wollte dieser alte Mann sie beide umbringen? Sie konnte sich nicht vorstellen, dass er in der Lage war, beide mit bloßen Händen zu erwürgen. Wozu sollte das auch gut sein. Oder gab ihm das einen Kick? Obwohl Uli kalt war, brach ihr der Schweiß aus. Ihr T-Shirt verfärbte sich bereits unter ihren Achseln und am Rücken. Er hat seine Geliebte erschlagen, kam es Uli in den Sinn. Vielleicht stand er darauf, Frauen zu schlagen. Wir sind in die Hände eines sadistischen Soziopathen geraten. Uli stöhnte.

„Na, na", tadelte Schulze, „wer wird denn gleich in Ohnmacht fallen?" Uli hatte gar nicht gemerkt, dass sie laut gestöhnt hatte.

Nach einer Weile, die Uli unendlich vorkam, sagte Schulze: „Ich habe nachgedacht, ich werde euch nicht töten."

Was war das für ein widerwärtiges Spiel, das er da spielte. Wollte er Hoffnung verbreiten, damit er, wenn er sie wieder zerstörte, sich an ihren Ängsten weiden konnte? Uli nahm sich vor, so wenige Gefühlsregungen wie nur möglich zu zeigen. Wenn sie schon sterben musste, dann wenigstens mit so viel Würde wie nur möglich. Schulze blieb auf der Autobahn, änderte aber die Richtung. Jetzt fuhren sie ins Hinterland, Richtung Berge, wie Uli erschreckt wahrnahm. Der Verkehr auf der Autopista Mediterana war die ganze Zeit sehr gering gewesen. Jetzt Richtung Berge waren fast gar keine Autos mehr zu sehen. Niemand sprach.

Irgendwann verließen sie die Autobahn. Als sie durch die Maut-Station fuhren, hielt Schulze kaum an. Uli erkannte, dass sich Menschen dort befanden. Diesmal sogar auf ihrer Seite, aber nicht an der Station, an der Schulze kurz hielt, um Geld passend in den Automaten zu werfen. Die Angestellten beachteten sie gar nicht, sie sahen noch nicht einmal in ihre Richtung. Es war zwecklos. Sie fuhren auf einer Landstraße weiter ins Landesinnere.

Kurz hinter der Mautstation, auf einem kleinen einsehbaren Feldweg hielt Schulze an. Er fummelte mit irgendetwas aus dem Ablagefach seiner Autotür herum. Uli konnte nicht erkennen, was er da machte. Als er sich umdrehte, hielt er ihr blitzschnell ein Tuch, welches er in mit einer Flüssigkeit getränkt hatte, ins Gesicht. Obwohl sie nichts roch und nur das Tuch in ihrem Mund spürte, tat es seine Wirkung. Sie schaffte es nicht, sich davon zu befreien. Uli hielt instinktiv die Luft an und versuchte sich zu wehren, doch es half nichts. Ihre äußeren Reaktionen verlangsamten sich, doch ihr Inneres war in panischer Aufruhr. Sie glaubte, sofort an die frische Luft zu müssen. Panisch schnappte sie nach Luft. Das war ein Fehler. Sie bemerkte, wie sie langsam das Bewusstsein verlor. Ohne etwas dagegen tun zu können, ergab sie sich in ihr Schicksal. Ganz weit weg hörte sie Frau Stein panisch schreien, dann schwanden ihre Kräfte. Sie bemerkte noch, wie Schulze sich zu Frau Stein wandte, dann stürzte sie in ein schwarzes Nichts. Bevor Frau Stein das gleiche Schicksal widerfuhr, sah sie Uli schweißüberströmt, aber ruhig in ihrem Sitz liegen.

***

Richard ahnte nicht, in welcher Gefahr sich seine Freundin gerade befand. Er war bereits vor einigen Stunden im Safaripark angekommen. Der Park war kaum besucht. Kurz nach der Einfahrt hatten sich riesige Straußenvögel dem Wagen genähert. Felix war begeistert. Mit offenem Mund betrachtete er die Vögel, die von allen Seiten auf den Mietwagen einpickten. Felix war begeistert und Richard überlegte sich, wie er das der Autovermietung erklären sollte. Es dauerte einige Zeit, bis sie langsam an den neugierigen Tieren vorbeikamen. Der Weg führte sie an Gehegen mit Antilopen, Gnus, Zebras und vielem mehr vorbei. Felix konnte gar nicht genug bekommen.

Richard wollte zunächst parken und mit Felix alle Bereiche, die man zu Fuß erreichen konnte, besichtigen. Der Park war fünfunddreißig Hektar groß und beherbergte mehr als einhundertfünfundvierzig unterschiedliche Tierarten. Danach hatte er geplant, eine kleine Rast einzulegen und Pizza oder Burger zu essen. Danach wollte er den Teil des Parkes mit den Raubtieren erkunden. Das sollte das Highlight des Tages werden.

Doch Felix beharrte darauf, so schnell wie möglich die Löwen sehen zu wollen. Widerwillig erklärte Richard sich bereit, zuerst die Raubtiere zu besuchen und danach etwas essen zu gehen. Nachdem sie Elefanten, Flusspferde,

Flamingos, Pelikane und vieles mehr gesehen hatten, kamen sie an ein riesiges Gittertor. Dies trennte die Raubtiere vom übrigen Gelände ab und durfte nur mit dem Auto besichtigt werden. Das übrige Gelände hätten sie auch zu Fuß erkunden können. Vor dem Eingang warnten große Schilder davor, dass Auto zu verlassen, die Scheiben zu öffnen oder anzuhalten. Sollte man aus irgendeinem Grund auf sich aufmerksam machen wollen, so sollte man hupen und warten bis Hilfe kam. Nachdem sich das Tor geöffnet hatte und Richard und Felix durchgefahren waren, sahen sie einen großen bengalischen Tiger, der in der Sonne döste.

„Der ist aber groß", staunte Felix. „Er sieht gar nicht gefährlich aus. Ich würde ihn gerne einmal anfassen."

„Lass Dich nicht täuschen. Das ist ein richtiges Raubtier. Er gehört zu den schnellsten Tieren der Welt."

„Glaubst du, er würde mich fressen?"

„Ganz bestimmt."

Felix sah ehrfurchtsvoll das stattliche Tier an. Langsam fuhr Richard weiter. Auch er war beeindruckt. Etwas weiter sahen sie afrikanische Löwen, die ebenfalls dösend im Schatten lagen. Sie ließen sich von einem vorbeifahrenden Auto nicht in ihrer Ruhe stören. Das waren sie als Bewohner eines Tierparks gewöhnt. Neben den Wildkatzen konnten Felix und Richard auch Wasserbüffel und Nashörner bewundern. Die ebenfalls imposante Erscheinungen waren.

„Hier müssen wir mit der Mama hinfahren. Das muss sie sehen", jubelte Felix.

„Ja", stimmte Richard zu. „Aber dann nehmen wir uns noch ein richtiges Picknick mit."

„Ja, mit Wurstbroten, aber wir sagen der Mama nix. Das wird eine Überraschung."

„Das ist eine gute Idee. Sie muss mit uns mitfahren und wir verraten ihr nicht wo es hingeht."

„Ja, das ist unser Geheimnis." Felix Augen leuchteten.

„Ich sage nichts", versprach Richard. „Aber jetzt habe ich Hunger. Lass uns etwas essen gehen."

„Können wir danach noch einmal zu dem Tiger fahren? Bitte, bitte, bitte." Felix sah Richard erwartungsvoll an.

„Wenn du unbedingt möchtest, natürlich."

***

Uli wachte mit unbeschreiblich heftigen Kopfschmerzen auf. Das war das einzige Gefühl, was sie wahrnahm. Ihr Körper war taub. Sie konnte sich kaum bewegen und um sie herum war es dunkel. Sie versuchte sich zu orientieren. Langsam drangen die Geräusche eines fahrenden Autos zu ihr durch. Sie war also in einem Auto und wurde irgendwohin transportiert. Sie hatte immer noch ihre Fußfesseln an, aber ihre Hände waren frei. Irgendetwas lag auf ihr und sie befühlte das Material. Es war weich. Schulze hatte eine Decke über sie gelegt. Wenn doch endlich diese stechenden Kopfschmerzen nachlassen würden. Sie versuchte sich aufzurichten und stieß mit dem Kopf gegen etwas Hartes.

„Da ist wohl jemand aufgewacht", hörte sie die gehässige Stimme von ihrem Widersacher Schulze. Mit einem Ruck zog er die Decke weg, so dass das Sonnenlicht sie ungeschützt traf. Die Helligkeit ließ sie zusammenfahren und sie stieß sich abermals den Kopf. Schulze hatte ihre Bewusstlosigkeit genutzt und sie vorne in den Fußraum gequetscht.

„Wenn du willst kannst du dich wieder hinsetzten", sagte er in einem gönnerhaften Ton.

Uli versuchte sich aufzurichten, was ihr erst beim dritten Anlauf gelang. Sie zog sich stöhnend hoch und setzte sich vorsichtig hin. Sie blinzelte, doch sie nahm ihre Umgebung nur verschwommen wahr. Ihre Augen gewöhnten sich nur allmählich an die Helligkeit und das Taubheitsgefühl in ihr ließ nach. Ihre Beine waren eingeschlafen und fühlten sich an, als würden tausend Nadeln sie stechen. Die verdammten Kopfschmerzen wurden auch nicht weniger. Von der Rückbank hörte sie ein Stöhnen. Frau Stein lebte also, das beruhigte sie. Sie waren also beide noch am Leben. Vielleicht, wollte er sie ja gar nicht umbringen. Er war einfach nur ein Sadist, der seine Spielchen trieb, dachte Uli. Sie musste nur zusehen, dass sie aus diesem Alptraum halbwegs unbeschadet wieder herauskam. Das hieß, sie durfte nicht zulassen, dass er ihre Seele erreichte. Langsam drehte sie sich zur Rückbank. Dort konnte sie sehen, wie Frau Stein, die noch auf der Rückbank lag, sich langsam aufrichtete. Sie musste also ihre Bewusstlosigkeit nicht zusammengekrümmt im Fußraum des Autos verbringen. Besser als Uli schien es ihr allerdings nicht zu gehen. Uli sah aus dem Fenster. Irgendetwas war merkwürdig. Ihr Gehirn arbeitete noch nicht richtig und so konnte sie nicht sagen, was sie in ihrem Inneren beunruhigt hatte.

***

Richard saß mit Felix im Restaurant. Sie hatten sich einen Burger und eine Pizza bestellt und alles komplett aufgegessen.

„Können wir uns jetzt noch einmal den Tiger ansehen?", fragte Felix.

„Wenn du möchtest."

„Wir können ja vorher noch einen kleinen Spaziergang hier machen und gucken, was es noch alles gibt."

„In Ordnung, machen wir. Ich glaube, man kann hier auch Minigolf spielen."

„Mmh, mal gucken", antworte Felix, wenig begeistert.

Bei ihrem Rundgang kamen sie an einem kleinen Spielplatz, einem Kinderzug und an einem Teich, auf dem man eine Bootstour machen konnte, vorbei. Nachdem Felix die Raubkatzen gesehen hatte, konnten ihn diese Attraktionen nicht mehr begeistern. Erst als sie an einem Becken vorbeikamen, in denen Seelöwen schwammen, erwachte Felix Interesse wieder. Er war fasziniert und als er entdeckte, dass es möglich war, mit den Seelöwen gemeinsam zu schwimmen, war er nicht mehr zu halten. Der Tiger war vergessen.

„Du hast doch gar keine Badehose mit", versuchte Richard ihn von seiner Idee abzubringen.

„Ich kann in meiner Unterhose schwimmen, die ist rot, das merkt keiner", erklärte er verschmitzt.

„Wir haben aber auch kein Handtuch mit."

„Ist doch egal. Es ist so heiß, da bin ich ganz schnell wieder trocken."

„Und der Tiger?", versuchte Richard noch entgegenzuhalten, doch er hatte bereits nachgegeben.

„Den guck ich mir mit der Mama an, wenn wir wieder herkommen."

Richard kaufte eine Karte und Felix sprang für eine halbe Stunde zu den Seelöwen ins Becken. Er versuchte so nah, wie möglich an sie heranzukommen, doch sie waren viel zu schnell für ihn und tollten im Wasser herum ohne sich von Felix stören zu lassen. Das störte ihn in seiner Begeisterung aber nicht weiter.

***

Als sie durch schwere Tore fuhren, sah Uli die Schilder, die darauf hinwiesen, dass man das Auto in diesem Bereich auf keinen Fall verlassen durfte. Ulis Nackenhaare stellten sich auf und ihr wurde ganz heiß. Sie stieß einen unterdrückten Schrei aus. Wie ein Blitz durchfuhr sie die Erkenntnis und sie wusste auf einmal wo sie war. Frau Stein war bei Ulis Schrei zusammengefahren und beide sahen entsetzt Anton Schulze an. Dieser warf ihnen einen kalten vielsagenden Blick zu. Uli fröstelte und der kalte Angstschweiß lief ihr den Rücken herunter. Ihre Kopfhaut prickelte. Doch das Adrenalin, welches durch ihren Körper jagte, half ihr, wieder klare Gedanken fassen zu können. Ich steige nicht aus, nahm sie sich ganz fest vor. Auf gar keinen Fall, wie will er mich denn zwingen? Fieberhaft überlegte sie, wie sie Anton Schulze die Waffe entreißen konnte. Als hätte er ihre Gedanken erraten, sagte er ganz ruhig. „Und immer schön auf den Händen sitzen bleiben. Dabei sah er Uli direkt an. Sein Blick ging ihr durch und durch. Mit dem gleichen Blick sah er in den Rückspiegel und auch mit der gleichen ruhigen Stimme, die so gar nicht zur Situation zu passen schien, sagte er zu Frau Stein: „Das gleiche gilt für Dich!" Keine sagte ein Wort. Uli war sich nicht sicher, aber sie glaubte den Wahnsinn in den Augen von Anton Schulze gesehen zu haben. Wie kann man so einen Irren nur stoppen?, dachte Uli. Mitten in ihre Überlegungen sah sie sie. Löwen! Der ist tatsächlich in der Lage und setzt uns hier bei den Raubkatzen aus. Sie lagen unter einem Baum im Schatten und schienen zu schlafen. Selbst als der Wagen stoppte, regten sie sich nicht. Das gab Uli ein wenig Hoffnung. Vielleicht waren sie ja satt und würden, selbst wenn sie Beute sahen, sich nicht die Mühe machen, während der Mittagshitze auf die Jagd zu gehen. Unter Pinien lagen träge drei ausgewachsene Weibchen und schienen zu schlafen. Zwei weitere saßen und schienen das Gelände zu beobachten. Sechs oder sieben Jungtiere lagen etwas weiter hinter den Muttertieren. Ein Löwenmännchen war weit und breit nicht in Sicht. Uli lief es bei dem Anblick der majestätischen Tiere eiskalt den Rücken herunter.

„So, meine Damen, wir sind am Ziel, wenn Sie jetzt so freundlich wären und aussteigen würden."

Weder Uli noch Frau Stein bewegten sich.

„Was ist los? Habt ihr keine Lust auf euren letzten gemeinsamen Ausflug?"

„Wir haben Fußfesseln, meinen Sie nicht, das fällt auf?", entgegnete Uli.

„Aber meine Damen, die werde ich Ihnen natürlich abnehmen. Wie können Sie nur denken, ich würde Sie mit so einer unbequemen Ausrüstung einen Ausflug machen lassen. Das war jetzt sehr sehr verletzend. Was haben Sie nur für eine Meinung von mir?"

„Sie sind ja total wahnsinnig!", stellte Uli fest.

„Das mag sein, aber intelligent", gab er ungerührt und von sich überzeugt zurück. „So, und jetzt genug gequatscht. Sie steigen als erste aus", wies er Uli an.

„Nein, ich bleibe hier. Wenn Sie mich umbringen wollen, dann müssen Sie mich schon erschießen oder sich etwas anderes einfallen lassen, ich bleibe hier sitzen. Auf gar keinen Fall werde ich aussteigen."

„Auch nicht, wenn ich deine kleine Freundin vor deinen Augen erschieße oder noch besser erschlage? Ja, ich glaube, erschlagen ist eindrucksvoller, erschießen geht zu schnell. Es soll doch ein bleibendes Erlebnis sein."

„Sie sind komplett übergeschnappt!" Ulis Stimme hatte einen schrillen Klang angenommen.

„Jetzt werden Sie mal nicht hysterisch, meine Liebe. Sie haben die Wahl. Entweder, ich töte sie beide hier im Auto und das werden für Sie keine schönen Bilder sein, die Sie als letztes in ihrem Leben sehen werden, oder aber, Sie beide sind vernünftig und steigen aus. Dann können Sie einen kleinen gemeinsamen Ausflug machen und, wer weiß das schon, vielleicht schaffen Sie es ja, hier herauszukommen. Es liegt an Ihnen, ob Sie diese kleine Chance nutzen wollen."

Uli sagte nichts. Frau Stein war ganz grau im Gesicht geworden und blieb ebenfalls stumm.

„Meine Damen, Sie müssen sich schon entscheiden", drängte Schulze. „Ich habe nicht ewig Zeit. Das Leben ist zu kurz, um es mit Wartereien zu vertrödeln."

Uli sah Frau Stein hilfesuchend an. Doch sie konnte Frau Stein nicht erreichen. Es sah so aus, als sei sie sehr weit weg. Nur ihr Körper schien noch da zu sein. Von ihr war im Moment keine Hilfe zu erwarten.

„In Ordnung", sagte Uli und bemühte sich, ihre Stimme in den Griff zu bekommen.

„Dann nehmen Sie mir die Fußfesseln ab und ich steige aus."

„Sehr vernünftig", sagte Anton Schulz hocherfreut und mit einem freundlichen Lächeln im Gesicht, „und was ist mit Ihnen, Frau Stein, wie haben Sie sich entschieden?"

Diese nickte nur stumm in Ulis Richtung.

Anton Schulze klatschte wie ein kleines Kind in die Hände.

„Ich beglückwünsche Sie beide, zu dieser überaus vernünftigen Entscheidung. Ich werde Ihnen jetzt die Fesseln lösen", sagte er zu Uli, „und sie gehen dann langsam um das Auto herum, um Ihrer Freundin zu helfen."

„Das schaffe ich nicht", stammelte Uli.

„Das kann ja wohl nicht wahr sein!", brüllte Anton Schulze. „Dann gebe ich dir den Schlüssel und du befreist erst die alte Schachtel da hinten. Die steigt dann aus und dann befreist du dich selber und steigst ebenfalls aus. Ich hasse diesen Kindergartenzirkus, könnt ihr euch nicht mal zusammenreißen?", schimpfte er. „Das schaffe ich nicht", äffte er Uli wie ein Kind nach und reichte ihr wütend den Schlüssel.

Mühsam arbeitete Uli sich zwischen den beiden Vordersitzen nach hinten, um Frau Steins Fußfesseln zu lösen. Diese saß noch immer unbeweglich auf ihrem Platz und starrte ins Nichts. Als Uli sich mühsam wieder aufrichtete, was gar nicht so einfach war, wenn man selber an den Füßen gefesselt und körperlich angeschlagen war, sah sie Frau Stein direkt in die Augen. Doch sie konnte sie immer noch nicht erreichen. Ihr Gesichtsausdruck war vollkommen leer. Uli lief ein Schauer über den Rücken. Sie war von einem Wahnsinnigen gefangen worden und ihre Mitstreiterin war völlig paralysiert und somit keine Hilfe.

„So, aussteigen!", befahl Anton Schulze. Wie von unsichtbaren Schnüren gelenkt, bewegte sich die die alte Dame langsam. Sie öffnete vorsichtig die Tür und stieg ganz langsam zitternd aus. Sie sah aus, als würde sie jeden Moment zusammenbrechen.

„Türe schließen!", herrschte Schulze sie an. Mit einem leisen Klicken fiel die Autotür zu. Schulze wandte sich zu Uli.

„So und jetzt zu dir. Beeil dich, schließlich hab ich nicht den ganzen Tag Zeit", herrschte er Uli an.

Sie löste ihre Fesseln, massierte sich ganz kurz die Knöchel und öffnete langsam ihre Türe. Als sie wie in Zeitlupe ausstieg, bemerkte sie, dass Schulze bereits die Hand an der Autotür hatte, um diese zu schließen. Sie fühlte sich hilflos und sah ängstlich zu den Löwen, die, wie Uli hoffte, noch nicht aufmerksam geworden waren. Noch bevor sie sich zu Frau Stein wenden konnte, hörte sie ein heftiges Gebrüll. Frau Stein war unbeobachtet um das Auto geschlichen und hatte, während Schulze Uli observierte, die Fahrertüre aufgerissen und sich auf Schulze geworfen. Wie angewurzelt verfolgte Uli die Situation, ohne eingreifen zu können. Das hätte sie Frau Stein niemals zugetraut. Diese wurde von Schulze aus dem Wagen geschubst und rappelte sich hoch. Schulze knallte die Fahrertüre zu und heulte fast im gleichen Moment wütend auf. Uli sah zu Frau Stein und beobachtete verblüfft, wie sich der Triumph auf ihrem Gesicht zeigte. Sie hielt den Autoschlüssel in die Luft und ging langsam rückwärts vom Wagen weg.

Schulze bedrohte sie aus dem Wagen heraus mit der Pistole.

„Gib mir sofort den Schlüssel wieder."

„Hol ihn dir doch", bekam er zur Antwort.

„Ich leg dich um, du alte Schachtel."

Frau Stein hob den Arm und sagte ganz ruhig: „Ich werde den Schlüssel jetzt wegwerfen und ich bin sicher, die Löwen werden dich finden, bevor du den Schlüssel gefunden hast."

Hasserfüllt starrte Schluze sie an.

„Durch einen Schuss werden sie erst einmal alle weglaufen, du blöde Pute. Dann hab ich alle Zeit der Welt, um den Schlüssel zu finden. Langsam stieg er aus dem Wagen und zielte auf Frau Stein. Diese betätigte mit Hilfe des Schlüssels die Zentralverriegelung und warf den Schlüssel im hohen Bogen den Felsen herunter in ein Kakteenfeld.

Uli konnte den Schuss nicht verhindern, aber durch einen gezielten Steinwurf an Schulzes Kopf, verfehlte dieser sein Ziel. Erschrocken sprangen die Löwen auf und stoben in das nahegelegene Unterholz. Schulze lag vom Stein am Kopf getroffen, blutüberströmt neben dem Wagen.

Seine Kugel hatte ihr Ziel verfehlt.

„Ist er tot?", stammelte Frau Stein.

„Nein, sehen Sie, er atmet. Er ist nur ohnmächtig. Wenn er wieder aufwacht, wird sein Schädel ganz schön brummen."

„Was machen wir jetzt?"

„Wir versuchen aus diesem Wildtiergehege zu entkommen."

„Was machen wir mit Schulze?"

„Gar nichts", sagte Uli bestimmt, „wenn wir das hier überleben, dann holen wir Hilfe, falls es dann noch nicht zu spät ist. Die Löwen haben sich mächtig erschreckt und sind erst einmal verschwunden, aber sie werden sich auch wieder beruhigen und bis dahin sollten wir sehen, dass wir hier rausgekommen sind."

Frau Stein nickte, und als Uli sich auf den Rückweg

machen wollte, bemerkte sie: „Was ist mit der Waffe? Die können wir vielleicht noch gebrauchen."

Uli sah sie verblüfft an. Frau Stein war immer wieder für eine Überraschung gut.

„Ich meine wegen der Löwen", erklärte sich Frau Stein.

Uli nickte und ging langsam zu Schulze. Sie konnte die Waffe nirgends finden.

„Er liegt bestimmt auf ihr", meinte Frau Stein.

Uli versuchte den Körper umzudrehen, doch das war einfacher gesagt als getan. Frau Stein half ihr. Schulze atmete schwer.

„Ich sehe sie. Er liegt tatsächlich auf ihr. Wir müssen ihn nur noch ein bisschen rüber rollen, dann hab ich sie."

Doch dazu kam es nicht mehr. Anton Schulze hatte sein Bewusstsein wiedererlangte und griff sich Frau Stein. Mit eisernem Griff hielt er sie umklammert. Uli reagierte reflexartig und schlug mit der Faust in Schulzes Gesicht. Ein fieses Knacken war zu hören, als seine Nase brach. Er brüllte auf, ließ Frau Stein aber nicht los. Uli packte sich den nächsten Stein, den sie greifen konnte und schlug ihn mit aller Kraft auf Schulzes Kopf. Sein Griff lockerte sich und Frau Stein konnte ihm entkommen. Uli griff die Pistole und hielt sie entschlossen vor sich.

„Bleiben Sie, wo Sie sind, oder ich schieße!", schrie sie, aber das war gar nicht nötig. Völlig erschöpft sank Schulze schwer atmend in sich zusammen. Ob er das Bewusstsein verloren hatte oder nicht, konnten die beiden Frauen nicht erkennen. Sie liefen so schnell wie möglich auf die Straße Richtung Ausgang. Nach einer Weile steckte Uli die Pistole in ihren Hosenbund und ihr T-Shirt verdeckte den Schaft. Schließlich wollte sie nicht, dass man sie für eine Bedrohung hielt. Beide hofften inständig, dass ihnen ein Auto begegnen würde, welches ihnen Sicherheit geben würde, aber niemand zeigte sich. Sie hielten sich bei den Händen und liefen stumm, um Kraft zu sparen, nebeneinander her. Und plötzlich traf Uli die Erkenntnis, woher sie Schulze kannte mit voller Wucht. Es war der rüstige Jogger aus ihrer Nachbarschaft. Wie blind sie doch gewesen war.

***

In der Zwischenzeit hatte Felix seine Meinung geändert und wollte doch noch einmal den Tiger sehen.

***

Nachdem Uli und Frau Stein es geschafft hatten, das Wildtiergehege hinter sich zu lassen, fiel langsam die Anspannung von beiden ab. Jetzt erst merkte Uli, wie erschöpft sie war. Sie sah Frau Stein an, die ihren Blick glücklich erwiderte. Beide ließen sich wortlos auf dem unbefestigten Weg nieder. Trotz des Gewaltmarschs war es ihnen kaum anzusehen, welche Extremsituation sie gerade hinter sich gebracht hatten. Sie sahen aus, als ob sie erschöpft von der Hitze Rast machen würden. Ein zufälliger Betrachter würde nie auf die Idee kommen, dass sie gerade nur knapp dem Tod entronnen waren. Vielmehr würde man sich über die naiven Touristen wundern, die ohne etwas zu trinken bei dieser Hitze durch die Gegend liefen und nun in ihrer verstaubten und verschwitzten Kleidung am Straßengraben saßen. So saßen sie fast eine Stunde nebeneinander. In dieser Zeit sprachen sie kaum. Die Hoffnung, dass ein Auto vorbeikommen würde, gaben sie langsam auf. Trotz ihrer misslichen Situation waren sie froh, fürs erste entkommen zu sein. Uli merkte, wie ihre Lebensgeister zurückkamen, und auch Frau Stein ging es nicht anders.

„Wir müssen weiter und die Polizei verständigen", sagte Uli.

„Ja und einen Krankenwagen", stimmte Frau Stein ihr zu.

Mühsam rappelten sie sich hoch und gingen langsam die staubige Straße Richtung Ausgang entlang. Zumindestens hofften beide, dass es die richtige Richtung war.

„Ich hoffe, es kommt jemand vorbei und nimmt uns mit", stöhnte Uli. „Ich bin total erschöpft."

Frau Stein nickte nur.

Schweigend gingen beide weiter, jede in ihre eigenen Gedanken vertieft.

***

Beide hörten es gleichzeitig. Ein Motorgeräusch. Kurz darauf sahen sie bereits ein Auto, welches langsam auf sie zukam. Vor lauter Freude hüpfte Uli auf der Stelle und winkte wild mit ihren Armen. Hätte ihr jemand vor fünf Minuten erzählt, dass sie dazu imstande sei, sie hätte es nicht geglaubt. Der Wagen, der da langsam auf sie zufuhr, kam ihr irgendwie bekannt vor, doch ihr Gehirn verweigerte sich. Selbst als er vor ihr stoppte, erkannte sie ihn nicht. Erst Felix' Stimme riss sie aus ihrer geistigen Starre.

„Was machst du denn hier?", plapperte er sofort los. „Und wer ist das? Ist das die Frau, die mal in unserem Haus gewohnt hat?"

Uli nickte, während Richard sie besorgt ansah.

„Wieso sagst du denn gar nichts? Wieso bist du hier?"

„Äh, weißt du", improvisierte Uli, uns war langweilig und da wollten wir euch überraschen. Das ist übrigens Frau Stein."

„Wieso bist du zu Fuß, seid ihr nicht mit dem Auto gekommen?"

„Doch, doch", beeilte Uli sich zu sagen, „aber das hat kurz vor dem Ziel den Geist aufgegeben und da haben wir gedacht, wir gehen das letzte Stück zu Fuß."

Felix sah seine Mutter zweifelnd an.

„Du hättest uns doch anrufen können, dann hätten wir euch abgeholt."

„Äh ja, ich wusste nicht, dass das Gelände so groß ist. Ich wollte nicht anrufen, weil ich euch ja überraschen wollte."

„Aha." Felix war von der Geschichte seiner Mutter nicht überzeugt. „Wo ist denn deine Tasche?"

„Die hab ich im Auto vergessen."

„Du bist ein Schussel", stellte ihr Sohn fest. Plötzlich nahm etwas anderes seine Aufmerksamkeit in Anspruch.

„Was tuschelt ihr da?", fragte er ärgerlich zu Richard und Frau Stein gewandt, doch bevor dieser etwas antworten konnte, hörte man eine Sirene, die näher kam. Felix war sofort abgelenkt. Kurz darauf donnerten schon die ersten Fahrzeuge an ihnen vorbei. Krankenwagen, Polizei und weitere Fahrzeuge, die Uli nicht zuordnen konnte.

„Was ist passiert? Komm, wir fahren hinterher!", sagte Felix und zerrte an Ulis Hand.

„Nicht so schnell, junger Mann", schaltete sich Richard ein und wandte sich mit fragendem Gesicht an Uli. Diese rang mit sich.

„Wir müssen da eh noch einmal hin", sagte sie mehr zu sich selbst. Frau Stein nickte und nahm ihre Hand. Uli sah Richard an und ging mit Frau Stein zusammen zu seinem Auto. Felix jubelte sensationslüstern. Er bemerkte nichts von der angespannten Stimmung. Langsam setzte sich der Wagen in Bewegung. Als sie kurz vor dem schweren Eisentor des Wildkatzengeheges angekommen waren, wurden sie gestoppt und mit eindeutigen Handzeichen von einem Sicherheitsbediensteten des Safariparks gebeten, umzukehren. Frau Stein wechselte einige Woche mit dem Mann auf Spanisch. Als sie sich umdrehte, sahen sie alle erwartungsvoll an.

„Ich denke, es ist wohl besser, wenn wir umkehren. Hier ist ein Unfall passiert und niemand darf das Gelände betreten. Wir können hier sowieso nichts mehr machen" Uli nickte und Richard sah verständnislos von einem zum anderen. „Wir können hier sowieso nichts mehr machen", hallte es in seinem Kopf.

Auf der Fahrt nach Finestrat sagte außer Felix kaum einer etwas. Dieser plapperte pausenlos vor sich hin und erging sich in Spekulationen, was wohl alles passiert sein könnte. In seinen Szenarien kam er Teilen der Wahrheit erstaunlich nahe. Uli fröstelte.

Als sie endlich in Finestrat angekommen waren, bat Frau Stein die kleine Familie, doch noch kurz mit hereinzukommen. Sie fischte den Haustürschlüssel unter einem Blumentopf hervor und schloss auf. Etwas seltsam war diese Frau schon, dachte Richard. Ein paar Minuten später gingen sie in ein gemütliches Wohnzimmer. Um einen kleinen Couchtisch aus dunklem Massivholz herum befand sich ein restauriertes weinrotes Biedermeiersofa, auf dem sich Felix und Richard niederließen. Dazu passend gab es zwei ebenfalls weinrote Sessel.

Frau Stein ging schnell in die Küche, um frischen Kaffee aufzubrühen und für Felix eine Limonade zu holen. Uli ging ins Bad, unter dem Vorwand, sich frisch zu machen.

Richard sah sich im Wohnzimmer um. Frau Stein hatte eine dunkle Holzvitrine, in deren unteren Bereich Gläser standen, und im oberen waren eine Unzahl von Bildern in ganz unterschiedlichen Rahmen zu sehen. Ganz offensichtlich handelte es sich bei den gerahmten Fotografien um Familienangehörige aus längst vergangenen Tagen, genauso wie aus aktueller Zeit. Außerdem befanden sich noch ein großes Bücherregal, ein Sitzkissen aus dunklem Leder und eine Stehlampe mit einem beigefarbenen wildseidenen Lampenschirm, die offensichtlich als Leselampe diente, im Zimmer. An den

Wänden hingen einige Aquarelle, auf denen die örtliche Landschaft zu erkennen war.

Als Uli die Türe zum Badezimmer hinter sich geschlossen hatte, nahm sie die Pistole, die sich immer noch in ihrem Hosenbund befand, und wusch sie mit Seife ab. Dabei fiel ihr eine Nagelbürste ins Auge. Sie nahm sie und schrubbte damit die Pistole so gut es ging ab. Um keine Spuren zu hinterlassen benutze sie ein Waschlappen. Ob das ausreicht, um alle Spuren zu beseitigen, wusste sie nicht, aber all ihr kriminalistisches Wissen, welches sie aus diversen Fernsehkrimis gesammelt hatte, wandte sie nun an. Als sie glaubte, fertig zu sein, machte sie sich am Spülkasten der Toilette zu schaffen. Sie öffnete ihn und ließ vorsichtig die Pistole hineingleiten, dann verschloss sie den Kasten wieder sorgsam und ging sie zu den anderen ins Wohnzimmer. Sie wurde bereits erwartet. Frau Stein kam auf Uli zu und hob ihre Hand, dort hielt sie die vermisste Handtasche.

„Sehen Sie mal hier, meine Liebe", sagte sie mit einem Augenzwinkern, „Sie haben Ihre Tasche heute Morgen bei mir in der Küche vergessen, und nicht erst im Auto."

Richard wurde es heiß und kalt, niemals würde Uli ihre Tasche irgendwo vergessen und das nicht bemerken. Spätestens zu dem Zeitpunkt, als sie aus dem Auto aussteigen wollte, hätte sie den Verlust bemerkt. Frau Stein hatte auch keine Tasche bei sich gehabt. Ein schrecklicher Verdacht befiel ihn und langsam stellte er einen Zusammenhang zwischen dem Unfall im Raubtiergehege und ihrem komischen Zusammentreffen im Safaripark her. Jetzt erst sah er die Angst in den Augen beider Frauen und erkannte die aufgesetzten fröhlichen Masken in ihren Gesichtern. Er sah Felix an, der genüsslich einen Keks aß. Beide Frauen sahen Richard beschwörend an. Sie hatten die Veränderung, die in ihm vorgegangen war, bemerkt. Er nickte unmerklich und spielte, Felix zuliebe, ihr Spiel mit.

Seine Freundin kam ihm plötzlich völlig fremd vor.

Mittwoch, 08. August

Am nächsten Morgen überschlugen sich die Zeitungen über den folgenschweren Unfall, der sich im Safaripark El Vergel am Vortag ereignet hatte. Ein deutscher Rentner, der in Spanien seinen Urlaub verbringen wollte, war Opfer der Attacken eines Löwenrudels geworden. Die spanischen Behörden wollten alle Tierparks des Landes kontrollieren lassen und das deutsche Fernsehen schickte seine Kamerateams. Allen war es ein Rätsel, warum der Mann sein Auto in einem Freigehege für Raubtiere verlassen hatte. Es war kaum möglich, dass er die vielen Warnschilder, die in mehreren Sprachen angebracht worden waren, übersehen hatte. Selbst wenn er die Schilder nicht beachtet haben sollte, so konnten die schweren Tore, mit denen die Gehege voneinander getrennt waren, nicht unbemerkt geblieben sein. Die Bereiche, die für Fußgänger zugänglich waren, sind eindeutig von denen, die nur mit dem Auto passiert werden können, gekennzeichnet. Da der Unfall sich während der Mittagshitze abgespielt hatte, waren nur sehr wenige Besucher unterwegs. Um diese Zeit liegen die Tiere normalerweise ebenfalls im Schatten und bewegen sich so wenig wie möglich, so dass eine Besichtigung in den Vormittagsstunden bevorzugt wird. Es wurde angenommen, dass es sich bei diesem Ereignis um einen Suizid gehandelt hatte. Zumal der Wagen geparkt und abgeschlossen gefunden wurde. Den Schlüssel fand man nicht. Wahrscheinlich war er mit einem Teil der Leiche von den Löwen irgendwo im Gehege verschleppt worden und verloren gegangen. Man hatte nicht alle Körperteile des Opfers finden können. Anhand der Papiere, die im Mietwagen vorgefunden wurden, konnte man die Identität des Toten schnell feststellen.

Donnerstag, 09. August

Kai Flatten und Uwe Zimmermann saßen zusammen im Büro und versuchten die wenigen Erkenntnisse, die sie gesammelt hatten, zu einem Gesamtbild zu ordnen. Aus den lokalen Nachrichten hatten sie erfahren, dass Anton Schulze ums Leben gekommen war. Dabei hatten sie auch erfahren, dass dieser im Holunderweg gewohnt hatte.

„Es ist schon sehr merkwürdig, dass dieser Anton Schulze bei einem Suizid in einem Safaripark ums Leben gekommen sein soll", überlegte Flatten.

Zimmermann brummte zustimmend.

„Dieser Park ist nur sechzig Kilometer vom Wohnort der Stein entfernt. Das ist doch kein Zufall!", polterte Flatten.

„Und Uli Winterstein hat zu gleicher Zeit, nur zehn Kilometer entfernt von Frau Stein, mit ihrer Familie Urlaub gemacht. Da stimmt doch etwas nicht!", kommentierte Zimmermann.

„Das sind für meinen Geschmack zu viele Zufälle. Da ist etwas faul!"

„Oberfaul", bestätigte Zimmermann.

Montag, 13. August

„Na, wie fühlt sich das Zusammenleben mit Richard an?", wollte Trudi wissen.

„Bis jetzt sehr gut", antworte Uli.

„Hast du ihm eigentlich alles über die Knochengeschichte erzählt?"

„Ja, hab' ich. Mittlerweile gibt es außer Frau Stein drei Personen, die darüber genau Bescheid wissen. Du, Richard und ich."

„Und Fröhlich kennt auch fast die ganze Wahrheit", sagte Trudi.

„Nein, nicht ganz. Er weiß, dass ich Frau Stein gefunden habe und dass ihr Nachbar, Anton Schulze, beim Umbau des Kellers geholfen hat. Bei der Gelegenheit hat er versucht, sein dunkles Geheimnis an einen sicheren Ort zu verstecken."

„Fröhlich glaubt also, die Knochen stammen alle von Schulzes Geliebter?"

„Das ist doch eine plausible Geschichte, oder etwa nicht?", fragte Uli, ohne eine Antwort zu erwarten. „Und dabei soll es auch bleiben", schob sie bestimmt nach.

Trudi nickte ihr zustimmend zu.

Zwei Wochen später

Flatten sah von seinem Bericht auf, den er gerade fertig gelesen hatte und schaute seinen Kollegen an. Dieser war ebenfalls gerade mit dem Durchlesen seiner Abschrift fertig geworden.

„Es sieht tatsächlich so aus, als ob dieser Anton Schulze Selbstmord begangen hätte. Es ist schon merkwürdig, dass er in einem Freigehege für Raubtiere aus seinem Auto ausgestiegen sein soll. Eins steht fest, es gab genügend Warnhinweise in mehreren Sprachen, auch auf Deutsch. Wir können davon ausgehen, dass er die Schilder ignoriert hat und das lässt eigentlich nur einen Schluss zu", sagte Flatten.

„Selbstmord", stimmte Zimmermann ihm zu.

„Außerdem sind die Gehege der Raubtiere von den anderen durch schwere Tore getrennt, das kann man nicht übersehen", sinnierte Flatten weiter.

„Jetzt bin ich mal sehr gespannt, was die Kollegen in Spanien von Frau Stein so erfahren haben", sagte Zimmermann.

„Ich habe nichts darüber gelesen, dass das Mietauto von diesem Anton Schulze sichergestellt wurde."

„Das ist mir auch aufgefallen. Die Kollegen in Spanien scheinen keine Zweifel an dem Selbstmord zu haben und haben deshalb keine weiteren Untersuchungen angeordnet."

„Es wäre schon interessant gewesen zu wissen, ob er alleine in den Safaripark gefahren ist oder nicht", überlegte Zimmermann.

„Na, wenn er nicht alleine gewesen wäre, hätte man noch andere Überreste von Menschen finden müssen, zumindest weitere Blutspuren."

„Es sei denn, eine weitere Person hat es geschafft, sich in Sicherheit zu bringen", mutmaßte Zimmermann.

„Kannst du dir vorstellen, dass eine alte Frau wie Frau

Stein oder eine Versicherungsangestellte, die keine Ahnung von der Natur hat, oder womöglich beide zusammen, jemanden dazu bringt, in diesem Safaripark aus dem Auto zu steigen? Sie hätten ihn eiskalt den Löwen überlassen müssen und es dann geschafft, sich in Sicherheit zu bringen."

„Vielleicht waren sie mit zwei Autos vor Ort", gab Zimmermann zu Bedenken.

„Nein, die Reifenabdrücke haben eindeutig ergeben, dass nur ein Auto vom befestigten Weg abgefahren ist", entgegnete Flatten. „Der Wagen stand dreihundert Meter vom Weg entfernt im Gelände und Anton Schulze ist zehn Meter von seinem Wagen entfernt angegriffen worden. Wenn noch ein weiteres Fahrzeug auf dem eigentlichen Weg stehengeblieben ist, dann müssen diejenigen eine ziemlich weite Strecke zu Fuß zurückgelegt haben, um wieder in Sicherheit zu kommen. Das hätten sie nicht geschafft. Selbst wenn sie im Auto sitzengeblieben wären, um später zu ihrem Auto zu gelangen. Die Löwen waren noch ganz in der Nähe und bewachten die Reste von Anton Schulze."

„Ja, du hast Recht, das wäre kaum möglich gewesen", stimmte Zimmermann zu.

„Kaum möglich heißt aber nicht unmöglich", stellte Flatten fest.

„Du hast doch gerade noch erklärt, warum du nicht glaubst, dass die beiden Frauen damit etwas zu tun haben. Und ich sage dir, damit hast du vollkommen Recht", wandte Zimmermann ein.

„Frau Winterstein hat die ganze Sache erst ins Rollen gebracht. Sie kann mit der Sache nichts direkt zu tun haben und Frau Stein alleine könnte niemals so einen Plan umsetzen."

„Allerdings werde ich den Verdacht nicht los, dass die beiden Frauen miteinander gesprochen haben", knurrte

Zimmermann.

„Ja, das glaube ich auch, aber ich denke nicht, dass das für unseren Fall relevant ist."

„Kannst du dir vorstellen, wie Frau Winterstein und Frau Stein zusammen auf der Flucht vor den Löwen sind?", lachte Zimmermann.

Flatten grinste.

Weitere zwei Wochen später

Das Protokoll aus Spanien war in Köln eingetroffen. Frau Stein hatte ausgesagt, dass sie Herrn Anton Schulze zwar gesprochen hatte, bevor dieser in den Safaripark fuhr, aber er habe mit keinem Wort seine Absicht eines Selbstmordes erwähnt. Er hatte durch den örtlichen Tratsch in seiner Straße erfahren, dass im Keller eines Nachbarhauses Knochen gefunden worden waren, was ihn in Panik versetzt hatte. Zunächst hatte er sich wieder beruhigen können, doch nachdem er bemerkt hatte, dass seine Nachbarin Nachforschungen anstellte, war es mit seiner Ruhe vorbei gewesen. Er reiste nach Spanien, wo er Frau Stein aufsuchte. Ob er wusste, dass zum gleichen Zeitpunkt die neugierige Nachbarin ganz in der Nähe war, konnte nicht geklärt werden. Was er bei Frau Stein wollte, war ihm wahrscheinlich selbst nicht ganz klar, da ein Verdacht ja erst einmal auf sie fallen würde. Im Laufe des gemeinsamen Gespräches gestand er ihr, dass er seine Geliebte umgebracht und ihre Knochen in ihrem damaligen Keller versteckt hat. Er hatte allerdings nur von einer Person gesprochen, was es mit dem zweiten Unterkiefer auf sich hatte, konnte oder wollte Frau Stein nicht beantworten.

„Was sagt man dazu?“, brummte Zimmermann.

„Es würde mich nicht wundern, wenn diese Winterstein auch mit Frau Stein gesprochen hat“, sagte Flatten grimmig.

„Sie wird dir nichts erzählen und die Stein wahrscheinlich auch nicht“, stellte Zimmermann trocken fest.

„Hier in dem Bericht steht nicht, dass der Mietwagen untersucht worden ist.“

„Ist mir auch schon aufgefallen.“

„Hätte man ihn untersucht, hätte man Material von sehr vielen Personen gefunden, schließlich ist es ein Mietwagen.“

„Da hast du Recht, aber wenn wir das genetische

Material von Frau Stein hätten abgleichen können, wäre das nicht schlecht. Dann wüssten wir, ob sie in dem Auto gewesen war oder nicht."

„Mmh, also wenn wir es für möglich halten, dass Frau Stein im Auto saß, dann würde ich es auch für möglich halten, dass die Winterstein ebenfalls dabei war."

„Ja, entweder war keine von ihnen da oder aber beide. Sollen wir veranlassen, dass sich die spanischen Behörden den Wagen noch einmal vornehmen?"

„Ja, ich denke, einen Versuch ist es wert", sagte Flatten.

Ende September

Emil hatte Uli erzählt, dass sie der Polizei bestätigen konnten, dass Anton Schulze hin und wieder zu Besuch bei seinen Eltern war. Weiterhin hielt er es für möglich, dass er beim Umbau des Kellers geholfen hatte. Schließlich war die gesamte Nachbarschaft für ihre gegenseitige Hilfsbereitschaft bekannt. Somit war für die jungen Steins der Fall geklärt. Uli ließ sie über das Schicksal von Di Lauro im Unklaren. Sie hatte beschlossen, auch der Polizei nichts davon zu erzählen. Seine Familie glaubte, er wäre mit einer Geliebten durchgebrannt und somit vermissten sie ihn nicht. Was seine ehemalige Freundin anging, war das natürlich etwas anderes, aber sie glaubte nicht, dass diese zur Polizei gehen würde. Dann würde die ganze alte Familiengeschichte aufgerollt und das war nicht in ihrem Interesse, da war sich Uli sicher.

Zur Zeit herrschte bei der Presse das Sommerloch, daher machten sich diverse Zeitungen über die Geschichte her und schlachteten sie soweit wie möglich aus. Dabei spekulierten sie viel über die Dreiecksbeziehung von Anton Schulze. Der Suizid wurde von niemanden in Frage gestellt, dass das Motiv eindeutig erschien. Es wurde viel über die letzten Minuten von Anton Schulze spekuliert und alle möglichen Szenarien inszeniert.

Die spanischen Behörden hatten sich geweigert den ehemaligen Mietwagen von Herrn Anton Schulze zu beschlagnahmen und forensisch untersuchen zu lassen. Sie wiesen darauf hin, dass Anton Schulze ein starkes Motiv für einen Selbstmord hatte und dass es kaum vorstellbar sei, wie eine alte Dame Anton Schulze hätte zwingen können, in ein Auto zu steigen und in einen Safaripark in einem Wildtiergehege wieder auszusteigen. Außerdem gab es da noch die berechtigte Frage, wie Frau Stein selber den

Safaripark wieder unbemerkt und ohne von den Raubkatzen angegriffen zu werden verlassen konnte. Das Auto hatte sie ja ganz offensichtlich nicht genommen.

Flatten und Zimmermann waren frustriert. Mit einer Abfuhr hatten sie zwar gerechnet, aber nicht mit einer derart scharfen Zurechtweisung, was ihre Ermittlungsarbeit anging.

„Idioten!", schimpfte Flatten. „Die Winterstein könnte ja im Auto vom Schulze gesessen haben und die Stein ist mit ihrem eigenen Auto hinterher gefahren."

„Komm, lass gut sein", versuchte Zimmermann ihn zu beruhigen. „Das ist nicht unsere Sache. Wie der da umgekommen ist, kann uns egal sein."

Flatten sagte nichts und ganz gegen Zimmermanns Gewohnheiten sprach er weiter auf Flatten ein.

„Wir können festhalten, dass es den Anschein hat, als wäre er ein Mörder gewesen. Lass uns herausfinden, wer die Geliebte war. Irgendeine Familie vermisst seit Jahren ein Familienmitglied. Vielleicht können wir es identifizieren. Lass uns sein Haus untersuchen. Vielleicht finden wir ja noch Blutspuren oder irgendwelche Hinweise, wo das ehemalige Grab war. Bevor er die Knochen entsorgt hat, muss er die Leiche irgendwo gelagert haben. Ich bin mir sicher, wenn es ein Grab gegeben hat, dann finden wir es auch. Dann können wir die Geschichte von Frau Stein beweisen. Außerdem können wir ihre Familie benachrichtigen, so dass diese mit dem Verlust abschließen kann."

Es entstand eine lange Pause, in der Zimmermann hörbar seufzte und Flatten seine Worte auf sich wirken ließ.

Endlich sagte er: „Ja, du hast Recht. Frau Stein hat ihre Aussage zwar schon gemacht, aber man kann nie wissen, vielleicht weiß sie mehr und irgendwann möchte sie über alles reden".

„Spinn nicht rum. Wenn sie reden will, wird sie wohl

kaum dich oder mich hier in Köln anrufen."

Flatten nickte wütend und biss sich in seine Backe. Die Abfuhr der spanischen Kollegen hatte ihn schwer getroffen.

„Sobald wir einen Verdacht haben, wer die Geliebte ist, lassen wir einen DNA-Abgleich machen."

„Genug Material haben wir. Theoretisch dürfte eine einwandfreie Identifizierung kein Problem sein", redete Zimmermann auf seinen Kollegen ein.

„Vielleicht stoßen wir ja bei den Nachforschungen zufällig auf Informationen, die uns bei der Identifizierung der zweiten Person behilflich sind. Viel Hoffnung habe ich allerdings nicht", erwiderte Flatten mürrisch.

„Wir stehen also wieder ganz am Anfang", resümierte Zimmermann.

„Sieht so aus. Also fangen wir am besten mit einer Befragung im nahen Umfeld von Anton Schulze an. Vielleicht kann sich ja noch jemand an seine frühere Freundin erinnern. Mich würde auch interessieren, ob seine Frau etwas weiß."

„Ich schlage vor, dass wir auch zu seiner Beerdigung gehen und uns unter den Trauernden umsehen. Vielleicht gibt es ja sogar ein Kondolenzbuch, das wir dann für eine Befragung verwenden können", überlegte Zimmermann.

„Wenn wir damit nicht weiterkommen, lassen wir durchsickern, dass wir ihn für einen Mörder halten. Spätestens dann werden die Leute reden wollen und sagen, sie hätten es ja schon immer gewusst und so weiter."

Flatten hatte angebissen.

Oktober

Uli bekam von den Überlegungen der Polizei nichts mit. Sie war damit beschäftigt ihren Keller umzuräumen und nicht an die Ereignisse zu denken, die sich dort abgespielt hatten. Außerdem kümmerte sie sich um Trudi. Diese war dabei ihr Leben neu zu orientieren und war fest entschlossen, ihre Ehe hinter sich zu lassen und blickte nach vorne.

Richard war mittlerweile bei Uli eingezogen. Sie saßen oft zusammen mit Hans und seiner neuen Freundin im Garten und ließen es sich gutgehen.

„Du hättest mir auch sagen können, dass du jemanden kennengelernt hast", warf Uli Hans bei der ersten sich bietenden Gelegenheit vor.

Dieser antwortete kühl: „Damit du mir Löcher in den Bauch fragst und ich mir deine ganzen gutgemeinten Tipps anhören muss? Wahrscheinlich wärst du dauernd zufällig vorbeigekommen."

„Das würde ich nie tun", protestierte Uli.

Hans lachte.

„Es war schon gut, dass du durch deine Verbrecherjagd abgelenkt warst."

Uli erwiderte nichts, sondern sah Richard zärtlich an. Sie war froh, dass sie die Sache überlebt hatte und genoss das Leben gerade in vollen Zügen.

Zum Buch

Alle beschriebenen Restaurants, Cafés sowie Orte, ob in Spanien oder Deutschland, gibt es tatsächlich. Während der Entstehung dieses Buches wurde leider der Safaripark geschlossen und der beschriebene Wohnblock, in der die Familie Di Lauro in dieser Geschichte wohnt, abgerissen. Inspiriert hat mich mein eigener Keller und ein Ereignis im Safaripark Vergel. Zwei deutsche Rentner wurden dort von Löwen gerissen. Man fand ihr abgeschlossenes Auto ganz in der Nähe des Geschehens. Obwohl es keine Abschiedsbriefe oder andere Hinweise auf einen freiwilligen Tod gab, wurde davon ausgegangen, dass es sich um einen gemeinschaftlichen Selbstmord gehandelt hat.

Danksagung

Wie bei Kölner Großprojekten üblich, hat es fünf Mal länger gedauert, dieses Buch zu schreiben, als ich ursprünglich angenommen hatte. Ich hatte wirklich keine Ahnung, auf was ich mich da eingelassen habe. Jetzt ist es endlich fertig und ich möchte mich bei allen Personen bedanken, die mir mit Rat und Tat zur Seite gestanden haben. Insbesondere bei Renate Wiedemann, die dafür gesorgt hat, dass ich während des Schreibens nicht verrückt geworden bin. Stephan Schreiber und Peter Höfer, für kritische, aber wertvolle Anmerkungen. Gunnar Kaiser für die Tipps bei der Kommasetzung (das ist wirklich nicht mein Ding) und Benjamin Schulten, der mir mit wertvollen Hinweisen geholfen hat.